AIGLE
DE FER

ELAINE BARBIERI

AIGLE DE FER

Traduit de l'américain par Catherine Plasait

J'AI LU

POUR elle

Titre original :
Hawk
A Leisure Book published by Dorchester Publishing Co., Inc., New York

À Holly, Siobhan et Mike

1

1845

— Je vous aime, Kyle.

Le murmure d'Eden s'attarda dans le silence.

Une douce brise agitait le feuillage, rafraîchissant l'air lourd du printemps Les rayons du soleil qui filtraient à travers le couvert des arbres dansaient sur le visage grave de Kyle qui la fixait de ses yeux sombres. Il ne répondit pas.

Eden regardait la bouche de Kyle, ces lèvres qui avaient pris les siennes avec passion un moment auparavant. Elles l'avaient délicieusement torturée tandis que Kyle la pressait contre lui en lui chuchotant des mots tendres d'une voix rauque.

À présent, ces lèvres étaient pincées.

— Kyle…

Le soleil accrochait des reflets dorés sur les cheveux de jais dc Kyle, sur sa peau hâlée, accentuait ses traits finement ciselés. Eden avait su au premier regard qu'elle l'aimerait, mais il lui avait fallu du temps avant de trouver le courage de le lui avouer.

Le silence se prolongeait, cruel.

— Ce n'était pas censé se passer ainsi, vous le savez, Eden, n'est-ce pas ?

Surprise, Eden se détacha de Kyle.

— Je ne comprends pas ce que vous voulez dire.

— Mais si.

Eden s'empourpra.

— Vous essayez de me dire... que vous regrettez de m'avoir rencontrée ?

— Non.

— Alors, quoi ?

— Je voulais dire que vous n'étiez pas supposée tomber amoureuse de moi.

— Kyle...

— Et que je n'étais pas supposé tomber amoureux de vous.

Brusquement, il l'attira à lui et s'empara de nouveau de ses lèvres. Elle se laissa aller contre son corps robuste, s'abandonna aux myriades de sensations qui tourbillonnaient en elle. Elle n'aurait jamais imaginé qu'il soit possible d'aimer comme elle aimait Kyle. Elle se moquait de ce que l'on pouvait dire de sa jeunesse, des différences qui les séparaient, des obstacles insignifiants que l'on s'obstinait à dresser entre eux.

Kyle s'arracha à sa bouche avec une sorte de grognement chargé d'une peine douce-amère, et elle frémit avec lui de désir contrarié.

Il lui caressa la joue, l'épaule, suivit des lèvres la ligne de sa mâchoire avant de déposer au creux de son cou une pluie de baisers si tendres qu'elle en fut bouleversée. Il explorait le doux renflement un peu plus bas quand...

— Lâche-la, salaud !

Le hurlement fit voler en éclats la magie de l'instant. Eden fit volte-face en reconnaissant la voix de son père. Et retint un cri d'effroi en découvrant son expression rageuse, ainsi que le fusil qu'il tenait à la main.

— Éloigne-toi de lui, Eden ! ordonna-t-il.

— Non !

— Obéissez à votre père, Eden.

Elle résista lorsque Kyle tenta de la repousser, puis elle fit face à son père, en proie à une panique grandissante.

— Pose ce fusil, papa !
— Je t'ai dit de t'éloigner de lui !
— Non ! répéta-t-elle en s'accrochant désespérément à Kyle. Que t'arrive-t-il, papa ? Kyle n'a rien fait de mal !
Tom Richards s'adressa au jeune homme d'un ton glacial :
— Lâche ma fille, ou je t'abats sur-le-champ.
Eden se glissa entre les bras de Kyle pour le protéger de son corps.
— Il faudra me tuer d'abord ! s'écria-t-elle.
Le visage de son père était déformé par la fureur.
— Si c'est ce que tu veux...
— Papa !
Le regard méprisant, Richards siffla :
— Comment peux-tu supporter qu'il te touche, Eden ? C'est un *Injun* !
Sa haine était si brûlante que Kyle eut l'impression d'en sentir la chaleur sur tout son corps. Il avait vu cette expression sur de nombreux visages depuis qu'il avait posé le pied sur le sol texan, des mois auparavant, mais jamais elle ne lui avait paru aussi ouvertement meurtrière.
Outré, il répliqua :
— C'est vrai, je suis indien. Et je vous surprendrai certainement en affirmant que j'en suis fier.
— Sale métis ! Et lâche par-dessus le marché. Tout juste bon à se cacher derrière les jupes d'une femme !
— Je ne suis pas un lâche, monsieur Richards, et je suis un *pur* Kiowa.
— Salopard ! Tu seras bientôt un Kiowa *mort* !
Eden frémit, et Kyle grinça entre ses dents :
— Éloignez-vous de moi, Eden.
Elle s'agrippa à lui de toutes ses forces.
— Pas question ! Il vous tuerait !
— Éloigne-toi, Eden ! répéta Richards.

D'un geste brusque, Kyle repoussa la jeune fille et se jeta sur Richards.

Une détonation retentit.

Déséquilibré par l'impact de la balle tirée à bout portant, il bascula en arrière et heurta le sol durement.

— Kyle !

Étrangement engourdi, ce dernier luttait pour que le paysage cesse de tourner autour de lui. L'ombre succédait à la lumière par vagues, et il ne voyait que fugitivement le visage baigné de larmes d'Eden penchée sur lui.

Des voix résonnaient, très lointaines.

— Kyle ! Kyle, ça va ? Je vous en supplie, répondez-moi !

— Laisse-le, Eden !

— Tu as tiré sur lui !

— Une simple égratignure.

— Il lui faut un médecin !

— Rentrons à la maison.

— Je ne peux pas l'abandonner, il va mourir !

— Mais non. Les Peaux-Rouges savent se soigner.

— Ne me touche pas, papa, siffla Eden, du mépris dans la voix.

— Allons-y !

— Je ne le quitterai pas !

— Tu vas m'obéir, ou je lui tire une balle dans la tête !

— Tu ne ferais pas une chose pareille !

— Tu crois ça ?

— Papa, je t'en prie…

— Jamais un Peau-Rouge ne fera une squaw de ma fille !

Kyle entrevit le canon d'un fusil braqué sur son visage.

— Non, papa ! Je viens, céda Eden dans un sanglot. Kyle, pardonnez-moi… S'il vous plaît, pardonnez-moi.

Un bruit de pas qui s'éloignaient.

Je vous aime, Kyle.

La pénombre vibrait douloureusement.

S'il vous plaît, pardonnez-moi.

Les élancements ne cessaient pas.

Réprimant un grognement, Kyle porta la main à sa tempe et la retira ensanglantée. Le sol était dur sous lui, et les bruits de la nuit l'entouraient. De temps en temps, une luciole jetait sa lumière dans l'obscurité seulement troublée par les pâles rayons de lune qui filtraient à travers les feuilles au-dessus de lui.

Oui, il se rappelait.

Jamais un Peau-Rouge ne fera une squaw de ma fille !

Péniblement, il se redressa en position assise. Les événements de l'après-midi se bousculaient dans sa tête, mais un fait émergeait avec une clarté confondante : la balle qui l'avait blessé avait été tirée délibérément.

Après être parvenu à se mettre debout, Kyle se dirigea d'un pas mal assuré vers l'arbre où était attaché son cheval. Il grimpa en selle avec peine.

Il n'aurait su dire combien de temps s'était écoulé tandis qu'il luttait pour rester en selle, sa monture avançant sans hésiter. Il ne vit pas le village kiowa quand il apparut. Il n'entendit pas les chevaux qui approchaient, ni ne vit les visages tendus des hommes qui prenaient les rênes de sa monture. Il sentit seulement les mains solides qui le déposaient en douceur sur une couche, puis plus rien.

— Laisse-moi sortir, papa !

Eden tambourinait contre la porte de sa chambre. La voix enrouée d'avoir tant crié, elle répéta :

— Je t'en prie… Je t'en prie, laisse-moi sortir !

Pas de réponse.

Désespérée, elle se tut enfin. Elle n'avait eu d'autre choix que d'abandonner Kyle, elle le savait. Depuis, elle avait tenté de raisonner son père. Elle avait essayé de lui expliquer que Kyle n'avait rien de commun avec les Indiens qui avaient tué sa mère, qu'il n'était pas plus qu'elle un sauvage, mais il n'avait rien voulu entendre !

Eden se tourna vers la fenêtre condamnée par les planches que son père avait fait clouer dès leur retour. Elle avait regardé, incrédule, les planches s'empiler les unes au-dessus des autres, et s'était retrouvée prisonnière dans sa propre demeure. Elle avait imploré son père de renoncer à cette punition. En vain.

Et pendant ce temps-là, Kyle gisait à même le sol, blessé et seul.

Cette pensée lui fut si insupportable qu'elle se rua vers la fenêtre. En sanglotant, elle s'empara d'une chaise et la balança de toutes ses forces contre les carreaux. Sans se soucier du verre brisé qui retombait en pluie autour d'elle, elle continua encore et encore.

À bout de souffle, elle se retourna en entendant la porte s'ouvrir derrière elle. Le froid mépris qu'elle lut dans le regard de son père mit un terme à sa frénésie destructrice. Au bout d'un long moment, et sans avoir prononcé un mot, Richards referma la porte.

La clé tourna dans la serrure. Eden contempla la chaise brisée entre ses mains, puis les planches toujours aussi solidement fixées.

Alors elle se laissa tomber à genoux, le corps secoué de sanglots déchirants.

L'aboiement d'un chien… La voix gutturale qui psalmodiait… L'odeur âcre des herbes…

Kyle revint lentement à la vie, au son des chants et des martèlements rituels qui faisaient vibrer le sol près de lui. Il aperçut le visage de Corne Blanche tandis que le vieux sorcier se tournait lentement vers lui. Il attendit, ses paupières se fermèrent brièvement. Le chant de la guérison terminée, le chaman vint s'accroupir près de lui, et s'adressa à lui dans leur langue natale :

— J'ai fait sortir les mauvais esprits de la balle de l'homme blanc, Aigle Fougueux. Tu seras bientôt remis.

Aigle Fougueux. Des images floues de sa jeunesse traversèrent l'esprit de Kyle comme le vieil homme prononçait son nom kiowa dans une langue qu'il n'avait pas entendue depuis de longues années. Celle-ci lui était revenue avec une étonnante rapidité, ramenant à la surface des souvenirs qui prirent vite le dessus sur le sentiment d'étrangeté qu'il avait éprouvé à se retrouver là ; des souvenirs qui ravivèrent en lui la fierté instinctive que lui inspirait son peuple.

Comme Corne Blanche reprenait la parole, Kyle s'efforça de se concentrer.

— La trace de la balle de l'homme blanc demeurera, et c'est bien ainsi. C'est une leçon, apprise à la dure, qui te rappellera la haine de l'homme blanc pour ton sang kiowa, et la fausseté qui le caractérise.

Kyle examina le visage de Corne Blanche. Il vit un vieil homme à la peau parcheminée, aux traits ravinés par le temps, aux cheveux gris ornés d'une simple plume d'aigle pendant sur ses épaules voûtées. Mais si affaibli qu'il soit par l'âge, il n'en demeurait pas moins puissant.

Les paroles dures de Corne Blanche réveillèrent chez Kyle un malaise familier. Il se rappelait qu'Asa et Henrietta Webster avaient la peau pâle, des voix douces à l'accent cultivé. Il se souvint aussi qu'après l'avoir sauvé des griffes des soldats – gamin de onze ans, orphelin et à demi mort –, ce couple remarquable l'avait ramené dans l'Est et élevé comme s'il était leur propre fils. L'amour qu'ils lui portaient n'avait jamais vacillé, et à leur mort, ils lui avaient laissé tout ce qu'ils possédaient.

— Comment suis-je arrivé ici ? demanda-t-il d'une voix rauque.

— Tu as été sauvé par un destin qui ne peut être nié.

Dans son cerveau embrumé, Kyle réfléchit à cette réponse énigmatique. Bien sûr – sa monture indienne était retournée spontanément au camp.

Corne Blanche le scruta un instant.

— Tu n'acceptes pas entièrement le chemin que cherche ton cœur kiowa, Aigle Fougueux ! Tu portes des vêtements de Blanc. Tu parles comme un Blanc. Tu *penses* comme un Blanc, mais tu es kiowa !

Son regard se fit plus intense.

— Tu as frôlé la mort, mais cela ne t'a pas servi de leçon. Tu refuses l'idée que la femme blanche ne soit pas à toi.

— La femme blanche ?

— Je l'ai vue dans la fumée. Ses cheveux brillent comme le soleil, ses yeux sont clairs. Elle s'accroche à toi, et ton cœur lui répond, mais elle ne sera jamais tienne.

— Tu te trompes ! rétorqua Kyle d'un ton rageur.

Corne Blanche se redressa brusquement.

— La sagesse se tait quand la colère parle.

Sur ces paroles, le chaman quitta le tipi, et Kyle le suivit du regard en se reprochant son éclat. Corne Blanche avait beaucoup souffert, et ses souvenirs étaient amers. Kyle ne pouvait guère lui en vouloir de ses croyances, surtout maintenant qu'il gisait sur sa natte, blessé par la balle de Richards.

La femme blanche ne sera jamais tienne.

Corne Blanche disait qu'il avait vu Eden dans la fumée, et Kyle n'en doutait pas une seconde. Les années passées chez les Blancs n'avaient pas affecté la foi qu'il avait en les pouvoirs des chamans de son peuple, mais cette fois, il prouverait que Corne Blanche se trompait.

La douleur revint lui fouailler les tempes, le forçant à fermer les yeux. Il se revit alors, débarquant du train, le jour où il avait rencontré Eden. À vrai dire, il n'avait pas prévu que son arrivée sur le sol texan, vêtu du costume bien coupé qu'il portait en tant que fils adoptif d'Asa et d'Henrietta Webster, provoquerait une telle hostilité. Il ne s'attendait pas non plus aux quolibets qui le suivirent comme il descendait la grand-rue.

Eh, regardez cet Indien qui se prend pour un Blanc !

Où t'as volé ces habits, Injun *?*

Tu t'es coupé les cheveux, hein ? Pourtant t'as toujours pas l'air d'un Blanc !

Puis une voix haineuse avait lancé :

Tu as beau essayer de ressembler à un Blanc, ça ne te fera pas vivre plus longtemps, Injun *!*

La menace implicite lui fit tourner la tête vers un homme aux cheveux roux grisonnants qui se tenait sur le pas d'une porte, à quelques mètres de là. C'est alors qu'il vit Eden. Debout près de son père, elle fronçait les sourcils d'un air ouvertement désapprobateur. À la seconde où leurs regards se croisèrent, il sut qu'un jour il la tiendrait dans ses bras.

Le bruit d'une détonation résonna dans son crâne.

Kyle, ça va ? Je vous en supplie, répondez-moi !

Il avait été incapable d'émettre le moindre son.

Kyle, pardonnez-moi… S'il vous plaît, pardonnez-moi.

Les sanglots, le son de ses pas qui s'éloignaient…

Je vous aime, Kyle.

Il s'agita sur sa natte. Le père d'Eden était tellement aveuglé par la haine qu'il était impossible de dire de quoi il était capable. Il fallait qu'il retourne auprès d'Eden afin de s'assurer qu'elle allait bien. Il lui dirait qu'il l'aimait, qu'il la protégerait au péril de sa vie, et que rien ni personne ne les séparerait plus jamais.

Il s'obligea à ouvrir les yeux, s'ébroua pour chasser l'étourdissement qui s'était emparé de lui comme il s'asseyait. Ignorant la nausée qui lui soulevait l'estomac, il se leva avec peine. Il fit un pas… un autre.

Le troisième ne toucha pas le sol qui s'ouvrit brusquement devant lui et l'avala.

2

Eden s'éveilla lentement dans la brillante lumière matinale. Désorientée, elle regarda autour d'elle. Elle était tout habillée, et gisait sur le parquet de sa chambre, environnée de verre brisé.

Redescendant brusquement sur terre, elle poussa un cri étouffé. C'était le matin. Elle s'était endormie !

Kyle…

Désespérée, elle balaya la pièce du regard, et découvrit un plateau posé sur le sol, près de la porte. Quelqu'un lui avait apporté de la nourriture pendant son sommeil. Son père avait-il l'intention de la garder longtemps prisonnière ?

Elle bondit sur ses pieds et courut à la porte.

Fermée.

Seigneur !

— Eden, appela une voix grave à la fenêtre

Elle fit volte-face.

— Eden, vous allez bien ?

— C'est vous, Witt ?

Elle se précipita à la fenêtre, et jeta un coup d'œil entre les planches disjointes. Soulagée en croisant le regard sombre si familier, elle supplia :

— Sortez-moi de là, Witt, s'il vous plaît !

Le cow-boy se rembrunit.

— Vous savez que je ne peux pas, Eden. Je n'ai jamais vu votre père aussi furieux. S'il apprenait que je vous parle, il me chasserait d'ici à coups de pied quelque part.

— Je vous en prie, Witt, il faut que je sorte !

— Je ne peux pas vous aider, répéta le jeune homme.

— Witt, je vous en supplie !

Eden glissa les doigts à travers la fente étroite, et les posa sur ceux de Witt qui y étaient agrippés. Il ne se dégagea pas.

— J'ai besoin de vous. *Kyle* a besoin de vous.

Cette fois, il ôta brutalement sa main.

— Je n'aiderai jamais un Indien !

Eden pesta entre ses dents. La haine de son père avait contaminé Witt, son ami, celui qui jamais ne lui avait rien refusé.

Il avait les lèvres pincées, à présent, une expression qu'elle connaissait bien. Il allait partir, et sa seule chance de salut disparaîtrait avec lui.

— Je voulais seulement voir si vous aviez besoin de quelque chose.

— J'ai besoin de sortir d'ici, Witt.

— Non.

— Où est mon père ?

— Il est parti avec les gars ce matin, marquer des bêtes dans la section Nord. Il m'a laissé en charge du ranch.

— Pour s'assurer que je ne me sauverais pas, vous voulez dire !

Fronçant les sourcils, elle ajouta :

— Pourquoi vous a-t-il choisi, vous, plutôt qu'un autre ?

— Parce que mon cheval boitait.

— Buster boitait ?

Witt détourna les yeux.

— Temporairement… avec un peu d'aide.

Eden eut un petit rire étranglé.

— Je vous en supplie, Witt, ouvrez la porte, dit-elle d'une voix tremblante.

— Arrêtez de me supplier de vous libérer ! Bon sang, vous savez que je ferais n'importe quoi pour vous… sauf ça !

— S'il vous plaît.

— Nom d'un chien, Eden, c'est quoi votre problème ? Cet Indien s'habille comme un Blanc, il parle comme un Blanc, mais ce n'est pas un Blanc, et il ne s'appelle pas Kyle ! Son nom, c'est Aigle Fougueux. Malgré son éducation et ses grands discours sur les endroits où il est allé et ce qu'il veut faire, c'est juste un sauvage, comme tous les Indiens. Dès qu'il est arrivé ici, il a cherché ce fichu camp indien. Personne ne savait où il était, mais lui, il l'a trouvé. Et ils l'ont accueilli à bras ouverts. C'est un Kiowa, et il restera toujours un Kiowa – comme les Indiens qui ont tué votre mère.

— Kyle n'a pas tué ma mère !

— Non, mais son père, sûrement

— Taisez-vous, Witt !

— Pourquoi ? C'est la vérité.

— Même si vous aviez raison, cela ne donnerait pas à mon père le droit de tirer sur Kyle.

— Tout le monde se fiche qu'il ait tiré sur cet Indien.

— Pas moi !

Une larme roula sur sa joue, mais elle ne s'en rendit compte que lorsque Witt murmura d'une voix enrouée :

— Ne pleurez pas, Eden. Je ne supporte pas de vous voir pleurer.

— Vous connaissez mon père, Witt. Rien de ce qui se passe entre lui et moi ne saurait affecter son travail. Il ne rentrera pas avant le coucher du soleil. Nous avons tout le temps de nous mettre à la recherche de Kyle sans qu'il le sache. Je veux juste m'assurer que Kyle va bien, qu'il n'est plus allongé dans l'herbe, là où il est tombé. Je promets… Je promets que si vous m'aidez, je reviendrai tout droit ici et je vous laisserai m'enfermer de nouveau, si bien que papa ne s'apercevra de rien.

— Il le saura !

— Non ! Le Dr Bitters viendra à notre secours si besoin est, et il n'en soufflera pas un mot à papa. Il connaît bien le problème, il a vécu avec une squaw pendant dix ans.

— Votre père déteste Doc Bitters.

— Ça tombe bien, non ?

Witt secoua la tête, sceptique.

— Quelqu'un risque de l'apprendre.

— Je vous en prie, Witt.

Elle s'interrompit, la gorge nouée, avant de reprendre, d'une voix étranglée :

— S'il arrivait malheur à Kyle à cause de moi, je ne me le pardonnerais pas. Je ne pourrais plus continuer à vivre ici, avec mon père. Je partirais... je trouverais du travail...

— Ne dites pas de bêtises.

— Mais je le pense ! Je n'ai jamais été aussi sérieuse.

— Eden...

— Je vous en supplie.

Witt fronça ses sourcils blonds, et Eden retint son souffle.

— Vous me donnez votre parole que vous me laisserez vous enfermer de nouveau avant le retour de votre père ?

— Oui.

— Je vous fais confiance, Eden.

— C'est promis.

Witt disparut, et elle se tourna vers la porte. Le cœur battant, elle l'entendit approcher, puis la clé tourna dans la serrure. Un sanglot la secoua.

Lorsque la porte s'ouvrit, elle se rua vers Witt, et l'étreignit. Elle se rendit à peine compte qu'il refermait les bras sur elle tandis qu'elle murmurait d'une voix pressante :

— Vite, allons-y.

Kyle plissa les paupières pour se protéger du soleil qui pénétrait par l'ouverture du tipi, et porta la main à sa tempe. Il saignait toujours.

— Seul un imbécile risquerait sa peau pour une femme blanche !

Au son de la voix familière, Kyle ouvrit grands les yeux. Ours Solitaire se tenait debout près de sa natte, le visage sombre, l'air réprobateur.

L'esprit encore embrumé, Kyle fixa longuement le frère de son père. Bizarrement, il l'avait reconnu au premier regard, et ce, malgré les années passées au loin. La chevelure aile-de-corbeau d'Ours Solitaire était à présent striée de gris et ses traits énergiques s'étaient épaissis avec l'âge, mais la noblesse de ce front haut, qu'il partageait avec son frère, demeurait. Il possédait toujours ce même port de tête altier, et cette voix ferme et profonde qui le distinguait de ses compagnons. Enfant, Kyle ne rêvait que de gagner le respect de ces deux grands guerriers et de leur ressembler en tout point. Et les années de séparation n'avaient en rien changé ces sentiments.

Ours Solitaire s'accroupit près de lui sans tenter de dissimuler sa colère.

— L'homme blanc a versé ton sang, comme il a versé celui de ton père. Sa balle n'a pas atteint son but et tu as été épargné, mais tu n'en as pas tiré une leçon pour autant. Tu négliges les paroles de Corne Blanche, tu refuses d'accepter la sagesse qu'il veut t'inculquer.

S'efforçant d'ignorer la douleur lancinante dans sa tête, Kyle répondit d'un ton bourru :

— Je respecte les visions de Corne Blanche, mais je ne partage pas la rancune qu'il éprouve envers tous les hommes blancs.

Ours Solitaire se crispa.

— Pourtant, c'est un homme blanc qui vient de te blesser.

— Un homme blanc incapable de contrôler sa haine.

— Un parmi beaucoup d'autres ! La paix avec l'homme blanc ne pourra venir que de la victoire au combat.

L'expression d'Ours Solitaire vira à la fureur.

— Ton père était un vaillant guerrier. Aigle Gris ne connaissait pas la peur, et son jugement était sûr lorsqu'il menait ses hommes. J'étais fier que son sang coule aussi dans mes veines, et quand le sien a été versé, j'ai pleuré sa perte. Lorsque notre village a été réduit en cendres par les soldats et que tu as été enlevé, j'ai eu plus de peine encore, car je croyais avoir perdu mon frère à jamais.

Ours Solitaire poursuivit d'une voix empreinte d'émotion :

— Puis tu es revenu, et ma joie était immense. Ta ressemblance avec Aigle Gris était si frappante que même tes vêtements d'homme blanc ne pouvaient la dissimuler. Tu parlais avec la voix de ton père, tu marchais du même pas que ton père, tu montais à cheval avec la même aisance. Et dans tes yeux, je voyais se refléter l'intelligence aiguë de ton père – une intelligence capable d'amener les Kiowas à triompher enfin de l'homme blanc.

Il eut un sourire sarcastique.

— Et que vois-je, à présent ? La force héritée de ton père a été anéantie par la balle de l'homme blanc, et l'intelligence qui te vient d'Aigle Gris est embrumée par la pensée d'une femme qui ne sera jamais tienne.

— Eden *sera* mienne !

— Aigle Fougueux est un imbécile, ce que son père n'a jamais été.

Le mépris dans son regard blessa profondément Kyle, qui répondit pourtant d'une voix douce :

— Je n'ai pas l'intention de t'irriter, Ours Solitaire. J'ai un grand respect pour Corne Blanche et toi, mais j'ai vécu de nombreuses années parmi les Blancs, je suis allé à leur école, où le Grand Père Blanc parle et son peuple l'écoute.

— Le Grand Père Blanc parle, mais *ici*, son peuple ne l'entend pas.

— Je pourrais aider à changer cette situation.

— Un homme *mort* est impuissant à changer quoi que ce soit !

— Ma blessure est légère, je serai vite rétabli.

— Écoute-moi bien, commença Ours Solitaire d'une voix grave. Je connais cet homme, Thomas Richards. Jamais il ne donnera sa fille à l'un des nôtres. Il lui tirerait une balle dans le cœur plutôt que de la voir dans les bras d'un Kiowa.

— Je ne le laisserais pas faire !

— Il n'y a qu'un seul moyen de l'en empêcher, mais alors tu nous mettrais tous en danger… *pour une femme*.

Après avoir marqué une pause qui exprimait son mépris plus éloquemment que des mots, Ours Solitaire tourna les talons et sortit du tipi.

Le cœur d'Eden se mit à battre à coups redoublés lorsqu'elle aperçut le bosquet familier. Éperonnant sa monture, elle jeta un coup d'œil à Witt Bradley qui chevauchait à ses côtés. Il avait rabattu son chapeau sur son front, accentuant ainsi ce profil juvénile qui lui attirait tant de commentaires moqueurs de la part des autres cow-boys. Eden, quant à elle, n'avait jamais été dupe de cette apparente jeunesse. Witt était plus âgé qu'elle et très mûr pour son âge. Il lui avait prouvé son amitié à de nombreuses reprises, mais jamais de façon aussi positive qu'aujourd'hui.

En atteignant l'orée du bois, elle sentit sa gorge se serrer. Elle tira sur les rênes, Witt l'imita. Elle mit pied à terre et s'élança en courant vers la clairière où elle avait laissé Kyle la veille. Elle s'arrêta abruptement. Personne.

— C'est là qu'il est tombé, mais il est parti.

S'accroupissant, elle passa la main sur le sol, et poussa un petit cri comme elle effleurait un endroit encore poisseux de sang. Affolée, elle se tourna vers Witt.

— Il faut que nous le retrouvions !

— Votre père affirme que la balle n'a fait que le frôler. Ce qui veut dire qu'il est sans doute en ville en ce moment même, accoudé au bar du *Silver Dollar*, maudissant le jour où il vous a vus pour la première fois, votre père et vous.

— Jamais de la vie !

Un éclair de colère passa dans les yeux de Witt.

— Peut-être que vous accordez à cet Indien plus de crédit qu'il n'en mérite.

— Witt, je vous en prie... Il saignait. Il s'est sans doute levé, et il gît quelque part, impuissant.

— Sa monture était attachée à quel endroit ?

Eden bondit sur ses pieds et se précipita dans le sous-bois, Witt sur ses talons.

— Son cheval n'est plus là !

— Ça ne vous paraît pas clair, Eden ?

— Non ! cria la jeune fille, soudain hors d'elle.

Witt la regarda un instant en silence.

— D'accord, reprit-il, je vais vous aider à le chercher.

Luttant contre les larmes, Eden se détourna le temps de se ressaisir, puis murmura :

— Merci, Witt.

Avant de s'éloigner dans les taillis.

Le crépuscule tombait.

Kyle fixait le ciel par la cheminée du tipi. Un morceau de ciel qui ne lui était devenu que trop familier depuis le matin, tandis qu'il passait par des alternances de conscience et d'inconscience. Il enrageait de se sentir aussi diminué, et de constater que chaque effort pour surmonter sa léthargie ne faisait qu'aggraver les choses.

Son angoisse allait croissant.

Il tirerait une balle dans le cœur de sa fille plutôt que de la voir dans les bras d'un Kiowa.

Eden était le seul enfant de Richards. Il ne lui ferait sûrement pas de mal !

Il faudra me tuer d'abord.

Si c'est ce que tu veux.

Pris d'une brusque nausée, Kyle ferma les yeux. Il fallait qu'il garde son calme, car l'agitation augmentait sa détresse physique. Le lendemain, il serait sur pied, et il irait voir Eden. Il lui dirait qu'il s'était trompé en prétendant qu'elle n'était pas supposée tomber amoureuse de lui, ni lui d'elle.

Leur amour était juste.

Et il durerait à jamais.

Il dirait tout cela à Eden… Demain.

Le soir n'était pas loin.

Par les interstices des planches qui barraient sa fenêtre, Eden regardait les étoiles s'allumer une à une dans le ciel. Elle avait le cœur lourd. Witt et elle avaient exploré chaque centimètre carré de terrain autour de l'endroit où Kyle était tombé.

Ils avaient découvert une branche tachée de sang, sans doute celle dont Kyle s'était aidé pour se hisser en selle, mais ils avaient été incapables de repérer la trace de son cheval sur le sol durci par la sécheresse.

Leurs recherches dans le voisinage s'étaient révélées vaines. Doc Bitters ne l'avait pas vu. Les questions discrètes dans les ranches alentour n'avaient rien donné, et personne en ville ne l'avait croisé.

Lorsque l'après-midi toucha à sa fin, ils avaient épuisé toutes les possibilités, sans résultat, alors Eden tenta de se persuader que Kyle avait trouvé un refuge où guérir en paix de sa blessure.

Priant pour que les choses se soient réellement passées ainsi, elle avait tourné bride afin de respecter la promesse faite à Witt.

Découragée, elle s'était rendue directement à sa chambre. Lorsque, se retournant, elle avait vu Witt sur le seuil, l'air aussi abattu qu'elle, elle s'était jetée dans ses bras et avait pleuré toutes les larmes de son corps.

Witt l'avait gardée contre lui le temps qu'elle se calme, puis il avait fermé la porte à clé et était allé desseller les chevaux. Moins d'une heure plus tard, Richards et ses hommes déboulaient dans la cour.

Le père d'Eden ne prononça pas un mot quand il ouvrit la porte de sa chambre. Elle demeura aussi silencieuse que lui durant le bref instant où il se tint sur le seuil avant de refermer le battant. Le bruit de la clé dans la serrure valait tous les discours.

Le pas pesant de Tom Richards dans le couloir tira Eden de ses pensées. Il s'éloigna, puis elle entendit la porte d'entrée claquer. Le silence de son père ne la surprenait pas. Il avait déclaré sans détour que verser le sang de Kyle ne lui faisait ni chaud ni froid. De la même manière, elle lui avait fait comprendre que s'il arrivait malheur à Kyle, elle ne le lui pardonnerait jamais.

Eden ravala ses larmes. Kyle était sain et sauf; elle le saurait si ce n'était pas le cas. Elle allait attendre. Dès qu'il en aurait la possibilité, il viendrait la retrouver.

Elle ferma les yeux. Seigneur… il le fallait!

— Qu'est-ce que tu fais, Witt?

Cessant d'étriller son cheval, le jeune cow-boy se retourna en entendant la voix de Richards. La stalle était chargée de cette tension qu'il avait perçue entre eux depuis le retour de son patron.

Witt examina ce dernier avec circonspection. Tom Richards était un homme dur, mais la journée avait été difficile pour lui. Witt savait que, en dépit de la sévérité avec laquelle il traitait Eden, il l'adorait et n'était pas aussi indifférent à sa peine qu'il voulait le faire croire. Mais il savait aussi que l'amour que Richards portait à Eden n'avait d'égal que sa haine des Indiens – et que tôt ou tard un drame surviendrait.

Le jeune homme serra les dents. La journée avait été difficile pour lui aussi. Il avait parcouru des kilomètres au côté d'Eden à rechercher ce fichu Peau-Rouge. Il prenait des risques en l'aidant ainsi, mais il ne supportait pas de la voir souffrir sans rien faire.

Cela dit, la peine d'Eden avait trouvé un écho en lui. Sa haine de ce sale Peau-Rouge augmentant au fil des heures, il avait passé son temps à hésiter entre l'envie de secouer la fille de son patron de toutes ses forces et celle de la consoler en faisant appel à tout l'amour qu'il avait dans le cœur.

Car il l'aimait. Bon Dieu, il l'aimait depuis toujours ! Il l'avait aimée alors qu'elle n'était qu'une gamine dégingandée au sourire espiègle, et il aimait la belle jeune femme qu'elle était devenue. Lorsqu'il lui avait dit qu'il n'y avait rien qu'il ne ferait pour elle, il en pensait chaque mot – et cela incluait l'aider à rechercher l'homme dont elle était tombée amoureuse.

Il passait pour un idiot aux yeux d'Eden Richards. Il le savait, et il l'acceptait, mais son père attendait une réponse, et Witt se demandait ce qu'il avait derrière la tête.

Avec une aisance feinte, il haussa les épaules.

— Ce que je fais ? Je m'assure que Buster sera assez en forme pour sortir demain. C'était seulement un fer qui le faisait boiter. Je l'ai fixé, et tout est rentré dans l'ordre.

Le rire de Richards lui flanqua des sueurs froides. Il s'approcha, l'air entendu.

— Qui crois-tu tromper ?

— De quoi est-ce que vous parlez, patron ?

— Tu le sais parfaitement. Ton cheval se portait fort bien ce matin, et il se porte tout aussi bien maintenant.

Il fit un pas supplémentaire vers son employé.

— Tu as ouvert la porte à Eden pendant que j'étais parti, pas vrai ? Et tu l'as aussi emmenée chercher cet Indien.

Après un long silence, Witt répondit :

— Vous avez raison.

— J'en étais sûr !

— Vous saviez...

— Bien sûr. Bon Dieu, je ne suis pas aveugle ! Tout le monde au ranch connaît tes sentiments pour Eden, même si elle les ignore !

Sans prendre la peine de nier, Witt rétorqua :

— Si vous vous doutiez que j'allais la laisser sortir, pourquoi vous m'avez chargé de la surveiller ?

— Parce que j'étais certain que tu ne lui résisterais pas.

— Vous vouliez que je l'emmène chercher cet Indien ? fit Witt, incrédule.

— En effet. Tu crois que je ne connais pas ma fille ? Eden est si fichtrement têtue qu'elle n'abandonnera la partie que lorsqu'elle sera sûre que ce salaud n'est pas mort là où nous l'avons laissé.

— Vous preniez un fichu risque ! Et si on l'avait retrouvé mort ?

— C'était hors de question.

— Ça veut dire quoi ?

— Ça veut dire que les gars et moi, on y est passés ce matin... avant Eden et toi.

— Qu'est-ce que vous avez fait de lui ?

— Rien du tout. Cette fripouille n'était plus là.

Witt fronça les sourcils.

— Il n'y était plus ? C'est donc qu'il va bien.

— Peut-être.

— Comment ça, peut-être ? Eden et moi, on ne l'a pas trouvé non plus.

— Je l'ai touché, et salement même. Il était impossible qu'il se relève et s'en aille à cheval.

— C'est pourtant ce qu'il a fait. On a au moins découvert ça, Eden et moi.

— Il a peut-être réussi à grimper en selle, mais il n'a pas pu aller bien loin. Il est sûrement quelque part, dans un fourré, et les mouches doivent s'en régaler, à l'heure qu'il est.

— Bon sang, patron !

— Qu'il aille au diable ! coupa Richards, tremblant de fureur. Si tu penses que je regrette de lui avoir tiré dessus, tu te goures, mon garçon. Il est hors de question que je permette à Eden de se lier à un Peau-Rouge, de la race de ceux qui ont tué sa mère… Pas tant que je serai en vie !

Il recula, s'efforça de reprendre son sang-froid, puis continua plus lentement :

— Mais Eden est ma fille, même si elle se conduit comme une fichue imbécile. Je n'aime pas la voir souffrir, et j'ai pensé que, vu la confiance qu'elle a en toi et tes sentiments à son égard, tu étais la personne toute désignée pour rester près d'elle. Il existe désormais un lien particulier entre vous. Elle va continuer à attendre son Indien, et comme il ne se montrera pas, il me semble logique qu'elle se tourne vers toi.

Witt ne répondit pas.

— Ne me dis pas que cela te déplairait, reprit Richards.

Witt se hérissa.

— Que les choses soient bien claires. Je n'aime pas plus que vous ce salaud d'Indien, mais, patron ou pas, je ne vous permettrai pas de vous servir à nouveau de moi comme vous l'avez fait aujourd'hui.

— Vraiment ?

— Vraiment !

— Je suppose que tu vas tout raconter à Eden.

— Non, je n'en ai pas l'intention.

— Tu es un gars intelligent.

— C'est vrai, je suis intelligent… trop intelligent pour vouloir qu'Eden pense que, peut-être, je suis entré dans votre jeu, et que, du coup, elle me regarde comme elle vous regarde en ce moment. Et je vais vous dire autre chose.

— Vas-y.

— Je ferai tout ce que je pourrai pour qu'Eden se tourne vers moi… que cet Indien soit mort *ou* vivant. Et ce sera parce que je le *veux*, pour *moi* et pour Eden, parce que je pense pouvoir la rendre heureuse.

— Je crois aussi que tu pourrais la rendre heureuse.

— Mais je ne veux pas de votre intervention en ma faveur !

— Tu es sérieux ?

— Oui !

— Parfait. Ça me convient. Oublions cette conversation.

Witt serra les dents.

— J'aimerais sacrément en être capable !

Sur le même ton, Richards rétorqua :

— Mais avant, j'ai autre chose à te dire, que tu oublieras ou pas, comme tu voudras, et il s'agit de ceci : Je ne laisserai jamais cet Indien avoir Eden.

— Ce qui signifie ?

Richards se contenta de lui adresser un regard dur en guise de réponse, puis il tourna les talons et quitta l'écurie à grandes enjambées.

3

Trois jours.

Indifférente au glorieux coucher de soleil qui baignait la campagne de sa lumière dorée, Eden se dirigea vers la grange à pas lents.

Trois jours.

Les deux mots résonnaient encore et encore sous son crâne tandis qu'elle entrait dans l'écurie et s'approchait de la stalle de son cheval. Ce dernier hennit en la reconnaissant, et elle eut un bref sourire.

Lorsqu'elle s'était réveillée, le lendemain de leur recherche infructueuse, elle avait découvert que sa porte n'était plus verrouillée. Elle n'avait pas perdu de temps à essayer de comprendre la raison du revirement de son père. Elle ne s'était pas non plus arrêtée, ni ne l'avait regardé lorsqu'elle était passée devant la table du petit-déjeuner où tout le monde s'était tu en la voyant. Elle s'était rendue directement à l'écurie pour reprendre ses recherches.

Eden soupira. Elle avait recommencé ce matin, s'arrangeant pour rentrer à un moment où elle ne risquait pas de croiser son père ou un de ses loyaux employés. Witt était la seule exception, et bien qu'il n'aime guère Kyle, il était devenu son confident, car elle savait que jamais il ne la trahirait. Il y avait gagné une place particulière dans son cœur, ce cœur qui était en train de se briser.

Calico hennit de nouveau, tandis qu'Eden tirait de sa poche les friandises que la jument attendait. C'était le moins qu'elle puisse faire pour l'animal avec lequel elle avait battu la campagne en tous sens sans dénicher la moindre trace de Kyle.

Eden lutta contre les larmes. Où était-il ? Avait-il trouvé un médecin pour soigner sa blessure, ou bien gisait-il quelque part, impuissant, seul ?

— Eden.

Elle se tourna vers Witt qui arborait une expression inquiète et se risqua à prononcer les mots qui la hantaient :

— Cela fait trois jours. Où peut-il bien être, Witt ?

— Ne vous tracassez pas, Eden, répondit-il avec un sourire forcé. Vous ne savez pas où il est, mais, entre nous, votre père non plus… et c'est bon signe. Si la balle avait causé de graves dommages, quelqu'un l'aurait retrouvé à l'heure qu'il est.

— Si Kyle allait bien, il se serait débrouillé pour me le faire savoir.

— Pas forcément.

— Comment cela ?

— Il est peut-être retourné dans sa tribu.

— Sa tribu… répéta Eden. Kyle est loyal envers les Kiowas, mais il ne fait plus vraiment partie de la *tribu*.

— Il vous l'a dit ?

— Non.

— Alors, pourquoi le dites-vous, *vous* ?

— Parce que c'est vrai.

— Parce que c'est vrai, ou parce que vous *voulez* que ce soit vrai ?

En proie à un soudain accès de colère, Eden cria :

— Je vous croyais mon ami !

— Quand vous fourrerez-vous dans la tête que Kyle Webster n'existe pas, Eden ? L'homme que vous cherchez s'appelle Aigle Fougueux. Votre père hait les Indiens, mais il a parfois raison. Aigle Fougueux est un Kiowa, et il sera toujours un Kiowa. Je ne vois pas où il aurait pu trouver refuge sinon dans leur camp.

Eden prit une profonde inspiration.

— Et vous croyez que cela me dérangerait si c'était le cas ? Je veux juste qu'il aille bien pour qu'il puisse venir me chercher.

— Et que feriez-vous, alors ?

— Pardon ?

— Que feriez-vous s'il vous proposait de vivre avec les *Injuns*, de tourner le dos à votre père, à la vie et aux gens que vous connaissez depuis toujours ?

— Kyle ne me demanderait jamais une chose pareille !

— Non… Mais Aigle Fougueux peut-être.

Eden eut soudain la gorge serrée.

— Pourquoi me dites-vous ça, Witt ?

— J'essaie de vous inculquer un peu de bon sens.

— Du bon sens ? Mon père en avait-il quand il a tiré sur Kyle ? De quel bon sens les habitants du ranch font-ils preuve en se comportant comme s'il ne s'était rien passé ? Et à quel genre de bon sens dois-je faire appel lorsque je regarde le père que j'ai respecté toute ma vie et que je vois la personne qui a tiré sur l'homme que j'aime ? Où est le bon sens dans tout cela ?

— Il y en a.

— Vraiment ? Lequel ?

— Oubliez cet Indien ! Oubliez-le, et tout ce qui s'est passé.

— Witt…

Eden luttait contre le chagrin que ces paroles provoquaient en elle.

— Vous ne pensez pas vraiment que j'en serais capable, n'est-ce pas ? Je vous en prie, dites-moi que vous n'avez pas une si piètre opinion de moi.

— C'est parce que je vous tiens en grande estime que je *veux* que vous l'oubliiez, Eden. Bon sang, vous ne voyez pas que cette histoire n'est pas pour vous ? Vous êtes tout pour votre père – tout ce pour quoi il a travaillé ! Et puis cet Indien surgit, et…

— Il s'appelle Kyle !

— Pas pour votre père.

— C'est sa faute !

— Non. C'est la faute de tous les Kiowas qui ont assassiné des innocents – dont votre mère. Et ce sera leur faute à eux, les Kiowas, s'ils tuent encore avant que tout soit enfin réglé dans la région.

Eden ouvrit la bouche pour protester, mais les mots ne vinrent pas. À quoi bon ? Elle était trop lasse pour discuter davantage.

— Eden, mon cœur…

En quelques pas, Witt la rejoignit, et l'entoura de ses bras. La chaleur de cette étreinte bouleversa Eden davantage encore, et ce fut d'une voix étranglée qu'elle murmura :

— Pour l'instant, tout ce qui me préoccupe est de le savoir en bonne santé. Je serais heureuse qu'il soit avec les Kiowas si cela signifiait qu'il est en sécurité. J'irais même le voir… si j'étais certaine qu'il est là-bas… si je savais où se trouve ce campement.

— Voilà que vous dites n'importe quoi, grommela Witt en lui caressant les cheveux. Même si vous saviez où est ce campement, il n'est pas certain que vous puissiez y entrer ou en sortir vivante.

— Ils n'ont jamais fait de mal à Kyle.

— C'est un des leurs.

— Non ! Pas comme vous l'entendez.

— Il est indien. Le sang ne change pas.

De nouveau furieuse, Eden se dégagea d'une secousse.

— Vous n'abandonnez jamais, n'est-ce pas ? Vous êtes comme tous les autres ! Vous refusez d'accorder la moindre qualité à Kyle.

— Je me fiche complètement de *Kyle* ! Je vous l'ai dit, c'est de *vous* dont je me soucie.

— Eh bien, vous pouvez arrêter sur-le-champ si cela doit vous pousser à parler ainsi ! riposta Eden d'une voix vibrante. J'en ai assez. Je ne veux plus parler de tout cela.

Elle se dirigea à grands pas vers la porte.

— Eden, attendez !

Sourde à la prière de Witt, elle fonça vers la maison.

Non, elle n'attendrait pas. Il n'y avait qu'un homme qu'elle était disposée à attendre, et cet homme, c'était Kyle.

Voilà, il l'avait fait !

Witt fixa un instant la porte par laquelle Eden avait disparu, puis il se mit à donner des coups de poing contre la paroi de la stalle en débitant un chapelet de jurons, sans se soucier de la douleur ni des hennissements affolés de la jument.

Il aurait dû réfléchir avant de tenter de raisonner Eden. Elle était têtue, elle ne lâcherait pas prise. À vrai dire, il ne pouvait lui reprocher d'être bouleversée ; non seulement elle était morte d'inquiétude, mais son père et le reste du personnel se comportaient comme s'il ne s'était absolument rien passé. Le problème, c'était qu'il n'avait plus les idées claires dès qu'il la tenait dans ses bras.

Bon Dieu !

Witt passa la main dans sa chevelure cendrée, le moral au plus bas. Eden lui avait ouvert son cœur, elle lui avait parlé de *l'homme qu'elle aimait*. Elle ne se rendait donc pas compte à quel point cela le faisait souffrir ? Comment une fille aussi intelligente pouvait-elle se montrer si aveugle ?

Il soupira. Ça lui avait paru tellement bon de l'avoir entre ses bras, ne fût-ce qu'un instant. Elle s'appuyait contre lui, et il avait tout juste été capable de ne pas la serrer davantage, de ne pas tourner son visage vers le sien pour lui ordonner d'oublier ce satané Indien et de se concentrer sur l'homme qui l'enlaçait. Il avait envie de lui dire qu'il saurait lui montrer ce que c'était que d'être vraiment aimée, par un homme qui souhaitait l'épouser, élever ses enfants, la chérir et vieillir auprès d'elle – un homme qui ne rêvait que de voir son visage penché sur lui avant que ses yeux ne se ferment à jamais.

Il la voulait, de tout son cœur. Comment pouvait-elle ne pas le voir ?

Witt fronça les sourcils tandis que la réponse s'imposait à lui. Eden refusait de voir ce qu'elle n'avait *pas envie* de voir.

Bon, d'accord, il était idiot.

Mais même un idiot pouvait constater qu'Eden l'aimait... beaucoup. Et lui faisait confiance. Cela aussi, c'était important. Il allait jouer sur ce registre et, le moment venu, elle se tournerait vers lui.

L'ennui, c'était qu'il ressemblait bien plus qu'il ne voulait l'admettre au père d'Eden – parce que, comme lui, il ne laisserait jamais cet Indien poser la main sur elle.

Encore une interminable nuit.

Eden se tournait et se retournait dans son lit, incapable de trouver le sommeil. Sa dispute avec Witt avait encore ajouté à son désarroi. Witt était son seul ami, il lui était aussi cher qu'un frère. Elle détestait se chamailler avec lui, mais elle n'arrivait pas à lui faire comprendre quel homme Kyle était en réalité.

Elle se tourna vers la fenêtre qui laissait pénétrer les rayons brillants de la lune. Lorsqu'elle était rentrée, la veille, il y avait une vitre neuve et les planches de bois avaient disparu. Son père n'y avait pas fait allusion, elle non plus. Peut-être considérait-il ce geste comme un pas vers la réconciliation ? Si c'était le cas, il se berçait d'illusions. La gorge d'Eden se noua. Ce serait tellement plus facile si elle n'aimait pas son père, et si elle n'était pas si sûre qu'il l'aimait aussi ! Mais il avait tiré sur Kyle, et cet acte était impardonnable. Elle ne savait pas ce que lui réservait l'avenir, mais elle était certaine que…

Elle sursauta en entendant un bruit à la fenêtre. Retenant son souffle, elle vit une ombre se découper dans l'embrasure, puis on poussa lentement le panneau de verre, et une silhouette masculine se glissa dans la pièce.

Se demandant si elle ne rêvait pas, Eden se redressa. Les larges épaules lui étaient familières, ainsi que les enjambées souples et silencieuses.

Un éclat de lune argenté illumina brièvement le visage de l'homme, et Eden bondit vers Kyle en réprimant un sanglot de joie.

Eden dans ses bras, enfin !

Couvrant ses lèvres des siennes, Kyle l'écrasa contre lui. Elle était douce et chaude, son parfum, son goût apaisaient quelque peu la faim torturante qu'il avait d'elle.

Bouleversé, il s'écarta abruptement. Les yeux d'Eden étaient noyés de larmes, ses lèvres tremblaient.

— Nous sommes de nouveau réunis, chuchota-t-il. Tout ira bien, désormais.

— J'ai eu si peur, Kyle, murmura-t-elle d'une voix mal assurée en effleurant sa cicatrice sur la tempe. Je suis revenue là où nous vous avions laissé dès que j'ai pu, mais vous n'y étiez plus. Je ne savais pas ce qui vous était arrivé, je ne vous trouvais nulle part !

— J'ai réussi, je ne sais comment, à remonter sur mon cheval, et il m'a mené tout droit au village kiowa, où l'on m'a soigné.

Eden esquissa un sourire.

— Witt avait raison.

— Witt ?

— Witt Bradley. C'est le seul qui m'ait aidée à vous chercher. Il a dit que vous ne pouviez être ailleurs.

Kyle se souvenait de Bradley – et de la façon dont il regardait Eden.

— Qu'a-t-il dit d'autre ? demanda-t-il en se raidissant.

Le bref silence d'Eden en révéla plus qu'elle n'aurait voulu, mais elle finit par répondre :

— Ne préféreriez-vous pas savoir ce que *je* lui ai dit ?

Sans attendre sa réponse, elle enchaîna :

— Je lui ai dit que je me moquais de l'endroit où vous vous trouviez, du moment que vous étiez en sécurité, parce que je savais que vous viendriez me chercher dès que vous le pourriez.

Kyle soutint son regard.

— Êtes-vous prête à me suivre maintenant ?

— Oui.

Après trois jours passés à se ronger les sangs dans l'attente de ce moment, une joie profonde submergea Kyle.

— Alors habillez-vous, et sortons d'ici.

Il se posta près de la fenêtre tandis qu'Eden s'habillait dans l'ombre, et surveilla la cour. Elle était déserte… et silencieuse. Encore quelques minutes, et ils seraient en sécurité.

Le visage de Kyle se durcit. Cette fois, ce serait différent. Il était revenu sur sa terre natale pour s'apercevoir que, malgré ses intentions pacifiques, il était l'ennemi de ceux qui ne voyaient en lui que son héritage kiowa. Et parmi son propre peuple, la haine des hommes blancs était réciproque.

Jetant un coup d'œil par-dessus son épaule, il vit Eden sortir de l'ombre et venir à lui. Durant ces trois derniers jours, si confus et douloureux, de dures vérités avaient vu le jour. Il avait failli mourir en imaginant qu'il parviendrait à vaincre la violence par la raison. Il ne pouvait se permettre de commettre une seconde fois la même erreur. Ni de perdre Eden au profit de ceux qui, d'un côté comme de l'autre, refusaient de voir au-delà leur haine.

Il saisit la main d'Eden. Quel que soit le prix à payer, il ne la perdait pas. Il en faisait le vœu solennel.

Dans le baraquement, l'atmosphère était lourde, et moite.

Witt se tourna vers la petite fenêtre d'où provenait un filet d'air, tout en sachant que cela ne l'apaiserait guère. Il fit la grimace. Il préférait ne pas penser au nombre d'années qu'il avait passé à dormir sur la même couchette, en compagnie de cow-boys qui considéraient le Diamond R comme leur foyer.

Il fouilla du regard les ombres qui l'environnaient. D'étroits lits de camp alignés contre les murs, un poêle ventru, seule source de chaleur pendant l'hiver, une table et des chaises qui avaient connu des jours meilleurs, des vêtements empilés dans des coins. Il y faisait froid l'hiver, chaud l'été, et ce n'était pas beaucoup mieux durant les saisons intermédiaires, tout cela au nom d'un rêve qui s'estompait un peu plus chaque jour.

Une série de ronflements étranglés le fit se tourner vers son voisin de couchette. Joe Booth s'agitait dans son sommeil, ce qui n'empêchait pas les autres de continuer à dormir. Witt jura entre ses dents. Il semblait être le seul à ne pas trouver le sommeil.

Il avait besoin de respirer un peu d'air frais !

Il se leva, s'habilla rapidement, et sortit sans bruit dans la fraîcheur nocturne. S'immobilisant sur le seuil, il inspira profondément.

Eden laissa Kyle l'entraîner jusqu'à la lisière des arbres où deux petits chevaux indiens, pratiquement indiscernables dans l'ombre, les attendaient. Elle jeta un coup d'œil dans la cour derrière eux, et constata, soulagée, que rien ne bougeait.

Kyle la prit par la taille et la hissa sans peine sur l'une des montures avant de grimper sur l'autre. La lune, qu'un nuage avait obscurcie, fit une apparition, éclairant brièvement le visage du jeune Indien. Le cœur d'Eden manqua un battement lorsque leurs regards se croisèrent, juste avant qu'il éperonne son cheval.

Debout près du baraquement, Witt inhalait l'air frais de la nuit. Il retint soudain son souffle comme son regard s'arrêtait sur l'orée du bois. À la faveur de la lune, il avait cru apercevoir un mouvement. Il écarquilla les yeux, scrutant la pénombre, et tendit l'oreille.

Non, c'était impossible !

Sur une impulsion, il fonça vers la maison au pas de course. Arrivé devant la fenêtre ouverte de la chambre d'Eden, il se hissa sur le rebord et se dirigea vers le lit.

Vide !

Il se rua à la fenêtre et distingua deux silhouettes qui s'éloignaient au galop ; la seconde avait une longue chevelure blonde...

L'incrédulité le figea sur place. Ce sale Indien était venu chercher Eden, comme elle l'avait dit ! Et cette idiote était partie avec lui ! Elle ne se rendait donc pas compte de ce qui allait se passer quand son père s'en apercevrait ? Il se lancerait à ses trousses, et tuerait le premier Indien qui croiserait son chemin, puis d'autres et d'autres encore, jusqu'à ce qu'il ait mis la main sur celui qu'il cherchait. Cela déclencherait une véritable guerre, et Eden serait au beau milieu du carnage.

Witt ne supportait pas cette idée !

Il sauta dans la cour et se précipita vers l'écurie. Eden vivait dans un univers de rêve ; cet Indien ne l'aimait pas, sinon il ne mettrait pas sa vie en danger ainsi, alors que son père avait déjà prouvé qu'il n'hésiterait pas à se servir de son arme pour les séparer.

Il allait les rejoindre, bon Dieu ! Il ramènerait Eden avant que son père ait eu vent de cette escapade, et si ce salaud de Kiowa l'avait touchée...

La pénombre était étrangement calme lorsque Kyle tira sur les rênes, mettant un terme à leur course ininterrompue depuis une heure. Soulagée de ce répit, Eden demeura immobile tandis que Kyle menait son cheval à quelques pas de là, jusqu'à un endroit d'où il aurait une vue plus dégagée de la piste qu'ils venaient d'emprunter. Un croissant de lune éclairait à présent la campagne silencieuse.

Eden le rejoignit.

— Personne ne nous suit, dit-elle. Cela signifie que personne ne nous a vus, et que l'on ne s'apercevra pas de mon départ avant le matin.

Kyle ne fit aucun commentaire.

— Où allons-nous, Kyle ?

Comme il ne répondait pas, elle insista :

— Au campement kiowa ?

— Pas directement, chuchota-t-il. Nous nous dirigeons vers le sud, alors que le camp est établi à l'ouest, près de Sweet Water. Je veux m'assurer que nous ne sommes pas suivis avant que nous nous y rendions. Il faut que je parle avec Ours Solitaire avant de faire quoi que ce soit, ajouta-t-il après une pause. Je lui dois bien cela.

De manière inattendue, Kyle souleva le menton d'Eden, se pencha vers elle et pressa sa bouche sur la sienne. Ce contact rassura la jeune fille, qui avait éprouvé un bref instant de doute, et éveilla en elle un désir si profond qu'elle protesta doucement quand il se détacha d'elle.

Lorsque Kyle regagna le sentier, elle le suivit sans lui demander d'explications supplémentaires.

Il les avait perdus !

Witt s'arrêta pour scruter les environs. Il n'avait eu aucune difficulté à les suivre, au début. Puis les nuages s'étaient épaissis, ne laissant la lune filtrer que rarement, si bien qu'il n'avait pu repérer les traces sur le sol desséché.

Il lâcha un juron de frustration. Non seulement il avait perdu les fugitifs, mais il s'était égaré. En vérité, il errait depuis une demi-heure, si incertain quant à la direction à prendre qu'Eden et ce sale *Injun* pouvaient parfaitement être partis dans l'autre sens.

Witt se massa les tempes. Dans une heure, il ferait jour, or il fallait absolument qu'il rejoigne Eden avant que son père s'aperçoive de sa disparition. Il n'osait imaginer ce qui se passerait si Richards les retrouvait avant lui, surtout si cet Indien décidait de l'affronter.

Levant les yeux vers le ciel sans étoiles, il crispa la mâchoire. Bon sang, il faisait tellement sombre ! Il n'avait aucune chance de repérer leur trace. Il ne lui restait plus qu'à attendre l'aube...

Le cheval d'Eden trébucha dans le noir, et elle poussa un petit cri. Kyle jeta un coup d'œil en arrière, vit la jument retrouver son équilibre, mais ne ralentit pas l'allure pour autant. La monture d'Eden trébucha de nouveau, et elle ouvrait la bouche pour parler quand elle aperçut la silhouette d'une cabane entre les arbres.

Quelques secondes plus tard, Eden mettait pied à terre près de Kyle qui était occupé à allumer la lanterne accrochée sous le porche. Elle le suivit d'un pas prudent quand il franchit la porte, et constata que l'intérieur était certes rustique et maigrement meublé, mais propre.

— J'ai découvert cet endroit juste après mon retour au Texas, expliqua-t-il. Il m'a servi de base pendant que je reprenais contact avec la région. Personne ne connaît son existence, nous pouvons donc nous y reposer quelques heures sans crainte avant de reprendre la route.

Il posa la lanterne et se tourna vers elle. Les ombres dansaient sur ses traits acérés, conférant à son visage un aspect menaçant qui coupa momentanément le souffle à Eden. Dans la faible lumière, elle fut frappée pour la première fois par les changements dans son apparence. Depuis quand avait-il laissé pousser ses cheveux, qui lui couvraient à présent les oreilles ? Depuis quand avait-il troqué ses vêtements occidentaux pour adopter les habits de peau chers aux Indiens ? Depuis quand l'expression de son regard s'était-elle faite si dure ? Elle n'aurait su le dire, mais le résultat était une virilité à l'état brut, presque sauvage.

C'est un Kiowa, et il restera toujours un Kiowa.

La vérité la frappa de plein fouet, éblouissante de clarté.

Comme s'il lisait dans ses pensées, Kyle fit un pas vers elle. Son regard sombre chercha le sien, et à cet instant précis, le cœur d'Eden lui souffla une vérité tout aussi éblouissante de clarté.

Peu importait ce qu'était Kyle. Elle l'aimait.

— Eden... murmura Kyle d'une voix rauque en l'attirant dans ses bras.

L'importance des minutes écoulées ne lui avait pas échappé. Il avait vu la crainte dans les yeux d'Eden, puis l'incertitude. Durant un bref instant, elle l'avait regardé comme une étrangère. Au cours de cette nuit, pourtant si dangereuse, il n'avait eu vraiment peur que lors de ces quelques moments de tension où il avait redouté de la perdre.

Resserrant son étreinte, il captura sa bouche. Il avait tant de choses à lui dire. Qu'il avait été poussé par une force inconnue à retourner sur sa terre natale, et qu'il avait senti, la première fois qu'il l'avait vue, que c'était elle qu'il était venu chercher. Il voulait lui faire comprendre qu'il était conscient des risques, qu'il avait essayé de nier ses sentiments, mais que dès qu'il l'avait prise dans ses bras, il n'en avait plus été capable. Il voulait qu'elle sache que son avenir, jusque-là incertain, n'avait pris forme que lorsqu'il avait plongé son regard dans le sien, qu'il y aurait de l'espoir tant qu'ils seraient ensemble, et que, pour cette raison, il ne laisserait personne les séparer de nouveau… Mais Eden répondait à ses baisers par de doux gémissements qui faisaient écho à ses tourments intérieurs, et toute pensée cohérente le déserta.

Kyle approfondit son baiser. Eden tremblait d'un désir qui faisait écho au sien, et il ne put attendre davantage. La soulevant dans ses bras, il la déposa sur la couchette. Un rayon de lune illumina son visage, et le désir de Kyle atteignit son apogée. Allongé près d'elle, il murmura avec émotion :

— Je t'aime, Eden.

Il s'empara de sa main tandis qu'elle chuchotait une réponse inintelligible, et lui baisa la paume, puis il glissa le bras sous sa tête. Bouche contre bouche, ils laissèrent le bonheur les envahir. Chaleur contre chaleur, ils savourèrent l'ardeur de leurs sentiments. Kyle déboutonna le chemisier d'Eden et goûta enfin à la douceur de sa peau. Ses lèvres se refermèrent sur son sein, et un flot de joie lui gonfla le cœur comme elle se cambrait contre lui.

Il revint à son visage qu'il couvrit de baisers, tandis que sa main explorait son corps, le caressait, découvrait la perfection de ses formes. Il s'interrompit quand le désir fut trop fort et, n'y tenant plus, se laissa glisser jusqu'à son intimité. Il lui souleva le bassin, exultant de la voir s'abandonner si totalement à ses voluptueux assauts.

Enivré par l'expression extatique sur le visage d'Eden, il poursuivit sa caresse avec fièvre. Son cœur s'affola en sentant l'extase s'emparer d'Eden qui se convulsa sous ses lèvres.

Il se leva d'un bond, arracha ses vêtements, puis revint à elle. S'efforçant de maîtriser son ardeur, il s'insinua doucement en elle. Un cri leur échappa tandis que la chair d'Eden se refermait autour de la sienne, et il demeura immobile, émerveillé par la splendeur de l'instant.

Eden était sienne.

— Kyle...

Transportée, Eden retenait son souffle. Kyle était en elle, l'emplissait toute. Ils ne faisaient plus qu'un. Enfin ! Elle ferma les yeux tandis qu'il entamait la danse langoureuse de l'amour. Et s'accrocha davantage à lui lorsque le rythme s'accéléra.

Elle l'aimait, elle avait besoin de lui. Elle le désirait plus qu'elle n'aurait cru possible de désirer quelqu'un.

Amour... Besoin... Désir.

Les mots se bousculaient dans la tête d'Eden qui répondait à chaque vigoureuse poussée de Kyle avec une fougue équivalente. Le grand corps musclé frémit au-dessus d'elle, puis la jouissance fut là, si violente dans sa soudaineté qu'elle les secoua de la tête aux pieds, avant qu'ils ne s'effondrent dans les bras l'un de l'autre, épuisés et comblés.

Au bout d'un long moment, Kyle s'appuya sur les coudes pour contempler sa bien-aimée, et répéta d'une voix vibrante d'émotion :

— Je t'aime.

Je t'aime, Kyle.

Les mots montèrent aux lèvres d'Eden, mais elle ne put les prononcer, car déjà Kyle les scellait d'un baiser.

Kyle se réveilla en sursaut dans la lumière grise de l'aube, et se tourna aussitôt vers Eden, lovée contre lui. Il contempla son visage aux traits fins, ses lèvres pulpeuses entrouvertes, sa peau veloutée, en songeant qu'elle était d'une beauté à couper le souffle.

Et qu'elle était à lui.

Elle s'agita dans son sommeil, découvrant un petit sein rond à la pointe dressée qui appelait les baisers, de même que sa peau, sa bouche…

Conscient de la réaction immédiate de son corps, Kyle serra les dents. Non, ils n'avaient pas le temps. Ils devaient partir d'ici avant qu'il fasse grand jour.

— Eden…

Elle battit des paupières, et il fut incapable de résister davantage. Il l'embrassa, d'abord doucement, puis avec une ardeur grandissante. L'émotion menaçant de prendre le pas sur sa raison, il se redressa abruptement.

— Réveille-toi, Eden.

Les yeux incroyablement bleus de la jeune femme croisèrent les siens, et Kyle se força à se lever. Ses vêtements à la main, il pivota lorsque Eden demanda d'une voix ensommeillée :

— Qu'est-ce que… quelque chose ne va pas ?

— Nous devons partir.

— Mais…

S'accroupissant près d'elle, il murmura :

— S'attarder ici serait dangereux… et si je te touche, nous ne quitterons pas cette cabane avant midi.

Rougissante, Eden rabattit les couvertures et tendit la main vers ses vêtements. Kyle se redressa, conscient de ce que son désir était visible, et se dirigea d'un pas raide vers le coffre situé dans un coin de la pièce. Il y fourragea aussi longtemps que possible avant de faire face à Eden muni de ce qu'il cherchait. Soulagé de la trouver habillée, il expliqua :

— J'ai laissé ces affaires la dernière fois que je suis passé.

Aussi immobile qu'une statue, Eden ne répondit pas.

— Qu'y a-t-il ? demanda-t-il, inquiet.

Elle fixait la porte derrière lui.

Kyle se retourna à l'instant où le cliquetis d'un fusil qu'on arme brisait le silence.

— Ne tirez pas !

Enfin sortie de sa transe, Eden reprit d'une voix enrouée :

— Je vous en prie, Witt, posez ce fusil.

— Je savais que je vous retrouverais !

Le jeune cow-boy se tenait sur le seuil, l'air déterminé, le fusil à l'épaule. Sa peau pâle luisait étrangement dans la pénombre, et son regard était glacial. Il poursuivit d'une voix sourde qu'Eden ne reconnut pas :

— Lorsque je vous ai vus quitter le ranch, je n'ai pas voulu y croire, alors je suis allé dans votre chambre. Je n'en revenais pas que vous soyez partie avec lui.

— Vous nous avez suivis ?

— J'ai essayé, mais j'ai perdu votre trace. Le plus drôle, c'est que j'ai fermé les yeux pour me reposer un peu. Quand je me suis réveillé, l'aube pointait… et cette cabane était là, à quelques dizaines de mètres.

Personne ne parut trouver cela drôle.

— Pourquoi m'avez-vous suivie ?

— Vous croyez qu'une telle question est bien nécessaire, Eden ? Vous pensiez vraiment que je laisserais cet *Injun* vous convaincre de le suivre sans bouger le petit doigt ?

— Kyle n'a pas eu besoin de me convaincre de quoi que ce soit !

— Ah, oui ?

— Je ne rentre pas avec vous, Witt, reprit-elle d'une voix plus douce.

Incrédule, ce dernier demanda d'une voix rauque :

— À quoi est-ce que vous pensez, Eden ? Mais peut-être que vous ne pensez pas du tout ! Vous ne savez donc pas ce que votre père va faire quand il s'apercevra à son réveil que vous avez disparu ?

— Il sera trop tard pour qu'il fasse quoi que ce soit. Kyle et moi serons déjà assez loin pour que...

— Vous ne pourrez jamais aller assez loin ! coupa-t-il. Il vous suivra, et il ne s'arrêtera que lorsqu'il vous aura trouvée. Et tous ceux qui se mettront en travers de son chemin le paieront cher !

— Vous vous trompez, Witt. Papa comprendra très vite que se lancer à notre poursuite est une perte de temps !

— Vous le croyez sincèrement ?

— Oui... Non... Je veux dire...

— Le sang va couler si vous ne venez pas avec moi maintenant.

— Il n'en est pas question.

— Écoutez-moi, Eden, tenta de la raisonner Witt. Vous vous y prenez mal. Vous devez d'abord parler à votre père... lui exposer votre point de vue pour qu'il se mette un peu à votre place.

— Et qu'il m'enferme dans ma chambre, et cloue des planches aux fenêtres ?

Kyle se raidit.

L'ignorant, Witt insista :

— Vous devez lui laisser du temps.

— Le temps de tirer de nouveau sur Kyle ? riposta-t-elle en réprimant un frisson.

Elle jeta un coup d'œil à ce dernier, qui se tenait immobile près des provisions qu'il avait laissées tomber à ses pieds. Il semblait calme. Trop calme. Elle vit sa mâchoire crispée, la tension dans ses épaules. La peur lui noua la gorge.

— Witt, je vous en prie, retournez au ranch. Dites à mon père que je lui ferai savoir où je suis dès que possible.

— Vous allez venir avec moi, Eden, s'entêta-t-il. Maintenant.

— Witt…

— Je suis sérieux.

Elle secoua la tête.

— Je vous connais, vous ne vous servirez pas de ce fusil.

— Vous croyez ?

Le regard de Witt s'assombrit dangereusement.

— Peut-être que nous ne savons ni l'un ni l'autre de quoi je suis capable, mais j'ai découvert quelque chose quand je vous ai vue vous enfuir, hier soir. C'est que votre père et moi ne sommes pas si différents, finalement. Parce que je ne vous laisserai pas passer le reste de votre existence dans un sale tipi *injun*, au milieu de sauvages qui risquent de s'en prendre à vous à la première occasion. Je refuse de courir ce risque, Eden, même si c'est ce que vous voulez.

— Witt…

— Vous me suivrez, Eden. D'une manière ou d'une autre.

Kyle avançait imperceptiblement vers la chaise à laquelle pendait son holster, hors de vue de Witt. Eden perdait son temps à essayer de raisonner le cow-boy, car il pensait chacune des paroles qu'il avait prononcées.

— Witt, s'il vous plaît, vous êtes mieux placé que quiconque pour savoir ce que j'éprouve ! supplia Eden.

Pas de réponse.

Serrant les dents, elle recula lentement.

— Je ne rentre pas avec vous, Witt, et je ne vois pas comment vous pourriez m'y obliger. Je…

Elle heurta un tabouret, et poussa un cri lorsque son crâne heurta le sol. Spontanément, Witt se précipita vers elle, et Kyle en profita pour récupérer son arme. Il la sortait de son étui quand Bradley pivota vers lui, le doigt sur la détente.

Kyle fit un bond de côté quand le coup partit, puis tira à son tour.

Bradley s'effondra lourdement à terre, à l'instant précis où les hommes de Tom Richards faisaient irruption dans la cabane.

Dans la seconde qui suivit, Kyle se retrouva au sol, le canon d'un fusil contre la tempe.

— Un geste, et tu es un homme mort ! gronda une voix menaçante.

Des coups de feu, la pagaille, des bruits de course, un cri… La cabane, qui n'était que silence et amour quelques minutes auparavant, semblait soudain secouée par une explosion de violence.

Désorientée, Eden toucha la bosse à sa tête, puis regarda, incrédule, sa main humide de sang. L'esprit encore embrumé, elle laissa soudain échapper un cri comme son regard s'arrêtait sur Kyle, allongé par terre, un fusil braqué sur lui.

— Kyle !

Elle se dirigeait vers lui en titubant lorsque son père lui barra la route.

— Ne t'approche pas de cet individu !

— Laisse-le se relever, papa !

— Non !

— Je vous en prie !

— Ce sale *Injun* va bien. Ce n'est pas pour lui que tu devrais t'inquiéter, mais pour celui qui est étendu derrière toi.

Eden pivota vivement et découvrit, horrifiée, Witt allongé sur le dos, dans une mare de sang.

En deux pas, elle fut près de lui, tandis que McGill le tournait sur le côté pour examiner sa blessure. Il pâlit, puis il rallongea le jeune homme avec précaution en secouant la tête.

Witt avait les yeux fermés, la respiration difficile. Lorsque Eden repoussa une mèche blonde de son front, il entrouvrit les paupières.

— Witt, je suis tellement désolée… murmura-t-elle d'une voix tremblante.

Elle s'empara d'une de ses mains, et la pressa entre les siennes. Elle était si froide…

Le jeune homme croisa son regard.

— Encore… furieuse contre moi ?

— Pourquoi a-t-il fallu que vous me suiviez, Witt ? souffla-t-elle en luttant contre les larmes. Pourquoi ne pas me laisser partir, tout simplement ?

— … pouvais pas.

— Pourquoi ?

Pourquoi ?

La question d'Eden retentit dans la tête de Witt, tandis qu'il luttait pour respirer.

Elle ne savait vraiment pas pourquoi ?

Elle lui tenait la main et le fixait d'un regard intense. Hormis ce poids qui lui écrasait la poitrine, il ne souffrait pas.

Comme il tentait de répondre, un gargouillement sortit de sa gorge. Les mains d'Eden se crispèrent autour de la sienne, et un éclair de peur traversa ses beaux yeux bleus si brillants.

— Non, n'essayez pas de parler, Witt. Ça va aller, je vous le promets. Papa et les garçons vont vous ramener au ranch et aller chercher le Dr Bitters.

— Votre père… déteste le Dr Bitters.

— C'est vrai, admit Eden avec un pauvre sourire.

Un nouveau gargouillement dans la gorge de Witt lui coupa la respiration. La lumière baissait.

— Ne fermez pas les yeux, Witt !

La voix d'Eden perça l'obscurité grandissante, et ce son le fit revenir un peu à lui.

— Tenez bon !

— Eden…

— Chut !

— … dois vous dire…

— Witt, je vous en prie.

— … voulais juste… voir en sécurité…

— Économisez vos forces, Witt.

— Je ne… l'aurais pas tué.

— Je sais.

— Je… vous aime, Eden

Il l'avait dit ! Enfin !

Le poids sur sa poitrine augmentait à chaque seconde ; il sentait le goût cuivré de sang dans sa bouche. Il allait mourir.

Mais Eden lui tenait la main. Son visage brillait dans l'ombre qui se refermait rapidement sur lui… son visage, le dernier qu'il verrait jamais.

Oui… Juste comme il en avait toujours rêvé.

— C'est fini.

— Non ! s'écria Eden en secouant le bras de Witt.

— Lâche-le, Eden.

Eden leva les yeux vers son père.

— Il n'est pas mort, papa !

— Si.

Elle se pencha sur Witt. Il ne respirait plus.

Un bruit lui fit tourner la tête. Deux cow-boys avaient remis Kyle debout, et braquaient leurs pistolets contre ses flancs.

La tête douloureuse, Eden se redressa avec peine. Comme elle se dirigeait vers Kyle, son père l'arrêta.

— Witt est étendu sur le sol, avec une balle de cet Indien dans le corps, gronda-t-il. Ça ne te suffit pas pour comprendre que ce salaud d'*Injun* n'est pas celui que tu crois ?

— Kyle a tué Witt en état de légitime défense ! s'insurgea-t-elle.

— Penses-tu ! Witt ne le regardait même pas. Ce salaud lui a tiré dans le dos !

— C'est faux ! Kyle ne ferait jamais une chose pareille.

— Tu oses nier ce que tu vois de tes propres yeux ?

Eden regarda Witt, et la mare de sang qui s'élargissait sous son corps.

Sous son corps.

— Je... C'était une erreur.

— C'était délibéré, contra son père.

— Non !

— Si !

La tête d'Eden était de plus en plus douloureuse. Ses pensées se bousculaient dans sa tête. Elle se tourna vers Kyle qui ne fit pas la moindre tentative pour nier. Ses yeux sombres étaient froids.

Sombres, froids... comme la mort.

Oui, la mort.

Elle tomba à son tour dans un gouffre sans fond.

4

En trois pas, Kyle atteignit le fond de sa cellule. Pivotant sur ses talons, il refit le chemin en sens inverse pour la centième fois depuis qu'il était enfermé.

Il s'immobilisa soudain et leva les yeux vers la petite fenêtre, pour apercevoir un bout de ciel que le soleil de la fin d'après-midi teintait d'or. La journée, qui avait commencé avec des mots d'amour, s'était achevée dans une telle violence que la matinée n'était plus qu'un souvenir brumeux dans son esprit. En moins de temps qu'il n'en faut pour le dire, Witt Bradley était mort, et on avait porté une Eden inconsciente hors de la cabane, l'arrière du crâne ensanglanté.

Les mains liées, on l'avait forcé à grimper à cheval, et conduit directement à la prison. Il n'avait pas revu Eden depuis lors, et n'avait aucune nouvelle d'elle.

Il entendit des injures et des voix furieuses provenant de la rue. Il était accusé du meurtre de Bradley, et n'avait aucun mal à deviner l'état d'esprit de la population. Il était indien, et l'un des leurs était mort. Et peu importait à ces enragés qu'il ait été blessé par « l'un des leurs » quelques jours auparavant, et en ait réchappé de justesse. Ils se moquaient comme d'une guigne que Witt Bradley ait braqué son arme sur lui, et qu'il ne l'ait manqué que parce qu'il avait eu la présence d'esprit de faire un bond de côté. S'il n'avait pas réagi aussi vite, c'est lui qui ne serait plus de ce monde, et non Bradley. Ce que les gens d'ici auraient préféré, il le savait.

Le grondement des voix s'amplifia quand la porte de la rue s'ouvrit. Il y eut un échange acerbe, un bruit de pas. Kyle fixa la porte, qui s'ouvrit peu après sur Tom Richards. Ce dernier se dirigea droit vers sa cellule, puis s'effaça devant une frêle silhouette.

Eden.

Bien que soulagé, Kyle s'efforça de conserver une expression impassible. Eden était très pâle, elle tenait à peine sur ses jambes et de grands cernes soulignaient ses yeux rougis par les larmes. Elle fixa Kyle longuement, puis se tourna vers son père.

— Je voudrais rester seule avec lui, dit-elle d'une voix rauque.

— Non !

— Je veux lui parler seule à seul !

— Non ! trancha son père. Pas question.

— Maintenant ou plus tard, papa. Si tu m'obliges à rentrer à la maison, j'obéirai, mais je dois m'entretenir seule avec Kyle.

— Comment peux-tu le regarder en face, Eden ? Il a tué Witt, bon sang ! Il l'a abattu de sang-froid ! Cela ne te fait donc rien ? Ou bien toutes les larmes que tu as versées lorsque nous l'avons mis en terre tout à l'heure n'étaient que de la comédie ?

— Papa…

Richards tourna vers Kyle un visage déformé par la haine et déclara d'un ton hargneux :

— Très bien. Je te laisse quelques minutes avec ce salaud, mais n'abuse pas de ma patience à l'épreuve, Eden, ou tu le regretterais amèrement.

Kyle attendit que Richards soit sorti pour s'approcher des barreaux de sa cellule, mais Eden ne bougea pas. Elle se contenta de le regarder, comme pétrifiée. Quand elle parla enfin, ce fut d'une voix tremblante.

— Pourquoi as-tu abattu Witt d'une balle dans le dos, Kyle ?

Voilà… Elle l'avait dit.

Et la question flottait encore entre eux dans le silence pesant. Face à Kyle, à présent, Eden avait peine à croire que les mots aient franchi ses lèvres. La veille seulement, elle avait pris la mesure de son héritage kiowa et nié que cela puisse avoir la moindre incidence sur leur amour. Il l'avait serrée dans ses bras et faite sienne avec une infinie tendresse. Alors, dans la magie qui suit l'assouvissement, elle s'était émerveillée de l'intimité qu'ils avaient partagée et avait cru de tout son cœur que jamais rien ne pourrait se dresser entre eux.

Et maintenant, elle attendait sa réponse, encore engourdie par le déchaînement de violence de la matinée.

Elle s'était réveillée dans son lit, alors que le soleil était au zénith. Doc Bitters était penché sur elle, le visage grave. Il lui avait expliqué qu'il avait suturé sa blessure, qu'elle se sentirait un peu étourdie pendant quelques jours, et qu'il fallait qu'elle se repose le plus possible.

Elle n'avait toutefois pas tenu compte de ces conseils lorsqu'elle avait appris que les coups de marteau qui résonnaient dans la cour étaient pour le cercueil de Witt, que le shérif Duncan et le révérend Mills étaient déjà arrivés, et que Witt allait être enterré au Diamond R dès que le cercueil serait terminé.

Eden prit une inspiration tremblante. Jamais elle n'oublierait le visage de Witt avant qu'on ne ferme le couvercle. Il paraissait si jeune !

Kyle ne l'avait pas quittée des yeux depuis qu'elle était entrée. Le visage indéchiffrable, il se tenait raide, les mains crispées autour des barreaux de fer. Curieusement, d'être ainsi enfermé ne faisait que souligner la puissance intérieure qui émanait de lui, tout en renforçant ce côté sauvage qui avait fugitivement frappé Eden la nuit précédente.

C'est un Kiowa, et il restera toujours un Kiowa.

Les paroles de Witt la hantaient. Il fallait absolument que Kyle lui réponde. Elle avait besoin de connaître la vérité.

— Kyle…

Il lui tourna abruptement le dos, et Eden se précipita vers les barreaux qu'elle agrippa à son tour.

— Witt n'a même pas ouvert le feu ! Il aurait pu te tuer n'importe quand, mais il ne l'a pas fait !

Eden ne s'attendait pas que Kyle fasse soudain volte-face et couvre ses mains des siennes.

— Il a tiré le premier… mais j'ai mieux visé.

Eden ferma les yeux. Elle ne supportait pas le mensonge.

— Non. Il n'a pas tiré un seul coup de feu. Tu l'as touché dans le dos, j'ai vu la blessure.

— Il a tiré le premier !

— Non.

— Eden, regarde-moi !

Elle ouvrit les yeux. Kyle était si proche ! Son regard la brûlait.

— Bradley a tiré le premier, Eden, répéta-t-il. Je n'avais pas le choix.

Elle tenta de libérer ses mains, mais Kyle passa les bras entre les barreaux et l'attira plus près.

— Écoute-moi, Eden. Je…

La porte qui donnait sur le bureau du shérif s'ouvrit à la volée, et Eden sursauta en voyant le pistolet que son père braquait sur Kyle. Celui-ci la lâcha, et elle recula, s'appuya lourdement contre le bras protecteur dont son père l'avait entourée.

— Touche-la encore, et tu es mort ! gronda ce dernier.

Seigneur, sa tête ! Elle avait mal ! Dans le brouillard de ses pensées, une seule surnageait : elle ne supportait pas le mensonge.

Écœurée, elle se tourna vers la porte.

Dehors, tout était calme, tandis que Kyle continuait à arpenter sa cellule. La foule en colère avait été dispersée quelques heures auparavant. Le shérif Duncan et ses trois assistants avaient eu beau se montrer extrêmement fermes, Kyle savait que ce n'était pas fini pour autant. La nouvelle de la mort de Bradley n'avait pas encore atteint les ranches plus éloignés, où le jeune cow-boy était connu et apprécié, et où de récentes échauffourées avec les tribus alentour avaient accru les tensions. Au milieu de la nuit, Kyle avait compris que s'il n'avait pas quitté cette cellule quand cela se produirait, il ne survivrait pas.

Incapable de dormir, il fixa par la fenêtre le croissant de lune qui éclairait la petite pièce de sa lumière argentée. Dans le bureau contigu, seuls des ronflements sonores troublaient le silence. Le shérif avait posté un homme sous sa fenêtre, et un autre, dont on entendait parfois les bottes gratter le plancher, montait la garde devant la porte.

Fou de frustration devant son impuissance, Kyle sentit sa colère renaître. Il était revenu sur sa terre natale pour ne trouver un accueil chaleureux que parmi le peuple de son père… et l'assouvissement dans les bras d'une femme qui se trouvait désormais hors d'atteinte.

Pourquoi dans le dos ?

Kyle serra les dents.

Witt n'a même pas ouvert le feu !

Des mensonges que tout cela ! Mais, visiblement, Eden y croyait. L'accusation qu'il avait perçue dans sa voix lui avait fait l'effet d'un coup de poignard. À l'incrédulité avait succédé une rage si forte qu'il avait été contraint de se détourner. Mais il y avait aussi une supplication dans la voix d'Eden, et il s'était retourné vers elle pour lui assurer qu'il n'avait pas menti... et qu'il l'aimait.

Il n'en avait pas eu le temps. À l'instant où Richards avait fait irruption, le revolver à la main, il avait su qu'il sauterait sur n'importe quel prétexte pour le tuer.

Seul un imbécile risquerait sa peau pour une femme blanche.

Non !

Ses bras s'accrochent à toi, et ton cœur répond, mais cette femme ne sera jamais tienne.

Non.

Touche-la encore, et tu es un homme mort.

Or Richards pensait chacune de ses paroles.

Soudain le ululement d'une chouette se fit entendre, et Kyle se figea. Il se souvenait de ce cri.

Il grimpa sur sa couchette afin de jeter un coup d'œil par la fenêtre. Le garde gisait sur le sol. Le cœur battant, il vit une longue perche munie d'un pistolet s'approcher des barreaux. En bas se dessinait une silhouette qu'il reconnut sans peine malgré la pénombre.

Il s'empara de l'arme dès qu'elle fut à sa portée, et s'aperçut qu'Ours Solitaire n'était pas venu seul. Ce dernier lui fit un signe qu'il mit un certain temps à comprendre. Quand il y parvint enfin, Kyle descendit de la couchette.

Il attendit les quelques minutes nécessaires, puis il s'allongea à plat ventre sur le sol, l'arme cachée sous lui, et se mit à gémir. N'obtenant pas de réaction du côté du bureau, il gémit plus fort, et sauta afin de simuler une chute.

— Qu'est-ce qui se passe, ici ? grogna la voix du shérif.

Kyle gémit de nouveau.

La porte s'ouvrit.

— Par le diable...

Il y eut des bruits de bottes, puis une autre voix demanda :

— Qu'est-ce qu'il a, shérif ?

Kyle bondit sur ses pieds, visant le shérif et son assistant. Il réagit à peine quand Ours Solitaire apparut sur le seuil et assomma les deux hommes.

Son oncle ouvrit sa cellule et marmonna dans leur langue natale :

— Dépêche-toi !

Kyle se précipita vers la porte, puis se retourna sur le seuil à l'instant où Ours Solitaire se penchait sur les deux hommes inconscients, son couteau de scalp à la main. Kyle l'arrêta d'un geste, et son oncle obtempéra en esquissant un bref sourire teinté d'amertume.

— Ton cœur de Kiowa ne chante pas encore le chant de guerre... mais ça viendra.

Les mots résonnèrent dans la tête de Kyle tandis qu'il s'enfonçait dans la nuit en compagnie d'Ours Solitaire.

Contrairement à la veille, le ciel était parfaitement dégagé, et un brillant croissant de lune jetait ses rayons argentés dans la chambre d'Eden. Elle avait toujours mal à la tête, mais elle se rendait compte que la douleur physique n'était pas la cause réelle de son tourment.

Bradley a tiré le premier... mais j'ai mieux visé.

C'était faux ! Son père lui avait montré le fusil de Witt. Elle avait reconnu sa crosse sculptée au premier coup d'œil, et il n'était pas besoin d'être un expert pour voir qu'il n'avait pas servi.

Je ne l'aurais pas tué, Eden.

Je voulais juste vous voir en sécurité.

Elle ferma les yeux. Tout s'était passé si vite ! Elle aurait accepté n'importe quelle explication de la part de Kyle... L'obscurité qui l'avait gêné, l'incertitude, une mauvaise appréciation de la situation. Elle aurait plaidé sa cause devant la terre entière, même si son cœur se rebellait. Mais elle était incapable d'accepter le mensonge éhonté de Kyle... Pas alors que la vision de Witt agonisant ne cessait de la hanter... Pas en sachant que, sans elle, le jeune cow-boy serait encore en vie.

Je vous aime, Eden.

Witt avait eu du mal à prononcer ces paroles alors qu'il luttait pour respirer, mais il n'y avait aucun reproche dans ses yeux.

Ce souvenir était tellement insupportable qu'Eden rabattit sa couverture et bondit hors de son lit pour arpenter sa chambre. Qu'est-ce qui n'allait pas, chez elle ? Witt était mort par sa faute ! Ses yeux s'étaient fermés pour toujours, son rire bon enfant ne retentirait plus jamais. Elle ne le verrait plus, et pourtant, elle voulait croire de toute son âme qu'il avait tiré le premier.

Elle se dirigea vers la fenêtre, là où elle se tenait quelques nuits auparavant, croyant avoir atteint le fond du désespoir. Comme elle se trompait !

Les yeux brouillés de larmes, elle ne vit pas tout de suite le cavalier qui approchait sur le chemin baigné de lune. Elle entendit le martèlement de sabots du cheval avant que la silhouette ne prenne forme, piquant droit sur le ranch.

Le cœur battant, Eden se rua dans le couloir à l'instant où son père émergeait tout habillé de sa propre chambre. Son regard lui arracha un sursaut, tout comme le fusil qu'il tenait à la main. Elle lui emboîta le pas et se tint à ses côtés quand ils atteignirent le porche. Elle remarqua à peine les cow-boys qui se glissaient hors du baraquement tandis que le cavalier s'arrêtait dans un nuage de poussière

Son visage mal rasé luisant de transpiration, il ne prit même pas la peine de mettre pied à terre et cria :

— L'*Injun* s'est évadé ! Le shérif Duncan rassemble une équipe, et il m'a envoyé vous avertir.

— Quand cela s'est-il passé ? demanda Tom Richards.

— Il y a environ une heure.

— Quelle direction ont-ils prise ?

— Pour autant que sache le shérif, ils sont partis vers le sud.

— Allez chercher une monture fraîche. On vient avec vous., déclara Richards avant de se tourner vers ses employés. Booth, Whitney, McGill, prenez vos armes et allez vous installer dans un coin où on ne pourra pas vous voir. Je veux que vous restiez au ranch au cas où il prendrait l'envie à ce sale Indien de venir y faire un tour. Les autres, assurez-vous que vous avez suffisamment de munitions avant de monter en selle.

Son père l'ignorait délibérément, et Eden prit la mouche.

— Si tu laisses McGill et les autres ici à cause de moi, c'est inutile parce que je viens avec vous.

— Pas question !

Se rappelant tout à coup qu'elle était en chemise de nuit, Eden pivota pour rentrer dans la maison en lançant :

— J'en ai pour une minute !

Richards l'attrapa par le bras et la fit pivoter face à lui.

— Je ne vais pas te laisser agir à ta guise, cette fois ! articula-t-il d'une voix tendue. Tu restes ici. Je t'ai accordé trop de liberté, résultat, Witt se retrouve six pieds sous terre.

Eden tressaillit sous la violence de l'attaque.

— Ne dis pas ça !

— Pourquoi ? rétorqua Richards sans chercher à dissimuler sa fureur. Ton précieux *Kyle* s'est rangé du côté de ces salauds de meurtriers, désormais. Il ne feint même plus d'être un homme blanc, et tu ne peux plus nier sa vraie nature. C'est un Kiowa, et il est assoiffé de sang, comme tous les siens. Eh bien, on va lui en donner, je le garantis !

— Tu te trompes !

Richards eut un rictus de dégoût.

— Bon Dieu, parfois, je n'arrive pas à croire que tu puisses être ma chair et mon sang ! Combien d'entre nous faudra-t-il que tu voies mourir avant d'admettre la vérité sur cet Indien ?

La gorge serrée, Eden fut incapable de protester quand son père ordonna :

— Whitney, Booth, ramenez-la dans sa chambre et assurez-vous qu'elle n'en bouge pas.

— Papa…

— Emmenez-la !

Richards se dirigea vers l'écurie, déchiré par une douloureuse ironie. La ressemblance physique entre Eden et sa mère lorsqu'elle lui avait tenu tête quelques minutes plus tôt l'avait bouleversé – sa mère, assassinée par des hommes de la race de celui que défendait sa fille.

La douleur familière revint le tarauder. Ses cheveux étaient un peu plus foncés que ceux d'Eden, ses yeux d'un bleu plus clair, mais les traits fins d'Eden étaient les mêmes que ceux qui l'avaient fasciné à la minute où il avait vu Bonnie Carson. Bagarreur, sans un sou en poche, il ne se distinguait à l'époque des autres employés des ranches voisins que par la couleur flamboyante de sa chevelure. Il n'était pas assez bien pour la fille du banquier, et pourtant, elle était miraculeusement tombée amoureuse de lui. Le jour où ils avaient prononcé leurs vœux de mariage, il avait juré de la chérir et de la protéger jusqu'à ce que la mort les sépare.

Sans aucun doute, il avait respecté la première partie de cette promesse. Mais il avait lamentablement échoué quant à la seconde.

La gorge serrée, Richards se rappela cette journée atroce, vingt ans plus tôt. Un énorme orage avait éclaté, décimant les troupeaux. Dès que les pistes avaient été de nouveau praticables, il avait laissé deux hommes en faction au ranch, puis il était parti avec les autres pour ramener les veaux rescapés. Il était rentré au coucher du soleil pour découvrir les corps de ses deux cow-boys dans la cour, sa maison mise à sac, sa belle Bonnie gisant sans vie dans une mare de sang, et le berceau d'Eden vide.

Effondré, il avait entendu soudain un petit vagissement en provenance de la cave. Jamais il n'oublierait le moment où il avait soulevé la trappe et découvert Eden, saine et sauve, là où sa mère l'avait cachée. Ce jour-là, il s'était juré de venger la mort de Bonnie et de protéger sa fille, puisqu'il n'avait pas su protéger sa femme. Il avait appris à la dure que, quelle que soit la quantité de sang païen versé, jamais ces souvenirs douloureux ne s'effaceraient de son esprit.

Une brusque rancœur l'envahit. Il se rappelait tout aussi clairement le jour où il avait vu *Kyle Webster* pour la première fois. Habillé en homme blanc, ce sale Indien avait parcouru hardiment la grand-rue – où il n'était pas désiré, et où il n'avait aucun droit de se trouver. Mais rien n'avait préparé Richards à la rage qu'il avait ressentie en voyant Eden dans les bras de cet individu. Il avait alors fait le serment que jamais sa fille ne serait souillée comme sa mère l'avait été… Il ignorait en faisant ce vœu le prix énorme qu'il aurait à payer pour le respecter.

Sa rage enflait à chaque pas et, arrivé à l'écurie, il ne tint pas compte de la protestation de son cheval lorsqu'il lui posa brutalement la selle sur le dos avant de se tourner vers un de ses cow-boys.

— Nom de Dieu, Mullen, ce sale Indien s'est échappé ! Je savais que j'aurais dû rester en ville.

Une colère identique brûlait dans les yeux de Mullen.

— Il restera pas longtemps libre, patron.

— Même une minute, c'est déjà trop ! Sans lui, Witt serait encore là.

Le visage de Mullen se durcit.

— C'était pas votre faute.

— Je sais, aboya Richards en sanglant son cheval bien serré. Witt n'aurait jamais reçu cette balle si cet *Injun* n'avait fait un saut de côté au mauvais moment. Il aurait reçu ma balle de plein fouet, et l'affaire aurait été définitivement réglée.

— Les gars savent tous que vous n'avez pas fait exprès de tuer Witt à la place de l'Indien.

— Il ne s'en sortira pas comme ça, Mullen. Je les ferai payer, lui et tous ceux de sa tribu. Des menteurs, des voleurs, des assassins.

— Les copains voulaient que je vous dise, juste pour que ce soit bien clair, qu'en ce qui les concerne, c'est la balle de l'Indien qui a tué Witt, comme tout le monde le pense. On a tous des comptes à régler avec ces salauds de Kiowas. On dira rien d'autre, et c'est ce que Witt aurait voulu.

Richards hocha la tête en descendant les étriers.

— Préviens les gars que je pars dans cinq minutes, et je n'attendrai personne.

Quelques instants plus tard, il éperonnait sa monture et se dirigeait vers la piste, suivi par tout un groupe.

Eden ne se retourna pas lorsque les deux impressionnants cow-boys, Joey Booth et Bart Whitneys, fermèrent derrière elle la porte de sa chambre. Elle avait chevauché à leurs côtés pendant des années, elle les considérait comme des amis, et voilà qu'ils étaient devenus ses geôliers.

Après être restée immobile un interminable moment, elle se dirigea lentement vers la fenêtre. Ramenée brutalement à la réalité en voyant le groupe de cavaliers disparaître dans un nuage de poussière, elle ouvrit précipitamment la porte pour trouver le robuste Whitney qui lui barrait le passage. Elle retourna à la fenêtre, et découvrit que Booth avait pris la même position.

Le bruit de la porte que Whitney refermait déchira le silence, plongeant Eden dans une tristesse sans nom. Des faits lui revinrent en mémoire, irréfutables, que nulle larme ne pouvait effacer.

Witt était mort. Kyle était en fuite pour sauver sa peau. *Tout cela par sa faute*.

Désespérée, elle se laissa tomber à genoux.

Éclairés par la lune, ils chevauchaient en silence et à belle allure depuis plus d'une heure. Kyle jeta un coup d'œil aux braves qui le suivaient – Renard Gris, Homme Debout, Chien Jaune, Serpent Noir –, tous réputés dans la tribu pour leurs talents de chasseurs et de cavaliers, ainsi que pour leur courage. Les visages étaient graves.

Ours Solitaire fit signe au groupe de s'arrêter, et mit pied à terre. Kyle l'imita et le suivit jusqu'à un tertre d'où ils avaient une meilleure vue des environs.

— Personne ne nous suit pour l'instant, observa Ours Solitaire. Nous pouvons nous reposer un moment.

— Le shérif ne doit pas être très loin, dit Kyle, mal à l'aise. Personne ne lui fera oublier que Witt Bradley est mort. Ils veulent m'accuser de meurtre.

— La justice de l'homme blanc.

— Je ne suis pas coupable… Pas de meurtre en tout cas ! Le cow-boy a tiré le premier. Je serais mort, à l'heure qu'il est, s'il avait mieux visé. Pour n'importe qui d'autre, on invoquerait la légitime défense.

— À cause de la femme.

Ignorant ce commentaire, Kyle poursuivit :

— Je serais mort vers midi si vous n'étiez pas venu.

— Tel serait le sort de n'importe quel Kiowa dans ces circonstances.

— Où allons-nous, Ours Solitaire ?

— Nous nous dirigeons vers le sud, le temps que je m'assure que personne ne nous suit. Dans deux ou trois jours, quand nous serons certains que nous ne risquons rien, nous retournerons au camp, et nous prendrons la route du Nord avec notre peuple, pour aller là où ces hommes n'oseront jamais s'aventurer.

Kyle acquiesça.

— Comment avez-vous su aussi vite que j'avais été arrêté ?

— Tom Deux Doigts vit en ville avec sa femme blanche. Beaucoup le traitent de métis et l'injurient. Nous, nous l'appelons kiowa. Quand il a vu la foule devant la prison, il a deviné ce qui allait se passer, et son cœur s'est rebellé. Il s'est précipité à notre camp, et nous a croisés alors que nous chassions. C'est grâce à lui que tu as été sauvé.

— C'est grâce à vous tous, et je vous en remercie.

— Je ne demande pas de remerciement pour avoir épargné le sang kiowa ! aboya Ours Solitaire, soudain furieux. Juste que tu aies des préoccupations semblables ! Il est grand temps de chasser la femme blanche de tes pensées, afin que tu trouves enfin la voie qui est la tienne. Du sang noble coule dans tes veines, Aigle Fougueux. Tu as l'instinct d'un chef. Ton peuple a besoin de toi ! Notre nombre diminue, et je n'ai plus guère de temps devant moi. Mes cheveux commencent à blanchir, ma vue va baisser, mes membres s'affaiblir. Alors, je ne pourrai plus guider mon peuple.

— Non !

— Je suis encore robuste, mais je ne peux nier ce qui nous arrivera à tous. Tu es revenu vers ton peuple, tu as quitté la terre de l'homme blanc où tu as été élevé et où tu n'as pas senti la moindre vérité. Corne Blanche a observé les flammes et lu l'avenir qui y était inscrit. Il a vu la gloire, et il a vu la peine… Mais surtout, il a vu honneur et courage. Avec toi à leur tête, les Kiowas ne seront pas chassés de la terre que le Grand Esprit nous a donnée.

— Je suis un homme pourchassé, Ours Solitaire. Je ne peux mener quiconque sans attirer des ennuis.

— Tous les Kiowas sont pourchassés !

— J'ai des affaires à régler avant de réfléchir à tes paroles.

Ours Solitaire se crispa.

— La femme.

Son respect pour Ours Solitaire plus grand que jamais, et Kyle répliqua vivement :

— Corne Blanche lit l'avenir, mais j'en suis incapable, car je ne vois pas plus loin que le présent.

— La femme ne t'appartiendra jamais !

— Si, elle sera à moi !

Son éclat de révolte vite apaisé, Kyle étudia son oncle en silence. Ours Solitaire parlait de sang noble. Et il lui parut soudain évident que, quelle que soit la noblesse qu'il puisse acquérir au cours de sa vie, jamais elle ne se comparerait à celle qu'Ours Solitaire possédait naturellement. Elle était attachée au cœur de cet homme qui éprouvait pour son peuple un amour total, dénué d'égoïsme, qui était capable de placer le bien-être de sa tribu avant le sien propre. Un homme qui respectait et honorait la mémoire de son frère au point d'accepter sans la moindre restriction la présence de son fils, d'avoir foi en lui en dépit de ses échecs.

Kyle se rappela son rêve d'enfant : atteindre la stature de son oncle. Il ne pouvait aspirer à plus glorieux, il en était conscient.

Après une brève hésitation, il laissa parler son cœur.

— Tu dis ne pas vouloir de gratitude, mon oncle, mais il t'en revient tout de même.

Ours Solitaire resta un long moment silencieux avant de répondre :

— Tu parles de gratitude avec des mots, Aigle Fougueux. Je t'en demande davantage. Le jour viendra où il ne sera plus besoin de te supplier.

Sur ces paroles, Ours Solitaire retourna auprès de sa monture, et ils reprirent la route.

5

Eden se réveilla à l'aube, gémit et porta la main à son crâne encore douloureux.

La veille, après que les cavaliers eurent quitté le ranch pour se lancer à la poursuite de Kyle, elle s'était habillée et avait attendu dans sa chambre à se ronger les sangs. Il n'y avait plus de planches à la fenêtre et sa porte n'était pas fermée à clé, pourtant, elle était bel et bien prisonnière. Nauséeuse, le cœur serré, elle s'était réfugiée dans le sommeil à de nombreuses reprises, pour se réveiller et s'apercevoir que rien n'avait changé.

Le soir, la petite troupe était enfin rentrée. Comme elle ne tenait pas à voir son père, elle avait écouté à la porte.

— Vous l'avez trouvé, patron ? avait demandé anxieusement McGill.

— Non.

Il y avait eu un raclement de pieds sur le plancher, et Mullen avait jeté avec colère :

— Nous avons d'abord trouvé leur piste. Le Kiowa et sa bande se dirigeaient vers le sud, comme le shérif l'avait dit. Les traces étaient d'ailleurs assez fraîches. Puis ils se sont séparés, et se sont mis à tourner en rond. On a alors formé deux équipes pour les suivre… et on a fini par tomber les uns sur les autres !

— Ces satanés sauvages connaissent bien la région, pour sûr ! ajouta Hawkins. Ils nous ont fait tourner en bourriques toute la journée !

— Les salauds…

Jamais Eden n'avait entendu Curry s'exprimer d'un ton aussi venimeux.

— Quand on les attrapera, je les attacherai l'un après l'autre à mon cheval et je les tirerai sur les kilomètres que nous avons parcourus aujourd'hui.

— On les aura, ne vous inquiétez pas !

La voix de son père était aussi déterminée que haineuse, et elle en eut froid dans le dos.

— Et on leur fera payer chaque goutte du sang de Witt.

Il y eut un grommellement d'approbation, puis Richards enchaîna, bourru :

— Allez manger, les gars. McGill vous a laissé de la nourriture sur la table.

Eden entendit ses pas sur le plancher.

— Où est-ce que vous allez, patron ?

— Je n'ai pas faim. Je vais me coucher. Et ne tardez pas à en faire autant, parce que nous partons demain à l'aube. Je veux que cet *Injun* ait ce qu'il mérite, même si je ne dois rien faire d'autre de toute ma vie.

Il s'engagea dans le couloir et pénétra dans sa chambre. Il n'avait pas essayé de voir Eden, et elle en avait éprouvé un réel soulagement.

C'était à présent le matin et, contrairement à tous ses espoirs, l'horrible cauchemar continuait.

Le grincement familier de la porte de la chambre de son père la fit se redresser dans son lit. Elle sauta à terre et, se félicitant d'avoir dormi tout habillée, et ouvrit sa porte. Son père se tourna vers elle, en tenue d'expédition. Partagée entre la colère et le désespoir, elle était certaine d'une seule chose : elle ne supporterait pas une autre journée à attendre.

— Où vas-tu, papa ? demanda-t-elle, brisant le silence la première.

Le regard froid, son père répliqua :

— À ton avis ?

— À la recherche de Kyle, j'imagine. Je viens avec vous.

— Non !

— C'est ridicule, papa ! s'écria-t-elle puis, essayant une nouvelle tactique : Je… je sais ce que tu ressens, mais…

— Ce que *je* ressens ? Et *toi*, que ressens-tu… ou est-ce que tu ne ressens rien sinon pour ce païen, ce Peau-Rouge ?

— Papa, s'il te plaît…

— S'il te plaît quoi ? Tu veux que j'oublie que nous avons enterré Witt hier parce qu'il tentait de t'empêcher de commettre une erreur qui t'aurait rendue malheureuse pour le restant de tes jours ?

— C'était une décision qui n'appartenait qu'à *moi* ! Witt n'avait pas à s'en mêler.

— Tu crois ? Witt pensait différemment… parce qu'il t'aimait.

— Papa…

Richards se tut un long moment avant de lâcher :

— Tu es le portrait craché de ta mère, Eden, tu sais cela ? Mais tu es aussi une fichue imbécile, ce qu'elle n'était pas.

— Ma mère était une femme bien. Tu me l'as dit toi-même !

— Fichtrement vrai !

— Une femme bien ne mépriserait pas un homme sous prétexte qu'il est indien !

— Oh que si ! rétorqua Richards en s'avançant vers elle, l'air menaçant. Si tu es en vie, c'est parce qu'elle connaissait les Kiowas et savait ce qu'ils cherchaient. Voilà pourquoi elle a eu le bon sens de te cacher là où ils ne pourraient te trouver. Elle serait aussi en vie, aujourd'hui, si elle était restée avec toi à la cave, au lieu de remonter pour aider à combattre ces salauds !

— Tu ne sais pas ce qui s'est passé réellement ce jour-là, papa ! Peut-être que tes cow-boys… peut-être qu'ils ont tiré les premiers !

Les mots étaient sortis avant qu'elle puisse les retenir. Horrifiée, elle attendit l'orage qui n'allait pas manquer d'éclater.

— Mais qu'est-ce qu'il t'a fait, ce Peau-Rouge ? Il t'a volé tout sens commun ?

La poitrine de Richards se soulevait d'une rage qu'il arrivait à peine à contrôler.

— Ta maman est morte en luttant pour te protéger de gens de la même race que cet *Injun* ! Witt savait ce qui t'arriverait si tu réussissais à t'enfuir avec lui. Comme ta mère, il est mort pour te sauver, et tu défends encore ce salaud ! Écoute-moi bien Eden…

Il fondit sur elle, lui attrapa une mèche de cheveux.

— Ça fait vingt ans, mais il ne se passe pas une journée sans que je pense à sa belle chevelure blonde – comme la tienne ! – en train de pourrir, attachée à un mât de scalps dans un village kiowa !

Il la lâcha d'un geste dédaigneux et ajouta :

— Heureusement que nous étions là quand Witt a été tué, sinon il aurait connu le même sort.

L'estomac au bord des lèvres, Eden vacilla.

— Tu… tu te trompes, papa. Jamais Kyle ne se conduirait de cette façon.

— Non ?

Richards avait les yeux qui lui sortaient de la tête.

— Eh bien, je vais te dire une bonne chose, si *ton* Kyle pense qu'il va s'en sortir impuni, il se goure. Nous avons perdu sa trace hier, mais nous allons repartir de l'endroit où nous nous sommes arrêtés, et nous ne lui laisserons pas la moindre chance de retourner dans ce campement kiowa pour qu'il puisse rameuter les siens et les lancer contre nous.

— Tu as tort de croire ça, papa. Kyle n'a même pas pris la direction du camp.

— Il se dirige vers le camp kiowa, que tu le veuilles ou non, et je vais tout faire pour qu'il n'y arrive pas.

— Non, c'est faux ! S'il allait au camp, comme tu le prétends, il aurait pris la direction de l'ouest.

— Qu'est-ce que tu racontes ?

— Le camp est à l'ouest d'ici, près de Sweet Water – pas au sud. Je le sais parce que Kyle me l'a dit. Tu te trompes sur son compte. Il n'a nullement l'intention de revenir pour déclencher une *guerre*. Pour l'instant, il fuit afin de laisser aux esprits le temps de se calmer. Puis il reviendra tout arranger. Je sais qu'il le fera !

— Ouais.

Richards fit demi-tour, et Eden le rattrapa par le bras.

— Où vas-tu ?

Son père se dégagea d'une secousse.

— Je te l'ai déjà dit.

Plus anxieuse que jamais, Eden s'efforça de contrôler le tremblement de sa voix et répliqua :

— Je t'accompagne.

— McGill !

Le cow-boy trapu répondit aussitôt à son appel.

— Les gars et moi, on y va. Assure-toi qu'elle ne bouge pas d'ici.

— Non, papa ! Papa…

Mais il était déjà parti.

Kyle observait Renard Gris et Homme Debout qui discutaient calmement. Ils s'étaient tous réveillés à l'aube et avaient puisé dans les provisions prévues pour la chasse. Les autres braves s'adressaient peu à lui, mais il existait entre eux un accord de soutien mutuel qui allait bien au-delà des mots.

Kyle observa les hommes qui se préparaient à grimper en selle. Il avait passé de nombreuses heures à converser amicalement avec Chien Jaune lors de son séjour au camp, après son retour au Texas. Il avait chassé avec Renard Gris et Serpent Noir, et c'était la sœur d'Homme Debout, Biche Alerte, qui lui avait apporté à manger alors qu'il se remettait de sa blessure dans le tipi de Corne Blanche. Chaque fois, ces hommes l'avaient traité comme ils le traitaient maintenant, comme s'il était l'un des leurs et non un quasi étranger.

Ils étaient ses frères.

Par comparaison, la réaction des gens de la ville n'en paraissait que plus contrastée. Jamais il ne lui avait semblé plus évident que si on appelait ses frères des « sauvages », c'étaient les prétendus civilisés qui méritaient ce qualificatif.

Hormis Eden.

La douleur, désormais familière, revint le tarauder. Eden ne pensait pas ce qu'elle avait dit à la prison, il en était certain. Elle était perturbée par les mensonges que les autres lui avaient racontés. À la première occasion, le choc de la mort de Bradley un peu atténué, il irait la trouver et lui expliquerait une fois de plus ce qui s'était réellement passé. Il avait déjà accepté qu'on puisse ne jamais l'innocenter de la mort de Bradley, dans cette région où les Kiowas faisaient l'objet d'une haine farouche. Mais Eden était différente des autres. Quand bien même elle pleurait Witt, elle ne l'en aimait pas moins, lui, Kyle, il en était convaincu. Au fond de son cœur, elle devait se douter qu'il reviendrait à elle dès que possible. Et il ne la décevrait pas.

Kyle se tourna vers Ours Solitaire qui avait déjà le pied à l'étrier. Il demeura un long moment immobile, les yeux dans les yeux de cet homme qui le considérait comme son fils.

Sous son regard intense, Kyle déclara :

— Tout à l'heure, je suis allé vérifier la piste, et je n'ai pas vu trace de cavaliers.

Ours Solitaire hocha la tête.

— Il est difficile pour l'homme blanc de nous suivre.

— Tu penses que nous les avons semés, alors ?

— Peut-être. Nous verrons.

Kyle se rembrunit.

— Tu n'aimes pas attendre.

Kyle ne répondit pas, et Ours Solitaire fronça les sourcils.

— Ton esprit fuit le danger immédiat. La femme occupe toujours tes pensées qui devraient être tournées vers la survie de ton peuple.

Kyle accepta la réprimande sans broncher, cependant l'honnêteté le poussa à répondre :

— Je respecte tes paroles, Ours Solitaire, mais je me dois de te prévenir que j'ai l'intention de retourner chercher Eden dès que le calme sera revenu.

— Si elle veut bien de toi.

— Elle le voudra.

— Elle t'a traité de meurtrier.

— Elle était bouleversée. Elle m'aime.

— Elle t'aime en tant que Kiowa ?

— Elle aime… l'homme que je suis.

— Une telle femme serait la bienvenue parmi nous.

Mettant un terme abrupt à leur conversation, Ours Solitaire monta en selle. Kyle l'imita, méditant la remarque de son oncle, même si elle semblait en contradiction avec ses précédentes affirmations.

Le soleil avait enfin chassé la brume de l'aube quand Kyle comprit qu'il n'y avait pas de conflit entre les propos d'Ours Solitaire. Il avait dit qu'« une telle femme » serait la bienvenue parmi eux, parce qu'il ne pensait pas que cette femme puisse réellement exister.

Il était là où Eden l'avait indiqué.

Dissimulé au cœur d'un épais bosquet qui avait étouffé l'approche de sa troupe, Richards observait le camp kiowa, le cœur battant, un goût de bile dans la bouche.

Les rangées de tipis étaient baignées par le soleil de midi, et rien ne semblait bouger. L'aboiement d'un chien, une brève réprimande brisaient parfois le silence, tandis que la fumée de quelques feux montait en spirale nonchalante vers le bleu du ciel. Une femme sortit de sa tente pour remuer le contenu d'une marmite et attiser le feu avant de disparaître de nouveau. Comme le chien continuait à aboyer, un homme apparut entre les tipis. Il jeta un coup d'œil autour de lui, fit taire l'animal en lançant un ordre vif, avant de retourner d'où il venait.

Richards entendit le rire d'une femme, le cri d'un bébé, le claquement des peaux tendues qui séchaient dans la brise. Tout semblait tellement calme, tellement paisible ! À voir ce tableau où la vie quotidienne se déroulait si harmonieusement, personne n'aurait imaginé que ces tentes abritaient un peuple dont les brusques accès de violence et les raids meurtriers avaient détruit tant de vies.

Mais lui le savait.

La rage bouillonnant en lui, il se tourna vers le shérif Duncan qui se tenait non loin de lui, puis vers les hommes qui les avaient accompagnés. Il avait retrouvé l'équipe de Duncan peu après avoir quitté le Diamond R. Il avait eu du mal à le convaincre d'abandonner la piste qu'ils avaient suivie la veille et de repartir en sens inverse. Sans doute y était-il parvenu grâce à la fureur des hommes dont le nombre avait augmenté depuis que la nouvelle de la mort de Witt avait atteint les ranches les plus éloignés.

Richards parcourut les nouvelles recrues du regard. Il reconnut Sam Hart et ses employés – le fils de Sam avait été tué quelques mois auparavant par un groupe de reconnaissance kiowa. Jesse Walters et ses hommes, qui n'avaient pas oublié le raid sur le ranch de Jesse, durant lequel les Kiowas avaient exterminé sa famille. Il vit aussi Martin Lane, Michael Drew, Larry Neece, Justin Worth et une bonne douzaine d'autres qui avaient subi des pertes similaires au cours des années. Réunis, ces hommes formaient une force redoutable. Richards les connaissait par cœur, et il savait ce qu'ils voulaient.

Le souffle presque coupé par la haine qui enflait en lui, il se tournait vers Duncan quand celui-ci s'adressa calmement à lui :

— D'accord, le camp se trouve là où vous l'aviez prévu, mais à cette distance nous n'avons aucun moyen de savoir si Kyle Webster s'y cache ou non.

— Il est là.

— Nous n'en sommes pas sûrs. Et même si c'était le cas, il y a peu de chances pour qu'un de ces Indiens nous livre Webster et ceux qui l'ont aidé à s'évader.

— Alors, que proposez-vous, shérif ?

— Maintenant que nous avons localisé le campement, je suggère que nous laissions l'armée prendre le relais. Un camp de cette taille ne pourra jamais déménager et se cacher de nouveau avant l'arrivée des soldats. Mieux vaut que ce soit eux qui fassent sortir Webster de là. Ils sont mieux équipés que nous.

— Et pourquoi ? demanda Richards qui tremblait d'une rage mal contenue. Parce qu'ils portent des uniformes ? Nous sommes armés, nous aussi, tout comme eux !

— Parce qu'ils représentent le gouvernement fédéral, voilà pourquoi ! Avec tout ce qu'on raconte à Washington sur les traités brisés de part et d'autre, c'est leur travail, pas le nôtre. Ils ont le pouvoir de négocier, pas nous.

— Aucun de ces sales Kiowas n'a négocié quand ils ont attaqué le ranch de Jesse Walters et assassiné toute sa famille ! Ces Peaux-Rouges assoiffés de sang n'ont pas tenté de parler paisiblement avant de tirer sur le jeune Billy Hart, de lui voler son cheval et de le laisser en pâture aux busards, il y a à peine deux mois ! Et la façon dont ces sauvages ont massacré le cheptel de Larry Neece une nuit où ils étaient tous ivres et avaient besoin de tuer ? Et l'incendie du ranch de Martin Lane ? Trois de ses hommes y ont perdu la vie.

Richards prit une brève inspiration avant de continuer plus doucement :

— Ils ont tué ma Bonnie sans le moindre état d'âme... Et Witt gît six pieds sous terre parce qu'un autre de ces assassins de Peaux-Rouges voulait ma fille.

— Dans ce cas, fit Duncan en plongeant son regard dans celui de Richards, que proposez-vous, Tom ?

— Il est temps de montrer à ces païens qu'ils ne s'en sortiront pas, cette fois ! Je n'attendrai personne, j'y vais sur-le-champ.

— Je vous l'interdis !

— Vous ne pourrez pas m'en empêcher !

Sans attendre, Richards se tourna vers les hommes et s'adressa à eux d'une voix rauque qui résonna sous le clair soleil de midi.

— Vous avez entendu ce que j'ai dit au shérif ? J'y vais. Vous êtes avec moi ?

Il y eut des grognements spontanés, et l'enthousiasme colora le visage de Richards. Comme il faisait de nouveau face au shérif, il découvrit avec surprise que ce dernier avait braqué son fusil vers sa poitrine.

— Je ne vous laisserai pas faire une telle chose.

— Oh que si ! Parce qu'il vous faudra appuyer sur la détente pour m'arrêter ! rétorqua-t-il.

Le visage buriné de Duncan se durcit.

— Je vous avertis...

Il sursauta quand l'homme près de lui lui arracha son fusil des mains, et scruta les visages durs qui l'entouraient

— Vous allez au-devant de bien pire, vous savez ça ? Si vous faites ce à quoi vous pensez, ça ne s'arrêtera pas là !

Richards se remémora le corps ensanglanté de Bonnie, et sa rage éclata :

— Ça s'arrêtera là... pour ce campement, en tout cas ! siffla-t-il avant d'ajouter à l'adresse de la petite troupe : C'est bon, les gars, allumez les torches !

Eden s'éveilla en sursaut d'un sommeil agité. Elle balaya sa chambre du regard, et s'aperçut, affolée, que le frisson qui la secouait n'avait rien à voir avec la température de la pièce. Elle courut à la fenêtre, et s'aperçut qu'il n'était pas encore midi. Son père et les cow-boys n'étaient pas rentrés, pourtant, quelque chose clochait, elle le sentait.

Elle n'avait pas souhaité que cela tourne ainsi ! Elle voulait uniquement Kyle, mais le prix à payer était exorbitant !

Jusqu'où cela irait-il ?

Derrière la fenêtre, McGill, dont c'était le tour de garde, leva les yeux vers elle. Son visage était fermé, ses lèvres pincées. Elle lut un reproche dans ses yeux, ainsi qu'une immense anxiété.

Elle frissonna de nouveau. Oui, quelque chose clochait, comprit-elle en soutenant le regard du cow-boy.

Le soleil basculait à l'horizon dans un ciel sans nuages. Ours Solitaire avait d'abord mené leur petite troupe vers le sud en prenant suffisamment de précautions pour embrouiller quiconque tenterait de les suivre. Quelques heures après midi, il avait décidé que le subterfuge n'était plus nécessaire, et ils avaient tourné bride pour gagner le campement kiowa. Kyle était soulagé. Le camp se trouvait derrière la prochaine colline – ses frères, qui avaient déjà pris tellement de risques pour lui, seraient bientôt en sécurité.

Il se raidit cependant, tandis que sa monture continuait son ascension régulière. Quelque chose n'allait pas. Le ciel était trop sombre, et il percevait une odeur de… fumée.

Il jeta un coup d'œil par-dessus son épaule, vit son angoisse se refléter dans les yeux des hommes, et éperonna son cheval. Celui-ci respirait bruyamment lorsqu'ils atteignirent enfin le bosquet où se dissimulait le campement.

À peine conscient de la présence des cavaliers qui chevauchaient à ses côtés, Kyle émergea dans la clairière et réprima un cri d'horreur devant le spectacle qui s'offrait à lui. Le campement n'était plus qu'un amas de cendres encore fumantes. Des corps inertes gisaient entre des tas de débris qui avaient été des tipis.

Des cris d'agonie… des gémissements de douleur…

Ours Solitaire galopait déjà dans la fumée, Chien jaune sur ses talons, tandis qu'à côté de Kyle Renard Gris, Homme Debout et Serpent Noir étaient, comme lui, paralysés de stupeur.

Se ressaisissant brutalement, Kyle lança sa monture au galop. Il mit pied à terre à côté d'une squaw agenouillée près de son mari, presque caché par la fumée noire qui montait d'une pile de peaux. Il poussa la jeune Indienne pour examiner la blessure du guerrier et sut au premier coup d'œil que celui-ci était mort.

Levant les yeux, Kyle vit Ours Solitaire s'arrêter près des restes de son tipi, il l'entendit appeler Larme de Pluie, son épouse. Une douleur sans nom lui déchira le cœur lorsqu'il n'y eut pas de réponse. Il aperçut ensuite Chien Jaune qui s'efforçait d'éteindre quelques flammèches tout en criant le nom de sa fille d'une voix de plus en plus stridente. Renard Gris, Homme Debout et Serpent Noir disparurent à leur tour dans la fumée.

— Beaucoup d'hommes blancs sont venus…

Kyle regarda la jeune squaw.

— Des soldats ? demanda-t-il sourdement.

Le visage de la femme se décomposa.

— Non. Ils ont fondu sur le camp avec des torches alors que nous nous reposions, en début d'après-midi. Certains d'entre nous ont réussi à se sauver, mais d'autres n'ont pu échapper au feu.

Le regard hanté de ceux qui ont vécu l'enfer, elle poursuivit d'une voix enrouée :

— Les hommes blancs traquaient ceux qui tentaient de se cacher. Ils les abattaient en criant *ton* nom.

Kyle la fixait, abasourdi, tandis qu'elle continuait :

— Ils appelaient Aigle Fougueux, et comme il n'y avait pas de réponse, ils appelaient Kyle Webster ! Ils exigeaient de savoir où tu étais. Le chef avait les cheveux de la couleur des flammes, et il tuait ceux qui ne répondaient pas.

L'esprit en déroute, Kyle se figea. Cette description ne pouvait correspondre qu'à un seul homme.

— Que s'est-il passé ensuite ? articula-t-il.

Les yeux de la femme brûlaient de haine.

— Quand ils ont eu tout incendié, quand le calme est revenu dans le campement, ils ont crié de nouveau ton nom afin que les rescapés l'entendent et se souviennent.

La cruauté de ce récit laissa Kyle atterré. Il se redressa lentement sous le regard hostile de la squaw et, tremblant de rage, contempla les restes fumants du campement. Un tel massacre, juste pour le retrouver !

Son sang kiowa réclamant vengeance, Kyle recula afin d'avoir une meilleure appréciation de l'étendue du carnage. Il avait refusé de donner crédit aux visions de Corne Blanche, il avait ignoré les avertissements d'Ours Solitaire… Il s'était cru au-dessus de leurs conseils parce qu'il était convaincu d'être capable de rencontrer l'homme blanc dans la paix – *mais il s'était trompé !* Il n'y avait pas de justice pour son peuple ! Cet atroce carnage était le prix que ses frères avaient dû payer à cause de son refus d'accepter la vérité, mais il n'était pas question que ces meurtriers s'en sortent impunis ! Il allait riposter à sa manière. Il allait faire couler autant de sang qu'on venait d'en répandre dans cette clairière, il en faisait le serment ! Et quand viendrait le jour où…

Une détonation retentit, et il tomba à genoux.

Une seconde balle l'envoya à terre.

Dans une semi-conscience, Kyle sentit la poussière dans sa bouche, ainsi que l'odeur du sang. Il entendit des pas lourds qui approchaient, s'arrêtaient près de lui.

— Vous êtes bon tireur, mais vous avez manqué un peu votre cible. Il respire encore.

— Je m'en occupe.

Kyle entendit le bruit d'un chien que l'on armait, puis la même voix bourrue.

— Il est fichu. Vous allez juste gâcher une balle.

Kyle avait de plus en plus de mal à respirer.

— Il n'en a plus pour longtemps, continua la grosse voix.

Avant de sombrer totalement dans le néant, Kyle lutta pour ouvrir les yeux, pour voir le visage de celui qui avait tiré et le regardait à présent mourir. Parvenant avec peine à entrouvrir les paupières, il découvrit… *Eden*.

Seule la respiration laborieuse de Kyle troublait le silence de la chambre. Eden ne le quittait pas des yeux, paralysée par l'angoisse.

— Kyle… tu m'entends ?

Il ne répondit pas. Il était si pâle ! Witt était aussi pâle avant de mourir.

Elle frissonna, et serra plus fort la main inerte de Kyle.

Elle se rappelait le regard qu'elle avait échangé avec McGill alors qu'il montait la garde devant sa chambre, vers midi. Elle avait senti qu'il était aussi inquiet qu'elle, et que si elle trouvait les mots justes, un rapprochement serait possible. Toutefois, ce ne fut que lorsqu'ils furent en selle, McGill, Booth et elle, qu'elle apprit la véritable destination de son père, le matin même : le camp kiowa.

Se maudissant de lui avoir révélé où il se situait, elle s'était élancée au galop en direction de l'ouest. Le ciel lourd de fumée au-dessus de Sweet Water lui fit éperonner follement sa monture. Si la vision du campement dévasté fut un choc auquel elle n'était pas préparée, celle de son père et de Mullen debout près du corps de Kyle se grava définitivement dans son esprit.

L'horreur de cet instant ! La peur d'arriver trop tard ! Elle se rappelait être tombée à genoux près de Kyle, et cette bouffée de joie qui l'avait traversée lorsqu'elle s'était aperçue qu'il respirait encore. Elle avait alors exigé qu'on le ramène au ranch afin que Doc Bitters puisse l'examiner et le soigner. Elle avait ignoré les protestations de son père qui prétendait que Kyle serait mieux en ville. Il se rendait compte, avait-elle deviné, que s'il refusait de céder, il la perdrait définitivement.

Le shérif Duncan avait envoyé l'un de ses assistants en éclaireur pour prévenir le médecin, si bien que ce dernier les attendait lorsqu'ils arrivèrent au ranch. Heureusement, sinon Kyle n'aurait pas survécu, Eden en était certaine.

Doc Bitters avait extrait les balles de sa poitrine, et Kyle avait encore du mal à respirer, mais la tache de sang sur son bandage ne s'était pas étendue. Il allait se remettre. Il le fallait.

— Kyle… tu m'entends ?

Silence.

Eden lui caressa la joue, se souvenant de sa douceur quand il s'était allongé près d'elle, de la chaleur de ses lèvres, de la passion dans son regard, de la tendresse de ses mains, et de cette explosion de bonheur inouïe qui avait suivi l'union de leurs corps.

Elle déposa un baiser sur sa bouche, puis lui murmura à l'oreille :

— Je t'aime, Kyle. Je m'en veux tellement ! Je voudrais que tu me parles, que tu me racontes comment tout cela est arrivé. J'ai besoin de savoir si…

Le souffle de Kyle s'étrangla dans sa gorge, et Eden s'affola.

— Doc ! cria-t-elle.

Il fut près d'elle en une seconde et lui offrit un sourire encourageant.

— Il va bien, Eden. Il lui faut du repos, à présent. Quant à vous, je vous suggère d'aller prendre l'air et de manger un peu. Je resterai près de lui jusqu'à votre retour.

Manger ? L'estomac d'Eden se révoltait à cette idée, mais elle avait tout de même quelque chose à faire… quelque chose qui ne pouvait attendre.

Elle reposa avec précaution la main de Kyle sur le drap, se leva et se dirigea d'un pas résolu vers la porte.

Tendu, les traits plus durs que jamais, Tom Richards vit Eden longer le corridor et sortir dans la cour sans ralentir l'allure. La porte claqua derrière elle. Elle protégeait toujours ce païen, ce Peau-Rouge ! Bon Dieu, elle n'avait donc pas honte ?

Cette pensée ranima la rage qui couvait en lui. Il avait bien failli régler le problème une bonne fois pour toutes ! Si Mullen ne l'avait pas retenu alors qu'il s'apprêtait à tirer la balle mortelle… Si Eden n'était pas arrivée à ce moment précis… S'il n'avait pas su qu'il la perdrait à jamais au cas où elle le verrait appuyer sur la détente…

Au lieu de ça, ce salaud était soigné dans sa propre demeure !

Nom d'un chien, il n'en supporterait pas davantage !

Les dents serrées, Richards s'engagea dans le couloir. Il était devant la porte de la chambre – la chambre où le sauvage reposait sur le lit de sa fille – quand une haute silhouette lui barra le passage.

— Ôtez-vous de mon chemin, *shérif*! siffla-t-il.

La moustache raide de Duncan se contracta.

— Et où croyez-vous aller ainsi ?

— C'est ma maison, pas la vôtre ! Je fais ce que je veux chez moi !

— Non.

— Laissez-moi passer !

— Non ! répéta Duncan.

— C'est votre dernière chance, *shérif*. Ôtez-vous de là !

Richards dégaina son arme.

Un bourdonnement coléreux pénétra dans le sombre néant dont Kyle essayait en vain de sortir.

Entre ses paupières mi-closes, il reconnut le décor qui l'entourait. La chambre d'Eden ! Et il était allongé sur son lit.

Un poids lui écrasait la poitrine, qui l'empêchait de respirer normalement. Le bourdonnement se fit plus fort, et il comprit qu'il s'agissait de deux personnes qui se disputaient âprement de l'autre côté de la porte.

— Calmez-vous, Tom !

— Je veux que cet Indien sorte de chez moi !

— Nous ne pouvons pas le déplacer, ou il risque de se vider de son sang.

— Et vous croyez que ça m'inquiète ?

— Il vaudrait mieux !

— Ne me menacez pas, *shérif* !

— Écoutez-moi, Tom. Je me moque pas mal que vous m'appeliez *shérif* avec mépris, comme si c'était une injure. Vous vous comportez comme un fou, et vous ne réfléchissez plus clairement ! Du reste, vous êtes tous devenus fous, dans ce camp indien. Ce qui s'est passé là-bas est inexcusable ! Je n'ai pas pu vous arrêter, et quand ç'a été fini, il n'y avait rien que je pusse faire, hormis jeter la moitié de la ville en prison. Mais quand je vous ai vu rebrousser chemin avec Mullen pour aller guetter ce type, quand vous lui avez tiré dessus lâchement, sans lui laisser une chance, juste parce qu'il…

— Juste parce que ? Ça vous laisse indifférent que Witt soit mort *juste parce qu'il* essayait de sauver ma fille des griffes de ce salaud ?

— Votre fille ne voulait pas être sauvée.

— Ma fille ne savait pas ce qu'elle faisait, à ce moment-là, mais elle a changé d'opinion, à présent.

— Ouais, c'est pour ça qu'elle a persuadé McGill de l'accompagner pour voir ce qui se passait, c'est pour ça aussi qu'elle vous a empêché d'en finir avec cet *Injun*. Pour ça qu'elle a voulu qu'on l'amène ici avant qu'il ait perdu tout son sang.

— Elle a de l'affection pour lui, d'accord, même si ça me tue de l'admettre ! Mais elle déteste les autres sauvages sanguinaires autant que nous !

— Ouais… Bon.

Kyle entendit un bruit de bousculade.

— Lâchez-moi, Tom.

Silence.

— J'ai dit : lâchez-moi, ou je vous jure que je vous arrête sur-le-champ !

Une pause, puis un ricanement.

— Dans ma propre demeure, *shérif* ?

— Ouais !

— Très bien.

Un autre silence.

— Mais, à partir de maintenant, vous feriez bien de veiller à ce que vous dites au sujet de ma fille.

— Je n'ai dit que la vérité.

— Vous ne connaissez pas la vérité ! Eden éprouve des sentiments pour ce type parce qu'elle continue à croire, à tort, qu'il est plus blanc que peau-rouge, mais elle se moque des autres Kiowas.

— Croyez ce que vous voulez.

— C'est ça la vérité, je vous le garantis ! Comment est-ce que j'ai découvert où ils avaient établi leur campement, d'après vous ? Eden me l'a dit parce qu'elle savait que Kyle n'y serait pas. Ça lui était bien égal ce qui arriverait aux autres ! Elle ne s'était pas imaginé qu'il débarquerait alors qu'on y était encore, voilà tout !

— Ce n'est pas mon problème, Tom. Mon problème, c'est comment je vais expliquer ce massacre quand ça arrivera aux oreilles de l'armée !

— Ils s'en contrefichent ! Bon sang, ils ont fait pire à une époque.

— Il faudra qu'ils rédigent un rapport... pour *Washington* !

— Racontez-leur ce que vous voudrez, ils le croiront.

— Et ce type, là, dans la chambre ? Il sait ce qui s'est passé, et ce n'est pas n'importe quel Kiowa. Il a vécu dans l'Est, il s'y est fait des amis, des relations.

— S'il en a, ils vivent dans l'Est, comme vous venez de le dire. Ils n'ont aucune influence sur ce qui se passe ici.

— Je n'en suis pas si certain.

— Moi si... parce que je vais *m'arranger* pour que ça le soit.

— Tom, je vous préviens...

Une ombre bougea soudain dans le champ de vision de Kyle, qui sursauta. La discussion se poursuivait de l'autre côté du battant, mais il n'écoutait plus. Il s'efforça de s'asseoir comme une silhouette se penchait sur lui.

— Non, ne bougez pas. Vous recommenceriez à saigner.

Il reconnut la silhouette. Doc Bitters.

— Apparemment, vous avez entendu ce qui se disait dans le couloir.

Kyle fut incapable de répondre.

— Si c'est le cas, vous auriez intérêt à tout oublier. Et ne vous agitez pas, ça ne vous fera que du mal. Vous avez de la chance d'être en vie.

En vie… alors que d'autres ne l'étaient plus.

— Contentez-vous de fermer les yeux et tâchez de vous reposer. De toute façon, vous ne pouvez pas faire grand-chose d'autre pour l'instant.

Pas pour l'instant.

— Tenez, buvez ça, vous vous sentirez mieux.

Bitters porta une tasse aux lèvres de Kyle qui but docilement.

— Au cas où vous vous poseriez la question, Eden est sortie quelques minutes. Elle sera là la prochaine fois que vous ouvrirez les yeux.

Eden.

La douleur battait en retraite. Les voix s'éloignaient.

Eden… qui l'avait trahi.

— Dites-moi ce qui s'est réellement passé là-bas, Quinn.

Eden regardait le cow-boy droit dans les yeux. C'était le plus jeune des employés de son père, un garçon calme qui ne parlait guère à ses camarades, mais qui était proche de Witt. Elle l'avait coincé dans l'écurie quand elle avait vu qu'il était seul. C'était sa seule chance de découvrir la vérité.

Elle jeta un coup d'œil vers la porte pour s'assurer que personne ne venait.

— J'ai besoin de connaître la vérité, Quinn, insista-t-elle. Tout le monde raconte la même histoire. Ils prétendent que les Kiowas les attendaient quand ils sont arrivés au camp, et qu'ils les ont attaqués lorsque le shérif leur a dit qu'il cherchait Kyle ainsi que ceux qui l'avaient aidé à s'enfuir. Que vous n'avez eu d'autre choix que de vous défendre. Est-ce que ça s'est vraiment passé ainsi ?

— Oui.

— Mais si les Kiowas ont attaqué, comment se fait-il qu'il n'y ait de morts que de leur côté ? Du nôtre, il y a tout eu juste quelques égratignures.

— La chance, sans doute.

— Pourquoi mon père et Mullen se sont-ils attardés au campement alors que les autres commençaient à repartir ?

Le visage glabre du garçon s'empourpra.

— Pourquoi c'est à moi que vous le demandez ? aboya-t-il. Pourquoi pas à votre père ?

— C'est ce que j'ai fait. Il m'a expliqué que la fumée était si épaisse à cause des peaux qui brûlaient près de Kyle qu'ils ne l'avaient pas vu la première fois qu'ils avaient passé les corps en revue, et qu'ils étaient revenus vérifier une seconde fois. Il m'a assuré qu'il avait découvert Kyle juste avant que j'arrive. Et qu'il ne sait pas qui lui a tiré dessus.

— Alors, qu'est-ce que vous attendez de moi ?

— La vérité !

Quinn rougit davantage, et son visage se durcit.

— C'est ça, ouais, vous voulez savoir si c'est la vérité ! Vous vous fichez pas mal de Witt ! Tout ce qu'il a fait, c'était dans votre intérêt… parce qu'il considérait que vous étiez la personne la plus merveilleuse qui ait jamais posé le pied sur cette terre. Mais il n'était pas assez bien pour vous. Vous vouliez ce Peau-Rouge, et Witt est mort à cause de vous !

Eden se raidit contre la violence de l'attaque.

— Je veux seulement la vérité, répéta-t-elle.

— Eh bien, vous l'avez. Et qu'est-ce que vous allez en faire, maintenant ?

Sur ce, Quinn se détourna abruptement et sortit de l'écurie à grandes enjambées.

Comme assommée, Eden resta un long moment immobile avant de se diriger vers la maison. En passant, elle vit Quinn fermer la porte du baraquement derrière lui. Les hommes l'évitaient. L'affection qu'ils lui portaient naguère s'était muée en mépris. En d'autres circonstances, leur attitude l'aurait sans doute blessée, mais là, elle était trop choquée pour réagir.

Elle tressaillit en découvrant le shérif Duncan appuyé au mur, devant la porte de sa chambre. En proie à une nouvelle bouffée d'inquiétude, elle s'approcha de lui.

— Quelque chose ne va pas, shérif ?

Il parvint à grimacer un vague sourire.

— Je pense qu'il vaudrait mieux que j'emmène ce garçon en prison le plus tôt possible. Il n'est pas en lieu sûr, ici.

Le pouls d'Eden s'accéléra.

— V… vous ne pouvez pas le transporter maintenant. Il n'y survivrait pas.

— Eden, il ne survivra peut-être pas si je le laisse chez vous, expliqua le shérif gravement.

— Personne ne lui fera de mal, ici, shérif.

Duncan s'abstint de répondre.

Incapable d'affronter ce que sous-entendait ce silence, Eden ouvrit la porte et se glissa dans sa chambre, où elle trouva Doc Bitters sa sacoche à la main.

— Où allez-vous, Doc ?

— Chez moi. Je ne peux rien faire de plus pour notre blessé. Je reviendrai demain matin, avant que le shérif l'emmène en ville.

— Le shérif ne touchera pas à Kyle demain !

— Si !

— Je ne le permettrai pas !

— Vous n'avez guère votre mot à dire, à mon avis.

— Je…

— Écoutez-moi, Eden, coupa le médecin en s'approchant pour lui prendre la main. Laissez le shérif l'emmener, c'est préférable.

— Que voulez-vous dire ?

— Que si la blessure ne se rouvre pas pendant la nuit, ce garçon sera probablement capable de supporter le transport.

— *Probablement ?*

— Il y a trop de ressentiments, alentour. Le shérif n'est qu'un homme, un homme seul, il ne peut lutter contre tous.

— Avec moi, nous serons deux.

— Rien de ce que vous ferez ou direz ne changera la situation dans ce ranch. Et j'insiste, il vaut mieux pour tous que ce Kyle soit transporté ailleurs au plus tôt.

— Je...

— Je m'en vais. Je lui ai donné un sédatif, et il va certainement dormir quelques heures. Je vous conseille d'en faire autant, afin d'être à même de garder l'œil bien ouvert demain, quand nous le transférerons.

Eden croisa le regard déterminé du médecin. Il lui cachait quelque chose ; il essayait de lui donner un avertissement. Et elle n'avait d'autre choix que de l'écouter.

— Très bien. Mais je ne quitterai pas cette chambre.

Doc Bitters la scruta encore longuement.

— Le shérif monte la garde derrière la porte. Kyle est en relative sécurité tant qu'il ne bouge pas d'ici. Ne jouez pas les fortes têtes. Allez manger un morceau, puis préparez-vous, ainsi que votre cheval, à voyager demain matin. Vous savez fichtrement bien qu'il n'y a plus un homme ici qui accepterait de vous rendre service, alors vous avez intérêt à vous débrouiller toute seule.

C'était une vérité dure à entendre. Eden acquiesça à contrecœur.

— Vous avez raison, mais il n'empêche que je ne bougerai pas d'ici tant que je ne serai pas certaine que tout le monde dort.

— Je vous verrai demain.

— Merci.

— De rien.

La porte se ferma derrière le médecin, et Eden revint vers le lit en ravalant ses larmes. Il fallait qu'elle soit forte. Pour Kyle. Il avait besoin d'elle comme jamais.

Elle s'assit près de lui, vit sa poitrine monter et descendre au rythme de sa respiration, et sa gorge se serra. Il ne pouvait l'entendre, pourtant il fallait qu'elle prononce les mots :

— Je t'aime, Kyle. Quoi que tu aies fait, je t'aime, ajouta-t-elle d'une voix plus douce.

Elle posa la tête sur l'oreiller voisin de celui de Kyle et ferma les yeux.

Eden s'éveilla en sursaut et constata que Kyle dormait toujours. Ne sachant combien de temps elle avait sommeillé, elle jeta un coup d'œil vers la fenêtre : le ciel était sombre et constellé d'étoiles. Il n'y avait plus un bruit dans le ranch. Le moment était idéal pour préparer ses affaires sans risquer de tomber sur son père ou l'un des cow-boys.

Kyle s'agita légèrement dans son sommeil, et Eden hésita. Elle aurait aimé qu'il ouvre les yeux, afin de lui dire de ne pas se faire de souci, qu'elle comptait s'absenter le moins de temps possible.

Elle contempla son beau visage quelques minutes supplémentaires. En dépit de sa pâleur, ses traits conservaient toute leur force. Elle avait été attirée par la puissance qui émanait de lui au premier regard. Malgré le sang versé et la haine qui habitait les uns et les autres, elle ressentait toujours cette union tacite du corps et de l'âme dont elle avait fait l'expérience dès qu'il avait posé ses yeux sombres sur elle. Elle ne regrettait pas de l'aimer, et cela, nul n'y pouvait rien changer.

Elle frôla les lèvres de Kyle des siennes, puis se leva, en proie à une profonde lassitude. Son cheval était sûrement là où elle l'avait laissé, car personne n'avait dû le nourrir ni l'étriller. Elle ne l'avait négligé que trop longtemps.

Le shérif Duncan s'était endormi dans un fauteuil devant sa porte, et elle songea que lui aussi avait certainement suivi le conseil de Doc Bitters et profitait de ce que tout était calme pour se reposer. Elle se promit d'en faire autant dès que possible.

Pressée d'en finir, elle quitta la maison en hâte.

Un violent élancement dans la poitrine réveilla Kyle. Étrangement mal à l'aise, il s'obligea à soulever les paupières. Les ombres bougèrent, dessinant une silhouette familière.

Ours Solitaire.

Il devait rêver.

— Aigle Fougueux…

Le murmure d'Ours Solitaire le ramena à la réalité. Son oncle s'accroupit près de lui.

— L'odeur de la mort emplit mes narines, et la tristesse habite mon cœur, mais c'est la rage qui m'a conduit jusqu'à toi. Tes blessures ne sont que physiques, elles guériront, alors que ton peuple endure une souffrance infiniment plus grande. Il crie vengeance contre le mal qu'on lui a fait. L'esprit de Larme de Pluie m'appelle, et il t'appelle aussi, toi qui partages le même sang que moi. Il est temps que tu te tiennes à mes côtés, que tu embrasses ton destin, Aigle Fougueux.

Encore désorienté, Kyle murmura :

— Comment êtes-vous entré ici ?

— Le garde devant la fenêtre n'a pas été difficile à maîtriser. Renard Gris et Homme Debout nous attendent avec des chevaux. Tu dois venir avec nous, tout de suite.

Kyle acquiesça. Oui, il le devait.

Luttant contre un accès de vertiges qui menaçaient de le submerger, il se leva avec l'aide d'Ours Solitaire. Ils étaient tellement concentrés qu'ils n'entendirent pas le bruit dans le couloir avant que la porte s'ouvre à la volée.

— Ne bougez plus ! ordonna Tom Richards d'un ton tranchant.

Ours Solitaire se redressa vivement, et Kyle sentit la rage qui bouillonnait en lui tandis qu'il pivotait pour affronter le rancher qui pointait son arme sur lui.

Richards eut un rire mauvais.

— Parfait ! Eden avait raison de dire qu'il fallait amener *Kyle* ici. Bon sang, elle a été plus futée qu'on ne le croyait ! Elle se doutait que cela attirerait quelques Peaux-Rouges supplémentaires dans le coin. À présent, nous nous retrouvons avec deux hommes à pendre !

Maudissant sa faiblesse, Kyle glissa un coup d'œil à Ours Solitaire. Il connaissait cette attitude, il connaissait cette expression sur son visage. Seule une balle y mettrait fin.

S'adressant à Ours Solitaire, Richards poursuivit :

— Vous, les *Injuns*, vous n'êtes pas aussi malins que vous le croyez ! Je t'ai vu entrer par la fenêtre, et j'ai envoyé un de mes gars au baraquement pour réveiller les autres. Ils seront là dans une minute – trop tôt pour ce que vous avez prévu ! Ouais, répéta-t-il en riant, vous serez pendus *tous les deux* !

Kyle se tourna vers la fenêtre en entendant un brouhaha de voix à l'extérieur. Les cow-boys arrivaient.

Momentanément distrait par le bruit de course dans le couloir, Richards porta le regard vers la porte. Rapide comme l'éclair, Ours Solitaire sortit son poignard et le lui plongea dans le dos.

Une détonation explosa dans le silence.

Comme hypnotisé, Kyle vit la silhouette puissante d'Ours Solitaire tressauter sous l'impact de la balle. Son oncle croisa une dernière fois son regard avant de s'effondrer lourdement sur le sol.

Quand Kyle releva les yeux, Eden était sur le seuil, un pistolet fumant dans la main.

Il entendit le râle d'agonie d'Ours Solitaire.

Eden le fixait sans ciller.

Alors il sut que c'était fini.

6

Kyle balaya du regard la cellule où il venait de passer les deux derniers mois. L'esprit entièrement occupé par la vision d'Ours Solitaire étendu sur le sol, sans vie, il se rappelait vaguement qu'on l'avait amené du Diamond R. Les journées s'étaient ensuite succédé, innombrables et vides. Ses blessures physiques étaient cicatrisées, il était de nouveau fort, mais une rage silencieuse grondait à l'intérieur.

Étrangement, une part de lui-même était morte à l'instant où Ours Solitaire avait poussé son dernier soupir. Et ses illusions aussi étaient mortes. Ce qui survivait en lui ne s'étonnait pas qu'on ait passé sous silence l'assassinat d'Ours Solitaire, le massacre des Kiowas, l'agression dont il avait été la victime, alors qu'on le jugeait pour le meurtre de Witt Bradley.

Avec une grimace amère, il massa ses poignets dont la peau était à vif. Ses chevilles portaient des marques identiques causées par les fers qu'on ne lui avait pas enlevés depuis qu'il s'était risqué à faire quelques pas maladroits. Emmené jusqu'au tribunal enchaîné, sous les anathèmes de la foule en colère, il avait su dès le début quel serait le verdict. Jugé coupable, il avait entendu la foule hurler sa haine quand le juge lui avait épargné la peine de mort pour le condamner aux travaux forcés… *dans un pénitencier où peu de prisonniers survivaient au-delà de la première année*.

Un tardif soleil d'automne brillait derrière la fenêtre de sa cellule, mais cela ne réchauffait pas Kyle. Il était froid à l'intérieur, aussi mort que le brave guerrier dont l'image était gravée au fer rouge dans son esprit.

Une dette de sang dont il ne s'était pas encore acquitté.

Quant à l'image plus douce qui le hantait aussi – des yeux bleus emplis d'amour, une peau douce empourprée par la passion –, il n'avait cessé de se répéter que ces yeux dissimulaient la trahison, et qu'ils étaient de glace quand Eden s'était tenue sur le seuil de sa chambre, l'arme à la main.

Il ne l'avait pas revue depuis, et ne s'en étonnait pas.

Il fut tiré de ses pensées par le bruit de la porte qui s'ouvrait, et il se tourna vers le shérif Duncan. Celui-ci annonça brièvement :

— Ils ne vont plus tarder à venir vous chercher.

Pour l'emmener au pénitencier.

— Mais quelqu'un veut vous voir avant.

Eden apparut, et le cœur de Kyle fit un bond. Furieux contre le douloureux désir qui s'emparait de lui à sa simple vue, il gronda :

— Faites-la sortir d'ici.

Le dos rigide, Eden fixait l'homme menotté séparé d'elle par des barreaux de fer – l'homme dont les yeux sombres exprimaient tant d'hostilité. Il était plus mince, presque maigre. Cette minceur ainsi que la chevelure noire qui tombait maintenant sur ses épaules revêtues de peau de daim soulignaient ce quelque chose de sauvage dans son allure qu'elle avait naguère nié, mais qu'elle ne pouvait plus ignorer.

Pourtant, ce n'était pas le changement physique qui l'affectait le plus, mais la haine terrifiante qui habitait son regard.

La gorge d'Eden se contracta. Jamais elle ne s'était sentie à ce point déchirée intérieurement. Il s'était passé tellement de choses ! Comment trouver les mots pour exprimer l'horreur qu'elle avait ressentie quand elle avait vu Ours Solitaire poignarder son père dans le dos ? Comment dire l'angoisse qui l'avait étreinte à l'idée que son père gisait dans son sang à cause d'elle ? Quels mots pour décrire la culpabilité qui ne la quittait pas ? Comment avouer à Kyle qu'elle le détestait d'être tombée amoureuse de lui… mais qu'elle se méprisait plus encore ? Comment lui faire comprendre que si elle n'était pas venue le voir c'était pour se punir, pour le punir aussi, de la souffrance qu'endurait son père… mais qu'elle avait fini par se rendre compte que la seule faute qu'ils aient commise avait été de s'aimer ?

La réponse était soudain limpide, elle ne pourrait rien expliquer. L'homme qui l'avait aimée était désormais son ennemi.

— Faites-la sortir d'ici ! répéta Kyle.

Il fallait pourtant qu'elle essaie.

S'efforçant de chasser de sa voix toutes les émotions qui la torturaient, elle déclara d'un ton ferme :

— Je n'irai nulle part tant que je n'aurai pas dit ce pour quoi je suis ici.

Le regard de Kyle se fit plus glacial encore.

Se rendant à peine compte que le shérif Duncan était sorti en fermant derrière lui la porte du bureau, Eden se jeta à l'eau.

— Tu es en colère et tu en as le droit, mais je ne pouvais les laisser t'emmener sans te donner un certain nombre d'explications. Il s'est passé tant de choses ! Mon père a failli mourir.

Failli.

— Le premier choc passé, j'ai voulu venir te voir, mais le shérif ne m'y a pas autorisée. C'était trop proche de la date du procès. Il prétendait que ma visite ne ferait qu'attiser la rancœur, et que c'était toi qui souffrirais de ma visite.

Mensonges.

— Puis mon père a fait une rechute, et je n'ai pas pu venir au procès.

Tom Richards, qui avait survécu, lui.

— Les cow-boys s'étaient un peu calmés au moment du jugement, et je leur ai parlé. Ils m'ont promis qu'ils témoigneraient de la confusion qui régnait dans la cabane quand tu as tiré sur Witt. Et c'est ce qu'ils ont fait. Je ne pouvais en croire mes oreilles lorsque j'ai appris que tu avais été condamné !

Lui le pouvait.

— Je… je voulais faire *quelque chose*. Tu as des amis, dans l'Est. Dis-moi de qui il s'agit, j'entrerai en contact avec eux afin de voir s'ils peuvent te venir en aide. J'engagerai un autre avocat, je…

— Tu perds ton temps.

— Kyle…

Il fit un pas vers elle, et les chaînes raclèrent le sol de pierre. Eden frissonna.

— Mes chaînes te dérangent ? demanda-t-il avec un sourire amer. Curieux, vu que c'est à toi que je les dois !

— Non !

— Tu as indiqué à ton père l'endroit où était installé le campement kiowa, pour que sa bande et lui puissent satisfaire leur soif de sang en massacrant mon peuple !

— Non !

— Tu pensais détourner ainsi l'attention des cow-boys de moi. Tu n'avais pas imaginé que je retournerais là-bas, et tu te moquais de ce qui pourrait arriver aux habitants du campement. Ce n'étaient que des sauvages, après tout.

— Je n'ai pas envoyé les hommes du shérif au campement !

— Personne d'autre ne savait où il se trouvait…

— Je ne me doutais pas que mon père allait…

— Donc, tu le lui as bien dit !

— Oui, mais...

Silence.

Eden prit une inspiration tremblante.

— Je n'avais pas l'intention de dire à mon père où se trouvait le campement. Je ne me souviens même pas pourquoi j'en ai parlé !

— Le camp était déjà anéanti quand j'y suis arrivé. Les hommes du shérif étaient déjà partis, mais pas ton père. Il attendait. Dommage que sa balle n'ait pas atteint son but !

— Ce n'était pas lui !

— J'ai eu tout le temps de me remémorer la voix de l'homme qui avait tiré sur moi. C'était bien ton père. Il a tiré sans hésiter – comme tu as tiré sur Ours Solitaire.

Soudain aussi furieuse que lui, Eden rétorqua :

— Cela n'avait rien à voir ! Ours Solitaire était un sauvage. Il avait tenté de tuer mon père !

— C'était un Kiowa... comme moi.

— Tu n'es pas comme lui. Tu es... tu es...

— Je suis kiowa ! En répandant le sang d'Ours Solitaire, c'est le mien que vous avez répandu !

Eden recula d'un pas.

— Mon père avait raison depuis le début, n'est-ce pas ? Il affirmait que tu étais d'abord un Kiowa, et que rien de ce que je pourrais dire ou faire n'y changerait quoi que ce soit, le moment venu.

— Ton père et ses hommes ont assassiné des femmes et des enfants kiowas en criant mon nom. Ils ont tout brûlé sur leur passage, afin que les survivants souffrent encore davantage à cause de moi. Si je suis encore en vie, c'est parce que ton père a raté son tir... et tu oses traiter Ours Solitaire de sauvage !

— Ours Solitaire *était* un sauvage ! Il a poignardé mon père. Il en a fait un infirme. Papa ne marchera plus jamais !

— Ours solitaire est *mort*.

— C'est vrai. Il est mort, et c'est moi qui l'ai tué.

Tremblante de rage, elle articula :

— Je l'ai tué, et je recommencerais s'il le fallait !

Un pesant silence s'en suivit.

C'était terminé. Elle l'avait perdu.

Eden se tourna vers la porte en entendant des voix. Le shérif Duncan apparut, accompagné de deux hommes portant des insignes. Il s'adressa à elle avec douceur :

— Vous feriez mieux de partir, maintenant, Eden. Ces messieurs sont venus chercher le prisonnier.

Eden lança un dernier regard à Kyle. Ses yeux étaient froids… morts.

Ils s'étaient déjà dit adieu.

Eden partait.

Se méprisant pour le désir brûlant qui fusa en lui comme elle se détournait, Kyle dit d'une voix calme qui remplit le silence avec la puissance d'un cri :

— Eden.

Elle s'arrêta net.

— Dis à ton père… dis-leur à tous… que je reviendrai.

7

Été 1850

Le soleil brûlant ne le dérangeait plus. Les menottes n'irritaient plus sa peau. Il leva sa pioche et l'abattit sur le sol, soulevant un nuage de poussière qui fut aussitôt balayé par une chaude rafale de vent. Il s'interrompit pour repousser les sombres mèches de cheveux qui collaient à son dos moite – un dos musclé par des années de travail physique. La réponse à cette pause ne se fit pas attendre.

— Hé, l'Indien ! l'apostropha le chef des gardes, qui s'approcha, son fusil à la main. T'arrête pas si tu veux manger ce soir !

Il suait la haine.

— Salaud ! siffla-t-il. Me regarde pas comme ça !

Kyle leva de nouveau sa pioche, réprimant un sourire comme le garde faisait d'instinct un pas en arrière. L'outil s'enfonça dans la terre pierreuse avec une force redoutable. Les menottes heurtèrent les os de ses poignets, mais la peau y était déjà si calleuse qu'il n'y prêta pas attention. Les menottes, les fers, les interminables journées passées sous le soleil impitoyable, les nuits de rage silencieuse, tout cela avait façonné l'homme qu'il était à présent – un homme plus grand, plus dur, plus puissant –, un homme qui ignorait la peur.

Il jeta un coup d'œil au garde en levant de nouveau son outil, et ébaucha un sourire en l'entendant jurer entre ses dents avant de reculer d'un pas supplémentaire. Il tira une grande satisfaction de la terreur de cet homme, comme il avait tiré satisfaction de la disparition de Kyle Webster et d'Aigle Fougueux des années auparavant. Le nouvel homme forgé à leur place était plus solide que les fers qui l'entravaient.

Cet homme s'appelait Aigle de Fer.

Et ce soir, Aigle de Fer serait libre.

— Vous voulez dire que vous n'êtes pas encore allés jusqu'aux prairies du Nord ?

L'intonation de Tom Richards poussa les cow-boys à lever le nez de leur assiette. Leurs regards convergèrent vers Eden qui faisait face à son père, à l'autre bout de la table, les sourcils froncés.

— En effet, papa, nous n'y sommes pas allés. Tu sais parfaitement quels problèmes nous rencontrons.

— Ouais, je les connais, mais ce n'est pas une raison. Tu sais très bien ce qui va se passer si nous ne ramenons pas ces troupeaux ici, où nous pouvons mieux les surveiller.

Eden savait surtout ce qui allait venir ensuite : une explosion de colère, or ni elle ni les hommes n'étaient prêts à le supporter.

— Papa…

— Pas de « papa » ! Contente-toi de faire ce que tu as à faire !

Tom Richards jeta sa fourchette sur la table, fit pivoter son fauteuil et sortit de la pièce à une vitesse inquiétante. La porte de sa chambre claqua, et Eden posa ses couverts près de son assiette, son appétit envolé.

— Qu'est-ce que vous faites ?

La question directe la fit se tourner vers Jesse Rowe, le cuisinier, qui se tenait sur le seuil, tenant un plat de ses pauvres mains qui ne pouvaient plus manier le lasso, mais fabriquaient les meilleurs biscuits du comté. Petit, sec, les jambes arquées après de longues années passées en selle, il avait été engagé la semaine précédant le jour où on avait mis Richards dans son fauteuil roulant. Il menait la cuisine tambour battant, et même Richards ne pouvait résister à son regard autoritaire.

Sans attendre la réponse d'Eden, le cuisinier poursuivit :

— Vous n'allez pas laisser votre père vous tarabuster une fois de plus, j'espère ! Bon sang, vous dirigez ce ranch aussi bien que n'importe quel homme, votre père compris. Et il le sait ! Il est frustré, c'est tout, alors il s'en prend à vous, comme toujours !

Il y eut des grognements d'assentiment autour de la table. Whitney, Booth, McGill, Quinn, Hawkins, Masters, et même Muller dont elle n'aurait jamais cru pouvoir regagner l'estime, tous la regardaient d'un air approbateur. Ils avaient accepté d'oublier leur rancune à contrecœur et avaient admis qu'elle prenne la place de son père après qu'elle eut prouvé, jour après jour, qu'elle était à la hauteur de sa tâche.

La gorge soudain nouée, elle répondit :

— Je n'ai pas faim.

— Si ! tonna Rowe. Mangez. Je m'occuperai de votre père.

— Non. Laissez-le tranquille. Il va se calmer.

— Ce n'est pas en se comportant ainsi qu'il ira mieux ! Ce n'est pas votre faute si l'armée n'a pas pu empêcher les Comanches de ravager la région autour d'ici.

— Il ira mieux d'ici à une ou deux heures, s'entêta Eden en repoussant sa chaise.

— Vous n'avez pas terminé votre dîner.

— Si, j'ai fini, merci.

Ignorant le grognement désapprobateur de Rowe, Eden quitta la pièce d'un pas déterminé qui la mena à l'écurie. Elle s'arrêta devant le box de sa jument, les dents serrées.

Bon sang ! Elle avait beau se donner du mal, rien ne tournait jamais rond !

Elle lutta pour retrouver son calme. Rowe avait raison. Tous les ranches de la région affrontaient les mêmes problèmes que le Diamond R. Ironie du sort, son père avait mis fin à la « menace kiowa » cinq ans auparavant avec son attaque massive contre leur camp, mais les Comanches avaient pris le relais avec une sauvagerie qui surpassait de loin celle des Kiowas. L'installation de Fort Worth sur la Trinity River, un peu plus tôt cette année, n'avait guère amélioré la situation. Les Comanches attaquaient quand bon leur semblait, puis ils disparaissaient dans la nature, tels des fantômes.

Eden se massa les tempes d'un geste las. L'escalade des attaques l'avait forcée à prendre une décision qu'elle avait longtemps évitée. Elle avait l'espoir que l'armée parviendrait à contrôler la situation avant l'été, mais il n'en avait rien été. Les attaques des Comanches avaient au contraire redoublé. Elle espérait seulement que lorsque…

— Eden.

La jeune fille se retourna vivement, et sa colère s'apaisa lorsqu'elle reconnut Curt Masters. Les yeux bruns du cow-boy étaient au même niveau que les siens, tandis qu'il la scrutait avec l'attention d'un homme qui a passé sa vie en selle. Engagé quelques années auparavant, il s'était parfaitement adapté à la routine du ranch. Les hommes l'aimaient bien, et Eden l'appréciait aussi la plupart du temps, sauf lorsqu'il fronçait les sourcils. Or, c'était justement le cas : il arborait une expression qu'elle avait vue trop souvent au cours de l'année précédente. Quand son père commençait à lui faire des reproches injustifiés, quand ils se frôlaient par hasard en se croisant. Elle s'était efforcée de l'ignorer.

Elle tenta de sourire.

— Vous m'avez fait une peur bleue ! s'exclama-t-elle.

— C'était involontaire. Vous savez que vous n'avez rien à craindre au Diamond R. Il n'y a pas un *Injun* dans tout l'État qui serait assez crétin pour se risquer à venir jusqu'ici.

Eden était un peu mal à l'aise.

— Je ne m'inquiétais pas pour les Indiens.

— Pour votre père, alors ?

Elle haussa les épaules.

— À quoi bon en parler ?

— Vous avez raison, ça ne sert à rien.

Il fit un pas vers elle, et Eden rougit, embarrassée. Masters était un bel homme de trente ans, et même s'il avait parfois un caractère emporté, la plupart des femmes tombaient sous le charme de son sourire. Eden savait qu'il pouvait choisir pratiquement n'importe quelle fille sur qui il jetait son dévolu. Mais elle n'était pas *n'importe quelle* fille !

Elle tendit la main vers un seau.

— Il faut que je nourrisse mon cheval.

Masters arrêta son geste. Sa paume était calleuse et chaude, son regard direct, mais son sourire était absent.

— Votre mari est mort depuis plus de deux ans, Eden. Il est grand temps de tourner la page. Vous êtes belle, et trop jeune pour mettre votre vie entre parenthèses comme vous le faites.

La gorge d'Eden se serra au souvenir de James Broker – son époux, et l'un des hommes les plus estimables qu'elle ait jamais rencontrés. Elle esquissa un sourire.

— Vous êtes un homme bien, Masters. Vous travaillez au Diamond R depuis presque cinq ans, mais, en vérité, vous ne me connaissez pas aussi bien que vous le croyez.

— J'en sais autant que les autres types qui vivent dans ce ranch.

Eden se crispa.

— Ce qui signifie ?

— Bon sang, un homme ne partage pas un baraquement avec les mêmes camarades aussi longtemps que moi sans apprendre un peu ce qui se passe.

— Ce qui se passe…

— Je sais que votre père tient à vous comme à la prunelle de ses yeux, surtout depuis que votre mère a été tuée par les Indiens. Je sais qu'il a déclaré la guerre à ce Kiowa lorsqu'il a découvert que vous le rencontriez en secret.

Eden se hérissa.

— Que vous a-t-on raconté d'autre ?

— Que cet *Injun* n'était pas ce qu'il paraissait, qu'il vous a persuadée de vous enfuir avec lui, et que quand l'un des cow-boys de votre père a essayé de vous faire entendre raison, ce sale Peau-Rouge lui a tiré dans le dos.

Le sang d'Eden se figea dans ses veines.

— Quoi d'autre ?

— Cet *Injun* a été blessé quand l'équipe du shérif l'a finalement rattrapé, et le shérif a eu peur des amis que l'Indien était supposé avoir dans l'Est. Alors il l'a ramené ici pour que le médecin s'occupe de lui. Ils m'ont raconté comment votre père a reçu un coup de poignard quand un autre *Injun* de la même tribu est venu le secourir.

— Vous ont-ils dit que j'avais tué cet *Injun* ?

— Ouais. Ils étaient fiers de vous, et je le suis aussi. Il paraît que ce Kiowa est toujours derrière les barreaux pour avoir tué Bradley et que c'est tout ce qu'il mérite.

Eden avait la nausée.

— Eden…

L'expression de Masters s'adoucit de manière inattendue. Il lui posa la main sur l'épaule.

— Vu la façon dont les choses se sont passées, ç'a dû être un choc terrible quand vous avez emmené votre père dans ce grand hôpital de l'Est et que les médecins ont dit comme notre Doc qu'il ne marcherait plus jamais. Vous étiez toute seule, et ce Broker s'est trouvé au bon endroit, au bon moment. Ce n'est un secret pour personne que vous n'aviez plus un sou et que, sans lui, vous auriez probablement perdu le ranch. Et tout le monde sait que ç'aurait tué votre père.

Eden ne répondit pas.

— Tout le monde ici sait pourquoi vous avez épousé ce type, poursuivit Masters, surtout après qu'il s'est occupé de tout à l'hôpital. Comment vous auriez pu deviner qu'il allait mourir en vous laissant un fils à élever ?

Pour la première fois, Masters sourit.

— C'est un sacré bonhomme, le petit Jimmy ! Il nous manque à tous autant qu'à vous. Et votre père, je pense que c'est un peu pour ça qu'il est de mauvaise humeur, ces derniers temps. Le gamin lui manque aussi... N'importe quel homme serait fier d'avoir un fils comme lui.

Eden gardait délibérément le silence.

— Je suis sûr que sa grand-mère, là-bas dans l'Est, sera triste de nous le renvoyer si vite.

Sa grande main releva le menton d'Eden.

— Alors, j'ai oublié quelque chose ? demanda-t-il d'une voix soudain rauque.

Adoucissant son geste par une ébauche de sourire, Eden se dégagea.

— Non, admit-elle. Sauf qu'après la mort de James je me suis dit que j'avais eu assez d'hommes dans ma vie, et que je n'allais pas en chercher un autre.

— Vous n'auriez pas besoin d'en chercher, si vous en aviez envie. Les gars m'ont dit pourquoi Witt Bradley vous avait suivie et s'était fait tuer. Je n'ai pas eu de mal à comprendre pourquoi il était amoureux de vous, pourquoi il voulait vous le prouver, ni pourquoi il voulait endosser vos soucis.

— Witt était mon *ami*. C'était très important pour moi, mais cela s'arrêtait là. Il est mort parce qu'il ne voulait pas m'écouter lorsque je lui disais que, quoi qu'il en pense, ce que je faisais ne le regardait pas.

— Il savait ce qui allait se passer, et il voulait vous aider.

— Je ne voulais pas de son aide à l'époque, et je n'ai besoin de l'aide de personne aujourd'hui.

— Bien sûr que si.

La patience d'Eden était à bout.

— C'est comme ça que Witt s'est fait tuer !

Masters secoua la tête.

— Calmez-vous. Bon sang, je ne voulais surtout pas vous mettre en colère.

— Je ne suis pas en colère, répliqua Eden d'un ton plus égal. Il y a bien longtemps que j'ai cessé de regarder en arrière et de pleurer sur ce qui est fait et ne peut être changé. J'ai des problèmes plus importants à régler, à présent – des problèmes qui inquiètent mon père autant que moi.

Elle essaya de nouveau de sourire.

— Vous êtes un type bien, Masters. Faites-vous plaisir, allez en ville ce week-end et regardez bien autour de vous. Becky Neil est devenue une fort jolie fille, et vous ne lui êtes pas indifférent. À ce sujet, Sissie Walker…

Masters fit la grimace.

— Merci, mais je n'ai pas besoin que vous me disiez ce que je sais déjà. Ça ne m'intéresse pas, et je n'écoute pas. D'accord, je vous laisse tranquille pour l'instant, si c'est ce que vous voulez, mais ne vous y trompez pas : vous ne vous débarrasserez pas de moi comme ça.

— Vous perdez votre temps.

— Eh bien, il s'agit de mon temps, non ?

Il se détournait quand Eden posa la main sur son bras.

— Je suis désolée.

— Pas la peine. Je ne renonce pas, vous savez.

— Masters…

Soudain plus sérieux qu'elle ne l'avait jamais vu, il continua doucement :

— Je sais ce que je veux, et ce que je veux mérite qu'on l'attende. Je suis patient.

La déclaration de Masters résonnait encore aux oreilles d'Eden, quelques minutes plus tard, tandis qu'elle soignait machinalement sa jument. Elle n'avait vraiment pas besoin de cela ! Le souvenir de Witt la tourmentait encore. Il lui manquait, mais elle pensait réellement ce qu'elle avait dit à Masters. Elle n'avait pas de temps à consacrer aux distractions. Elle était aujourd'hui une femme en charge de nombreuses responsabilités, plus la jeune fille immature d'autrefois qui refusait d'envisager les conséquences de ses actes sur ceux qu'elle aimait. Elle avait commis des erreurs… Beaucoup d'erreurs. Elle avait détruit des vies définitivement. Elle avait appris de dures leçons qu'elle n'oublierait jamais, et elle ne commettrait pas deux fois les mêmes fautes.

Eden remit le seau à sa place et, durant de longues minutes, regarda sans la voir sa jument se nourrir, puis elle releva le menton avec détermination et tourna les talons. Le passé était le passé, on n'y pouvait plus rien changer. Elle l'avait résolument relégué à l'arrière-plan.

Sur le seuil, elle s'arrêta et contempla le ciel sombre criblé d'étoiles. Elle se demandait si…

Non. Elle avait aussi fini de se poser des questions.

Elle traversa la cour à grandes enjambées pour regagner la maison.

La nuit était tombée, le ciel était clair, mais la cellule exiguë d'Aigle de Fer était sombre et étouffante. La chaleur pesait sur ses épaules nues, un poids qu'il avait depuis longtemps appris à supporter.

Sans bruit, il écarta sa couchette du mur, puis ôta le paquet qui dissimulait le chemin de la liberté. Il n'avait vécu tout ce temps que pour les quelques centimètres qui le rapprochaient chaque nuit de son but. Lorsque celui-ci fut enfin à sa portée, il passa de longues nuits frustrantes à travailler sur ses chaînes jusqu'à ce que les maillons choisis soient suffisamment entamés. Et lorsqu'il s'autorisait quelques heures de sommeil, il rêvait de ce que la liberté lui apporterait.

Un unique nuage passa devant la lune, et Aigle de Fer sourit. Il saisit la chaîne qui entravait ses poignets et brisa le maillon affaibli, puis il fit de même avec la chaîne de ses chevilles. Enfin, sans prendre la peine de dire adieu à cet endroit où il avait tant souffert, il se glissa dans le boyau sombre.

Le couloir devenait plus étouffant à mesure qu'il avançait péniblement vers la sortie, de l'autre côté des murs du pénitencier. Des chutes de sable ralentissaient sa progression, et il commençait à perdre le souffle quand une bouffée d'air frais lui indiqua que la liberté était proche. Il s'immobilisa un instant. L'air doux et frais avait déjà un parfum de vie.

Son cœur se mit à battre follement. D'autres détenus avaient essayé de s'échapper de cette manière, mais ils avaient tous échoué. Les représailles étaient alors abominables, mais Aigle de Fer n'avait pas peur. Cette fois, l'évasion réussirait.

Le tunnel était moins sombre, la sortie était en vue.

À quelques mètres de la liberté, il s'arrêta, tendit l'oreille. Satisfait, il poursuivit son chemin, utilisant le fer de ses menottes pour avancer plus vite.

Son corps puissant recroquevillé tel celui d'un animal prudent, Aigle de Fer fouilla l'ombre du regard. Quatre heures, peut-être cinq avant qu'on s'aperçoive de sa disparition. Tant que la nuit le dissimulait, il lui faudrait courir comme le vent jusqu'à la rivière. Le courant était son allié, il l'emporterait au loin.

Il se releva lentement, balaya du regard les alentours une dernière fois. Il avait rêvé de cet instant, il était enfin à lui.

Eden se réveilla brutalement et regarda autour d'elle, le cœur battant. Elle se rappelait une nuit où les ombres avaient pris vie, elle se souvenait des larges épaules et de la démarche souple de l'homme qui s'était approché de son lit sans bruit. Elle n'avait pas oublié non plus sa joie quand elle avait compris qu'elle ne rêvait pas, que ce qu'elle voyait était bien réel, et que…

Non ! Elle ne voulait *pas* se remémorer tout cela !

La chaleur lui parut tout à coup insupportablement oppressante. Elle avait besoin d'air.

Elle gagna la cour, respira profondément à plusieurs reprises, pourtant son anxiété persistait. Quelque chose ne tournait pas rond. Où était Jimmy ? Si loin…

Eden ferma les yeux. Jimmy, quatre ans, des cheveux châtains, un esprit vif, et un sourire bouleversant. Lorsqu'elle l'avait tenu dans ses bras pour la première fois, elle avait compris que jamais rien ne serait comparable à ce qu'elle avait éprouvé à cet instant. La décision qu'elle avait prise plus tôt dans l'année de l'envoyer rendre visite à sa grand-mère, dans l'Est, avait été l'une des plus difficiles de sa vie. Elle savait cependant au fond de son cœur que c'était la bonne décision.

Les raids comanches avaient redoublé avec l'arrivée du printemps, en particulier dans leur région. Troupeaux égorgés ou dispersés, baraquements incendiés, barrières détruites, cow-boys abattus. Étant obligée de laisser au ranch quantité d'hommes pour en assurer la protection, Eden avaient dû passer avec ceux qui restaient d'innombrables heures à réparer les dégâts.

Jimmy dormait lorsqu'elle rentrait, et il dormait encore quand elle partait le matin. Quoique à contrecœur, il avait bien fallu qu'elle s'y résolve. Ce qu'elle n'acceptait pas, en revanche, c'était les cauchemars du petit.

Pauvre chéri ! Il essayait de se conduire comme un homme, mais ce n'était qu'un petit garçon.

Une bouffée de colère envahit Eden. Elle savait qui était responsable de ces cauchemars. Son père, qui ne cessait de raconter de façon imagée les attaques des Indiens, et le faisait délibérément. Il essayait désespérément de transmettre sa haine des *Injuns* à ce petit-fils qu'il aimait plus que tout. Seulement, si Jimmy était trop jeune pour ressentir véritablement de la haine, il ne l'était pas pour avoir peur.

Ses cauchemars avaient pris des proportions alarmantes, et quand la mère de James avait écrit qu'elle aimerait avoir Jimmy quelque temps, Eden avait sauté sur l'occasion pour éloigner ce dernier.

Son père s'était farouchement opposé à cette décision, jusqu'à ce que la gouvernante d'Emily Broker vienne chercher le petit pour l'emmener dans l'Est. Tandis que la diligence s'éloignait, Eden s'était consolée en se disant qu'au retour de son fils, les raids ne seraient plus qu'un mauvais souvenir.

Elle s'était, hélas, trompée. Les raids continuaient. Cela non plus ne s'était pas passé comme prévu.

Tout le monde ici sait pourquoi vous avez épousé ce type, surtout après qu'il s'est occupé de tout à l'hôpital. Comment vous auriez pu deviner qu'il allait mourir en vous laissant un fils à élever ?

Oui, tout le monde savait. Eden ferma les yeux sur les larmes qui menaçaient. Ce qu'ils ne savaient pas, c'était qu'elle n'aurait pas survécu à ces jours si sombres et si désespérés sans la gentillesse de James, sa générosité, son amour indéfectible. Il avait été fou de joie quand Jimmy était né, et il s'était révélé un père merveilleux qui adorait sa famille. Eden avait été anéantie quand il avait rendu l'âme.

Elle frissonna et rouvrit vivement les yeux. Certaine à présent que son malaise n'était pas dû à l'absence de son fils, elle scruta la nuit. Elle était ridicule, elle le savait ; c'était son imagination qui lui jouait des tours en donnant forme humaine aux ombres environnantes. Le passé était mort. Il était mort avec le coup de poignard qui avait condamné son père au fauteuil roulant, et avec le mouvement de son doigt sur la détente... La détonation hantait encore son sommeil.

Le passé était mort, et enterré.

Pourtant, elle avait encore mal...

Elle frissonna de nouveau malgré la chaleur de la nuit et, furieuse contre elle-même, rentra dans la maison.

La rivière était froide et le courant violent. Aigle de Fer luttait pour garder la tête hors de l'eau dans les rapides, maudissant ces tourbillons qui l'emportaient vers le bas, même si cela l'aidait dans sa fuite. Il ignorait depuis combien de temps il était dans la rivière, il savait seulement que ses membres s'engourdissaient, que sa respiration devenait laborieuse. Il ne tiendrait plus très longtemps.

S'arrachant au courant au prix d'un effort surhumain, il échoua enfin sur la rive.

La lune éclairait comme en plein jour quand il se releva, le souffle court. Une douce brise caressait son corps uniquement vêtu d'un pantalon, et il leva la tête vers les étoiles La nuit était si belle ! Il emplit ses poumons de cet air frais qui avait le parfum de la liberté.

Un bruissement le fit se retourner d'un bond, et il eut le temps d'apercevoir un petit animal qui filait dans son terrier. Il retomba brutalement sur terre. C'était un signe. Le message était limpide : ce n'était pas le moment de se réjouir alors que sa liberté n'était pas encore assurée. Il savait où il devait aller et ce qu'il devait faire.

Il rejeta sa longue chevelure brune en arrière et observa le paysage, cherchant son chemin. Une image familière lui apparut soudain, un flot de cheveux blonds et des yeux bleus rayonnants d'amour. Le souvenir d'un coup de feu résonna, et il serra les dents.

La nuit avait perdu de sa beauté, le vent n'était plus caressant.

Aigle de Fer se mit en route.

Dissimulé dans l'ombre devant le baraquement, Curt Masters vit Eden pivoter et rentrer chez elle. Le sommeil le fuyait malgré les longues heures passées en selle. Il avait fini par se lever, irrité par sa conversation avec Eden qui ne cessait de lui tourner dans la tête. Il avait alors aperçu la jeune femme devant la porte du ranch, et sa frustration avait augmenté d'un cran.

Il se rappelait la première fois qu'il avait vu Eden. Bon sang, il en avait eu le souffle coupé ! Il avait déjà vu des cheveux blonds, mais jamais comme les siens ; il avait déjà vu des yeux bleus, mais ceux-là le fascinèrent. Il avait connu nombre de jolies jeunes femmes, mais aucune ne supportait la comparaison avec Eden. Il se souvint de la colère irrationnelle qu'il avait éprouvée quand il avait découvert qu'elle était mariée. Broker était gentil, mais d'instinct Masters avait senti qu'il n'était pas l'homme qu'il fallait à Eden.

Puis il avait appris le reste de l'histoire.

Ses lèvres pleines esquissèrent un rictus inconscient. Eden et un Kiowa ! Un *Injun* ! Il avait été scandalisé, et avait compris sans peine ce que Richards avait dû ressentir. Maintenant qu'il connaissait le vieux rancher, il se demandait comment Eden avait réussi à lui tenir tête. L'imaginer avec ce Peau-Rouge lui flanquait la chair de poule, mais elle s'était rachetée à ses yeux lorsqu'il avait découvert qu'elle avait tiré sur l'*Injun* qui avait poignardé son père.

Masters réfléchit un instant. En réalité, rien de tout cela n'avait d'importance, à présent. Il avait regardé le soleil texan jouer sur les cheveux d'Eden depuis presque cinq ans, il avait plongé dans son regard bleu au risque de s'y noyer. Il avait vu Eden chevaucher et manier le lasso mieux qu'un homme. Il l'avait vue travailler aux côtés de ses cow-boys aux plus rudes tâches, l'avait entendue crier des ordres, ou se faire douce. Il l'avait entendue rire, mais rarement se plaindre. Elle avait l'énergie d'un homme, mais quand elle marchait, le balancement inconscient de ses hanches était tout ce qu'il y avait de féminin.

Sa décision était prise avant même qu'il se la formule : elle était faite pour lui.

— Tu perds ton temps, Masters.

Il se tourna vers la voix et ne fut pas surpris de trouver Mullen sur le seuil du baraquement. Le contremaître au regard acéré semblait toujours au courant de tout ce qui se passait.

Sans même tenter de nier, Masters rétorqua :

— Vraiment ? Je crois que tu te trompes.

Mullen ne cilla pas.

— Laisse-moi te dire une chose… pour ton bien. Il fut un temps où je n'aurais pas perdu une heure avec cette fille. J'étais proche de son père quand elle lui en a fait voir de toutes les couleurs à cause de ce Kiowa. À sa place, je l'aurais laissé partir, et bon débarras !

— Mais tu n'es pas lui.

— Non… En tout cas, mon opinion sur Eden a changé. En vérité, je n'ai jamais vu quelqu'un, homme ou femme, d'aussi courageux qu'elle. J'ai mis du temps à l'admettre, mais elle est autant un *homme* que son père quand il est arrivé dans ce ranch… et c'est une sacrée bonne mère, en plus. Mais aujourd'hui comme hier, elle sait ce qu'elle veut, et personne ne peut la faire changer d'avis une fois qu'elle est décidée. Si j'étais toi, je m'épargnerais un tas d'ennuis et j'arrêterais de la regarder.

— Tu n'es pas moi.

Mullen eut un petit reniflement.

— Je connais cette attitude têtue. Witt Bradley...

— Je me fiche de Witt Bradley ! C'est du passé.

— Witt Bradley ne parlait pas beaucoup, mais on savait tous ce qu'il ressentait pour Eden. Et ce qu'elle ressentait pour lui.

— Ce n'est pas pareil.

— Tu crois ?

— C'était il y a longtemps. Je suis beaucoup plus âgé que Bradley à l'époque.

— Et alors ? Quelle différence ?

— J'ai roulé ma bosse, je connais la vie.

— Si tu parles de ton expérience avec les dames, tu as intérêt à te rappeler qu'Eden n'a rien à voir avec les filles de saloon que tu as l'habitude de fréquenter.

— Je sais. Mais je vois bien ce qui se passe. Elle se tue au travail pour sauver ce ranch, et son père ne peut plus l'aider. Elle a besoin de quelqu'un à ses côtés.

— Nous le sommes tous, et elle le sait !

— Possible... mais ça ne suffit pas. Il lui faut un homme sur qui elle puisse compter. Quelqu'un en qui elle ait confiance, sur qui s'appuyer quand elle en a assez de se battre.

— Toi, par exemple ?

— Oui, moi.

— Tu penses qu'elle a eu la vie dure.

— Oui.

— Et qu'elle mérite mieux.

Masters ne prit pas la peine de répondre.

— Bon Dieu, tu n'es pas différent de Witt ! Pas du tout. Lui aussi lui trouvait toujours des excuses, et il la cherchait tout le temps, qu'elle veuille de lui ou non. C'est à cause de ça qu'il est mort !

— Ne t'inquiète pas, je n'ai aucune intention de finir comme ça.

— Witt non plus n'en avait pas l'intention.

Masters se raidit.

— Assez parlé.

— Tu tiens vraiment à elle, hein ? observa Mullen en plissant les yeux.

Comme Masters se taisait, il haussa les épaules.

— Alors, bonne chance, mais à ta place, je n'insisterais pas trop. Si tu la pousses dans ses retranchements, tu risques de découvrir qu'elle est trop forte pour toi.

— Je suis capable de maîtriser la situation.

— Peut-être.

Ces mots flottèrent un moment dans le silence, puis Mullen rentra dans le baraquement.

— Je suis capable de maîtriser la situation, répéta Masters.

Lorsque les premières lueurs de l'aube commencèrent à teinter le ciel nocturne, l'épuisement eut raison d'Aigle de Fer. Il avait rampé dans un tunnel sans air, avait été malmené par la rivière impitoyable, il avait couru sur les sentiers à s'en faire saigner les pieds, avec une étoile pour tout guide.

Mais le jour approchait, l'étoile perdait de son éclat et ses forces l'abandonnaient.

Aigle de Fer s'appuya contre un éboulis de rochers et ferma les yeux. Il n'osait s'allonger, et décida de ne s'autoriser que quelques minutes de repos, le temps de reprendre son souffle.

Il n'entendit le bruit des sabots que lorsque les chevaux furent pratiquement sur lui. Il bondit derrière un rocher et tendit l'oreille, le cœur battant. Les hommes s'arrêtèrent à deux pas de lui.

La rage le submergea brusquement. Il ne retournerait pas en prison, cet endroit qui privait l'homme de son âme avant de lui prendre sa vie. Il rendrait son dernier souffle en homme libre, maudissant ceux qui cherchaient à les détruire, son peuple et lui.

Jaillissant de sa cachette, Aigle de Fer s'élança… pour s'arrêter net devant l'homme qui le regardait.

— Te voilà enfin de retour, dit Corne Blanche de sa voix éraillée.

La lumière grise du petit matin soulignait les nouvelles rides qui creusaient le visage du chaman, mais son regard était toujours aussi vif et alerte.

— Tu as longuement voyagé pour venir jusqu'ici, poursuivit le vieil homme. Ton corps a souffert, ton esprit aussi. Tu as affronté de nombreux dangers, mais tu as persévéré. L'homme en toi a été purgé par ces épreuves. Tes pensées sont à présent pures et claires. Ton destin t'attend, Aigle Fougueux.

— Aigle Fougueux est mort.

— Comment te nommes-tu, à présent ?

Kyle tendit ses bras puissants en direction du chaman et serra ses poings toujours menottés.

— Mes geôliers ont cru m'asservir avec ces chaînes, ils ont pensé qu'ils tueraient mon esprit, mais au lieu de m'affaiblir, ces menottes m'ont rendu plus fort. Elles font partie de l'homme qui a survécu, et c'est d'elles que je tiens mon nouveau nom : Aigle de Fer.

Le regard de Corne Blanche se fit plus intense, puis il hocha la tête et désigna le cheval qu'il tenait par la bride.

— L'épreuve d'Aigle de Fer est terminée.

Ce dernier était déjà en selle lorsque le vieux chaman ajouta d'un ton solennel :

— Le temps d'Aigle de Fer est à présent venu.

8

Eden était enfin dans ses bras. Son corps brûlant était plaqué contre lui, son parfum le grisait, ses lèvres étaient tout près des siennes.

Tremblant d'une émotion difficile à contenir, Aigle de Fer se perdit dans le regard si bleu. Il avait essayé d'oublier la passion qui les enveloppait quand leurs corps nus s'unissaient. Il avait lutté pour chasser de son esprit ses gémissements de plaisir, comme ses mots d'amour.

Il enfouit les doigts dans ses cheveux d'or liquide, caressa sa joue si douce sous sa paume calleuse.

Un flot de pur bonheur l'envahit quand ses lèvres s'entrouvrirent sous les siennes. Elle s'abandonnait si complètement, lui rendant ce qu'il lui donnait, désirant ce qu'il désirait… désirait…

Il se réveilla en sursaut.

Le cœur battant, il parcourut le tipi du regard. L'aube chassait les ombres de la nuit, et Aigle de Fer redescendit brusquement sur terre. Les poings serrés, il s'efforça de maîtriser le tremblement que son rêve avait provoqué. Depuis qu'il était revenu dans la tribu, deux mois auparavant, il s'était lavé l'esprit par le jeûne et la prière. Sous l'égide de Corne Blanche, il avait rejeté pour toujours une jeunesse passée loin de son peuple. Il s'était découvert un cœur réellement kiowa, et il avait chevauché d'interminables heures, jusqu'à ce qu'il se sente en parfaite communion avec les siens. Son peuple reconnaissait l'homme qu'il était devenu et l'acceptait instinctivement. Et pourtant, il était impuissant contre la vision dorée qui hantait ses rêves.

Une bouffée de colère le poussa à bondir sur ses pieds. Mais il ne rêvait plus !

Le froid de l'automne pinça sa peau nue tandis qu'il cherchait de quoi s'habiller. Il enfila les vêtements de peau qu'on lui avait offerts pour célébrer son retour. Il se rappelait clairement le moment doux-amer de son arrivée au camp comanche, lorsqu'il s'était rendu compte pour la première fois des conséquences de l'attaque massive sur le camp kiowa. Les survivants s'étaient trouvés devant des choix douloureux. Certains étaient partis rejoindre dans le Nord des groupes plus importants de Kiowas, tandis que les autres, ivres de vengeance, s'étaient alliés aux Comanches.

Il avait reconnu certains visages familiers. Chien Jaune, dont on ne voyait plus souvent le sourire communicatif. Renard Gris et Serpent Noir, qui chassaient l'homme comme autrefois le gibier. Élan Tacheté, Nuage Noir, Corbeau Rouge, Ours Assis, Homme Debout... Tous ces hommes n'avaient qu'un but en tête. Une mission qui les unissait comme s'ils ne faisaient qu'un.

Il avait fallu un certain temps pour qu'Aigle de Fer soit accepté par les Comanches. Leur chef l'avait étudié avec circonspection, tandis que les autres guerriers gardaient leurs distances, mais il n'avait pas attendu leur accord pour emprunter le chemin qu'il s'était tracé.

Il avait chevauché jusqu'au nouveau fort et l'avait observé discrètement, étudiant ses fortifications dans le moindre détail. Impatient de frapper au cœur même des ennemis de son peuple, il était retourné au campement où il avait participé à quelques raids contre ceux qui voulaient s'emparer des terres des Indiens. Il avait enfin fait ses preuves quand il avait attaqué avec les guerriers kiowas un train de marchandises, ajoutant ainsi à la prospérité du camp comanche. Lui, que l'on regardait naguère avec mépris, portait à présent ses menottes de fer avec fierté.

Il émergea de son tipi et étira longuement sa robuste silhouette tout en balayant du regard le camp qui s'éveillait. Il se rappelait un autre campement qui avait été anéanti en son nom. Il avait juré de se venger, et cette promesse motivait chacun de ses actes Il avait honoré la mémoire d'Ours Solitaire, mais il devait encore assouvir une vengeance personnelle.

Il rejoignit son cheval d'un pas déterminé, conscient que chaque jour qui passait le rapprochait de ce moment. Se montrer patient était difficile, mais il n'y en avait plus pour longtemps.

— Vous avez besoin d'aide ?

Tom Richards ignora la question et se redressa jusqu'aux patères, près de la porte du ranch. Serrant les dents, il récupéra son chapeau et l'enfonça sur sa tête avant de lancer à Jesse Rowe :

— Je suis peut-être infirme, mais pas totalement impuissant !

Le cuisinier chauve ne se laissa pas intimider.

— Je sais ce que vous n'êtes pas, riposta-t-il. Et ce que vous êtes, c'est un enquiquineur têtu, sans un sou de bon sens !

— Si j'étais toi, je surveillerais mes paroles. Tu n'es pas le seul cuisinier de la région, tu sais !

— Possible, mais je suis le meilleur. Et le seul type dans le coin qui n'ait pas peur de vous dire que vous exagérez avec votre fille, et que vous risquez de le regretter un jour.

— Tu ne t'es jamais dit qu'Eden était assez grande pour prendre soin d'elle-même ?

— C'est ce qu'elle fait tous les jours.

— Alors mêle-toi de tes affaires.

— Elle prend soin d'elle, et de tous les habitants du ranch, y compris vous…

— Eden ne prend pas soin de moi !

— Y compris *vous* ! répéta le cuisinier. Et ce n'est pas parce que c'est votre fille que vous avez le droit de la malmener.

— Qu'est-ce que tu racontes, bon sang ?

Richards perdait rapidement patience. Il était sorti de sa chambre, ce matin, pour trouver la table du petit-déjeuner déjà débarrassée, et personne dans les parages. Il n'aimait pas ça.

— Qu'est-ce qui se passe, d'ailleurs ? reprit-il. Où est-ce qu'ils sont tous ?

— À votre avis ? Vous les avez houspillés pour qu'ils rassemblent le reste du troupeau afin de trier les bêtes et de porter les veaux à l'acheteur avant qu'il baisse ses prix. Bon sang, Eden fait trimer les hommes de l'aube au coucher du soleil afin de s'assurer que le travail sera fait, et vous n'avez pas un mot aimable à leur dire.

— Ils font leur boulot. Je ne vais quand même pas leur décerner une médaille !

En quelques pas Rowe fut près de lui, et se tint de façon à lui bloquer le passage.

— Vous avez mal dans vos jambes mortes, pas vrai ?

Richards lui décocha un regard noir. Oui, il avait mal. Il souffrait tous les jours de sa vie depuis que ce païen de Kiowa lui avait planté un couteau dans le dos.

— Non, je n'ai pas mal.

— Vous êtes un sacré menteur, en plus.

— En quoi est-ce que ça te regarde ?

— Laissez-moi vous dire une bonne chose. Mal ou pas mal, je suis fatigué de vous voir traiter votre fille comme vous le faites.

— Le ranch lui appartiendra après ma mort. Ce n'est pas pour moi qu'elle travaille, c'est pour elle.

— Ne me dites pas que vous faites ça pour son bien !

Richards ne tenta même pas de répondre.

— Tout change, vous savez, enchaîna Rowe. J'ai vu la façon dont les gars regardaient Eden à mon arrivée, quand on vous a mis dans ce fauteuil. Ils étaient de votre côté, à ce moment-là, et ils la rendaient responsable de tous les malheurs qui arrivaient. Puis les choses ont commencé à bouger, et j'ai entendu des conversations.

Richards se raidit.

— Qu'est-ce que tu as entendu ?

— Par exemple, que vous étiez peut-être autant à blâmer qu'Eden, puisque vous avez failli tuer ce Kiowa dont elle s'était entichée.

— De qui parles-tu ? rétorqua Richards d'un ton tranchant. De ce gentil Kiowa qui a tiré dans le dos de Witt Bradley ? De ce type qu'on a envoyé au pénitencier, mais qui a eu le temps de dire à Eden d'avertir tout le monde au ranch qu'il reviendrait ?

Rowe ne répondit pas.

— Tu parles de ce même Kiowa qui s'est évadé de prison il y a deux mois, et qui a montré à tout le monde ce qu'il valait en se ralliant à ces Comanches qui ont fait de notre vie un enfer... ce salaud qui ravage le pays ?

— Vous ne lui laisserez jamais oublier qu'elle a fait une erreur, hein ?

— Non.

— Bon Dieu, comment est-ce qu'elle vous supporte ?

Comme Rowe se détournait, l'air dégoûté, Richards fit rouler son fauteuil jusqu'au porche, son poste d'observation habituel. Plissant les yeux, il scruta les environs. Spontanément, sa main glissa vers le pistolet posé sur ses genoux, tandis qu'il luttait contre la colère qui bouillonnait en lui.

Ils croyaient tous savoir ce qu'il ressentait, mais ils se trompaient ! Ils ignoraient qu'il était aussi fier de sa fille qu'un père peut l'être, qu'il admirait la façon dont elle avait pris les rênes quand il s'était retrouvé cloué dans ce fauteuil. Il était fier d'elle parce qu'elle travaillait aussi bien que n'importe quel homme, et qu'elle ne cédait jamais, pas même devant lui. Il était aussi dur avec elle qu'il l'était avec lui-même, parce qu'il savait que la vie du ranch ne tenait qu'à un fil, et qu'une mauvaise année ou la perte d'un seul troupeau pouvait être lourde de conséquences. Personne ne se rendait compte qu'il redoutait par-dessus tout que son petit-fils – ce superbe enfant qu'il aimait plus qu'il ne s'en serait cru capable – n'hérite jamais de cette terre.

Richards essaya de dominer le tremblement de ses mains. Les gens pensaient qu'il blâmait Eden pour son infirmité, mais ils avaient tort. C'était à ce Kiowa qu'il en voulait. Il y avait réfléchi cent fois. Cet *Injun* avait transformé Eden, elle n'avait plus été la même après avoir posé les yeux sur lui.

Mais elle avait fini par se ranger de son côté à lui, son père. Elle l'avait préféré à ce Peau-Rouge… et bien qu'il n'ait pas éprouvé une grande amitié pour ce Broker qu'elle avait épousé, elle lui avait offert un cadeau qui avait à ses yeux plus de valeur encore que ses jambes : un petit-fils.

Richards crispa la mâchoire. Il n'avait pas pris de risque avec Jimmy. Il avait fait en sorte qu'il n'ait pas la même indulgence que sa mère pour les *Injuns*, et le garçon les détestait tous – comme il le lui avait appris. Eden l'en avait puni en envoyant le petit au loin. Depuis, c'était la guerre entre eux.

Et pour couronner le tout, voilà que ce salaud de Kiowa s'était échappé ! Juste au moment où tout semblait aller mieux au Diamond R, alors que Jimmy n'allait pas tarder à revenir, et qu'ils avaient enfin l'espoir de rembourser les créanciers qui les harcelaient, il était de nouveau libre.

Le shérif était passé quelques jours plus tôt pour annoncer les dernières nouvelles. Ce sale Kiowa se faisait désormais appeler Aigle de Fer – mais cela ne changeait rien. Il tomberait aussi vite quand la balle l'atteindrait.

Richards serra la crosse de son arme. Il ne savait pas ce que l'*Injun* attendait, mais une chose était sûre, il viendrait tôt ou tard au Diamond R, comme il l'avait déjà fait… et c'en serait fini de lui.

À cette pensée, Richards esquissa l'un de ces sourires devenus si rares.

Une rafale de vent bouscula Eden alors qu'elle observait le ciel. On était au milieu de l'après-midi, mais il faisait aussi sombre qu'au crépuscule, et les nuages noirs qui s'amoncelaient ne laissaient aucun doute sur ce qui menaçait.

La poussière volait autour des cow-boys qui s'efforçaient de rassembler les bêtes égarées. Il fallait que le bétail soit prêt pour l'acheteur, qui n'allait pas tarder. Et quand l'orage éclaterait, la poussière se transformerait en boue et les ralentirait encore.

— Allez, les gars, du nerf ! Faites-les avancer, ces bêtes !

Eden tressaillit en entendant le son de sa voix. Bon sang, elle n'avait pas besoin de les harceler ainsi ! On aurait dit son père.

Elle jeta un coup d'œil autour d'elle. Elle était à cran. Une étrange impression la taraudait depuis une bonne demi-heure. Sans doute laissait-elle les rumeurs l'impressionner.

Tirant sur les rênes comme sa jument faisait un écart, elle continua à scruter la prairie. Elle se rappelait l'expression du shérif Duncan quand il était venu au ranch. Elle avait su immédiatement qu'il se passait quelque chose, et quand il avait annoncé que Kyle s'était évadé, elle s'était figée sur place. Sans songer à s'excuser, il avait expliqué qu'il n'avait pas jugé bon de les avertir avant d'être sûr que c'était vrai. Kyle avait rejoint les Comanches et était responsable de l'augmentation des raids dans la région. On racontait qu'il avait juré de se venger de tous les ranchers qui avaient participé à l'incendie du campement kiowa.

Dites-leur… Dites-leur à tous… Je reviendrai.

Le cauchemar recommençait, et dans son sillage, la culpabilité remontait à la surface. La mort de Witt, l'infirmité de son père, tout était sa faute. Elle ne pouvait penser à Kyle sans se rappeler la haine qui brûlait dans ses yeux quand ils s'étaient vus pour la dernière fois. Puis l'horreur de ces mois passés dans l'Est, lorsque les médecins lui avaient annoncé que l'opération de son père avait échoué, qu'il resterait dans un fauteuil roulant jusqu'à la fin de ses jours – *s'il survivait.*

Elle n'avait plus d'argent. Elle était tombée malade, son univers s'écroulait autour d'elle.

C'est alors que James était entré dans sa vie. Il avait pris soin de son père jusqu'à ce qu'elle se rétablisse, et s'était occupé de tout le reste. Il l'aimait, et s'il l'avait entendue prononcer le nom de Kyle dans son sommeil, il ne lui en avait jamais rien dit.

Elle avait épousé James et chassé Kyle de ses pensées.

Elle prit une inspiration tremblante tandis que le ciel continuait à s'assombrir. Kyle… allié aux Comanches.

Elle était là.

Dissimulé en haut d'une colline, Aigle de Fer observait Eden qui remontait le long du troupeau en fouillant les environs du regard. Son cœur s'affola. Il l'avait épiée ainsi à de nombreuses reprises depuis son retour. Il avait été parfois si proche qu'il voyait une petite veine battre au creux de son cou, là où il l'avait embrassée, puis il s'était empressé de se rappeler que rien n'était possible entre eux.

La haine familière remonta en lui. L'amour d'Eden avait été superficiel et de courte durée. Elle en avait révélé les limites quand elle avait choisi de sacrifier son peuple par simple opportunisme. Les promesses qu'elle lui avait chuchotées avec tant de passion n'étaient que des mots, elle l'avait prouvé en épousant un autre homme quelques mois à peine après son départ.

Au cours des semaines écoulées, il avait appris beaucoup de choses à son sujet. Elle avait un fils de quatre ans, du nom de James Broker. On disait qu'elle l'adorait, et que son grand-père était fou de lui – cet homme à qui Ours Solitaire avait infligé une blessure durable. Le garçon était censé rentrer sous peu de chez sa grand-mère.

Aigle de Fer réfléchit un instant. La vengeance pouvait emprunter de nombreux chemins. Il lui restait à choisir lequel.

Ignorant les nuages menaçants, il repoussa ses cheveux malmenés par le vent. Un coup de tonnerre ébranla soudain le ciel, affolant le troupeau qui se rua en avant. Le regard fou, les bœufs se lançaient dans une course effrénée quand les cavaliers leur coupèrent la route, évitant habilement la débandade en refoulant le flot animal qui fit volte-face.

Il en résulta une mêlée de bouvillons beuglants, de chevaux hennissants, de cordes qui sifflaient dans l'air et de cow-boys qui hurlaient. Sans hésiter, Eden se jeta hardiment dans la mêlée tandis que des nuages de poussière s'élevaient du sol, de plus en plus denses.

Un nouveau coup de tonnerre résonna et la panique grimpa d'un cran. La jument d'Eden trébucha, et Aigle de Fer se raidit. Il lâcha un juron quand la jument se cabra, menaçant d'envoyer Eden au sol. Aigle de Fer sauta à bas de son cheval lorsque la jeune femme disparut momentanément à sa vue. Et elle s'immobilisa quand elle redevint visible, cette fois au côté d'un cow-boy qui protégeait sa jument de la bousculade grâce à sa monture plus robuste.

Tout se calma rapidement. Eden cria quelques ordres brefs au cavalier qui lui était venu en aide, puis éperonna sa jument. Le cow-boy la suivit, et elle s'adressa à lui avec colère. Elle se tendit visiblement comme l'employé restait près d'elle sans tenir compte de l'ordre qu'elle venait de toute évidence de lui donner.

Aigle de Fer observa la scène avec plus d'attention encore.

Eden cria de nouveau.

— Curry a des ennuis, Masters ! Allez l'aider – tout de suite ! Je m'occupe des bouvillons.

Ignorant son ordre, Masters demeura près d'elle, et Eden sentit la colère s'emparer d'elle. Il venait certes de lui sauver la mise, et elle lui en était reconnaissante, mais tout allait bien, à présent, *et c'était elle le patron* !

La poussière était de plus en plus épaisse quand un autre coup de tonnerre affola de nouveau le troupeau. Eden cria au-dessus du vacarme :

— Je n'ai pas besoin que vous veilliez sur moi, Masters. Allez aider Curry !

La fusillant du regard, Masters cria en retour :

— Je n'irai pas si vous n'emmenez pas cette jument à l'écart pour qu'elle se repose ! Elle est sur le point de s'effondrer.

— Elle va parfaitement bien !

— Sûrement pas !

— Masters, je…

Agrippant les rênes, Masters les lui arracha des mains. Eden jura tandis qu'il tirait la jument rétive entre les bouvillons. Elle pesta de nouveau quand il l'entraîna à l'écart, puis se tourna vers elle, agressif.

— Restez là !

— C'est moi le patron, pas vous ! rugit-elle.

— Mais bon sang, regardez votre jument ! Faites marcher votre cervelle, ou vous allez vous faire piétiner toutes les deux !

— Rendez-moi mes rênes !

— Non.

— J'ai dit…

Comme sa tentative pour les reprendre à Masters échouait, Eden cracha :

— Donnez-moi ces fichues rênes, ou vous êtes renvoyé !

— Ne soyez pas si têtue, bon Dieu ! Regardez votre monture ! *Regardez-la !*

La jument émit un sifflement rauque qui alerta Eden. La pauvre bête respirait avec difficulté, elle avait les yeux exorbités et vacillait légèrement. Elle fit un pas mal assuré, et Eden leva le menton.

— Donnez-moi ces rênes… Immédiatement !

Masters serra les mâchoires et fit claquer les rênes dans la main d'Eden.

— Après tout, faites ce que vous voulez !

Eden soutint son regard.

— J'en ai bien l'intention !

Elle s'interrompit avant d'ajouter, au prix d'un effort évident :

— Vous avez raison, elle n'en peut plus. Merci.

Masters cligna des yeux, incrédule. Puis il tendit la main vers elle.

Aigle de Fer n'avait rien perdu de l'échange agressif entre Eden et le cow-boy. Il avait vu l'homme tenir tête à Eden, avait perçu la tension entre eux.

Lorsque Masters se pencha vers Eden, un flot d'émotions brûlantes le submergea. Délibérément, il se redressa et marcha jusqu'à la crête de la colline afin que tous puissent le voir.

Il y eut un éclair, suivi aussitôt d'un coup de tonnerre fracassant. Une goutte, deux gouttes, puis le déluge s'abattit sur le troupeau.

Les yeux assombris par la haine, la pose arrogante, Aigle de Fer demeura immobile sous l'orage.

La pluie tombait si dru qu'Eden fut instantanément trempée jusqu'aux os. Elle frissonna, mais cela n'avait pas grand-chose à voir avec la douche glaciale.

Masters lui saisit le bras.

— Eden…

Elle se dégagea machinalement. Elle ne l'écoutait pas, tout occupée qu'elle était à scruter les alentours. Son regard s'arrêta abruptement sur la haute silhouette qui se découpait sur le ciel tourmenté. Elle retint un cri.

Masters suivit la direction de son regard, et ses traits se durcirent.

— C'est lui, hein ?

Comme elle semblait incapable de détacher les yeux de la silhouette immobile, il insista :

— Répondez-moi ! C'est lui ? Cet Indien… ce Kiowa ?

Eden avala sa salive, mais aucun mot ne franchit ses lèvres.

— Ce salaud vous espionnait. Je vais lui montrer de quel bois je me chauffe !

Masters sortit son fusil, mais Eden le fit sauter de sa main d'un geste vif.

Furieux, il le récupéra.

— Vous êtes folle ? Qu'est-ce qui vous prend ?

Eden tremblait de la tête aux pieds.

Le cow-boy tenait le bras d'Eden, et Aigle de Fer sentit la colère jaillir entre eux. Il fit deux pas en arrière pour attraper l'arme qu'il avait volée lors d'un raid, la veille. Il l'épaula et tira plusieurs coups d'affilée.

Eden entendit les détonations, et tressaillit quand Masters s'affala en avant, blessé à l'épaule. Elle se rapprocha de lui, le protégeant instinctivement de son corps. On continuait de tirer, et les bouvillons tombaient à terre les uns après les autres.

Masters se redressa et hurla à l'adresse des autres cow-boys :

— Il est là-haut, sur la colline !

Deux bêtes s'effondrèrent encore, avant qu'un tir de barrage ne s'élève du troupeau en réponse.

La silhouette disparut brusquement à la vue.

— Ils l'ont eu ! jubila Masters malgré sa blessure. Ils l'ont eu !

— Non.

Eden dénoua le bandana qu'elle portait autour du cou et le fourra sous la chemise du cow-boy, là où la tache de sang s'élargissait.

— Non, répéta-t-elle, il est parti, mais ils ne l'ont pas touché.

— Je vous dis qu'il est tombé.

— Que vous êtes têtu ! Allez voir vous-même si vous ne me croyez pas !

Ignorant la pluie glaciale qui dégoulinait de son chapeau, elle reprit avec fureur :

— Grimpez là-haut et essayez de le trouver ! En attendant, vous perdrez tout votre sang, et c'est justement ce qu'il veut !

Elle parvint à se ressaisir.

— Il est parti… point final.

Masters oscillait sur sa selle quand Mullen les rejoignit. Elle vit son regard froid comme il éperonnait sa monture en direction de la colline, Curry derrière lui.

Eden s'adressa aux autres :

— Booth, Whitney, Quinn, occupez-vous du troupeau. McGill, j'aurais besoin d'un coup de main pour ramener Masters à la maison.

— Je n'ai pas besoin d'aide pour rentrer, protesta Masters.

McGill n'en tint pas compte. Il lui prit les rênes des mains, les attacha autour du pommeau de la selle, puis il encouragea le cheval d'un claquement de langue.

L'orage se déchaîna tandis que tous trois se dirigeaient vers le ranch, mais Eden s'en rendit à peine compte. Masters avait la tête ballante. Il avait beau jouer les fiers-à-bras, jamais il n'aurait été capable de regagner le Diamond R seul, elle le savait.

Elle déglutit nerveusement. Elle savait aussi que, en dépit de ce qu'elle avait dit, ils étaient loin d'avoir mis un point final à l'histoire avec Kyle. Cela ne faisait même que commencer.

La pluie tambourinait sur les épaules nues d'Aigle de Fer, le vent lui giflait le visage. Des éclairs déchiraient le ciel, tandis que le tonnerre le secouait à intervalles réguliers, mais il ne s'en souciait pas. Menant sa monture à vive allure en direction du campement comanche, il revivait l'heure qui venait de s'écouler.

Il avait raté son coup. Le cow-boy était toujours vivant. Furieux quand Eden avait fait un bouclier de son corps pour le protéger, il avait décidé d'imprimer sa marque sur ce troupeau dont le Diamond R avait tellement besoin.

Des balles avaient sifflé à ses oreilles, mais aucune ne l'avait atteint. Des hommes s'étaient lancés à ses trousses, mais il n'avait eu aucun mal à les semer. Ironie du sort, il était insensible à tout – sauf à sa propre faiblesse.

Il y pensait encore en atteignant son tipi où un bon feu brûlait. Il y pénétra sans hésiter.

Biche Alerte leva les yeux lorsqu'il laissa retomber le rabat derrière lui. C'était Biche Alerte, la sœur d'Homme Debout, qui lui avait apporté de la nourriture quand il gisait dans le tipi de Corne Blanche après avoir été blessé par la balle de Richards, des années auparavant. Elle avait de beaux yeux bruns, mais sa joue lisse portait encore la cicatrice de la brûlure due à l'incendie qui avait ravagé leur campement. Ce jour-là, la vie de la jeune femme avait été bouleversée à jamais, pourtant elle avait accueilli Kyle, elle entretenait son tipi, lui faisait la cuisine ; en échange, il lui donnait une partie du produit de ses raids.

Elle s'approcha de lui, repoussa les mèches trempées de son visage, lui essuya doucement les joues. Elle lui avait offert nourriture et réconfort, à présent elle lui offrait autre chose.

Des cheveux d'or, des yeux d'un bleu céleste, des lèvres qui avaient prononcé des mots d'amour avant de le trahir… Il ne voulait plus être esclave de cette image !

Aigle de Fer agrippa Biche Alerte tandis qu'elle approchait sa bouche de la sienne.

— Vous l'aviez en ligne de mir, et il s'en est sorti ?

Tom Richards fusilla du regard les cow-boys ruisselants rassemblés autour de lui. Des plats fumants attendaient sur la table de la salle à manger, derrière lui, tandis que les hommes affamés demeuraient silencieux et immobiles, de petites flaques se formant à leurs pieds sur le tapis râpé.

— Vous tiriez tous, et aucun ne l'a touché ? articula Richards, à la fois courroucé et incrédule.

— Ce n'est pas leur faute, papa !

Eden avait du mal à contrôler son agitation. Elle était arrivée au ranch avec Masters, avant les autres, et avait envoyé McGill chercher Doc Bitters dès qu'ils avaient considéré qu'ils étaient assez près de la maison pour qu'elle puisse ramener seule le blessé. Le médecin avait soigné Masters qui reposait à présent dans une chambre au rez-de-chaussée. Elle avait entendu son père rager tandis que ses vêtements séchaient sur sa peau frissonnante, et elle en avait assez.

— Il faisait sombre, il pleuvait, et il a disparu avant que quiconque ait la chance d'ajuster son tir ? explosa-t-elle.

— Il faisait sombre, n'empêche que ce sale *Injun* n'a pas raté Masters ! rétorqua son père. Et il a tué une bête chaque fois qu'il a tiré !

— C'est vrai, papa, il a touché Masters et tué un bon nombre de bêtes. Mais Doc Bitters assure que Masters sera rapidement sur pied.

— Cet Indien se joue de nous, Eden ! Il va nous faire souffrir avant d'en venir enfin à son véritable but, quel qu'il soit.

Eden serra les dents.

— Les hommes ont faim. Laissons-les manger.

— Mais bien sûr, qu'ils mangent ! Bon Dieu, on ne mourra pas de faim avant un bout de temps, avec toutes les bêtes qu'il a abattues.

— Papa !

— Qu'est-ce que vous avez, patron ? intervint Rowe avec impatience. Vous n'avez pas entendu ce que les gars vous ont dit ? Votre fille a failli être piétinée par le troupeau, aujourd'hui. Et il s'en est fallu de peu qu'elle ne reçoive la balle destinée à Masters. Elle n'a pas bougé d'un poil au milieu de la fusillade. Vous pouvez remercier votre bonne étoile qu'elle soit encore en vie... mais vous n'avez toujours rien trouvé de gentil à lui dire !

— Je n'ai pas besoin qu'on parle à ma place !

— Vraiment ?

— Ça suffit, coupa Eden, très pâle, le regard froid. Je vais me changer. Les hommes ont fait de leur mieux, et personne n'a été tué. Je ne veux plus entendre parler de cette histoire.

— Personne n'a été tué *pour l'instant*.

— Personne ne le sera.

— Tu en es sûre ?

— Je ferai ce qu'il faut pour ça.

— Parfait !

Au rugissement de Rowe, toutes les têtes se tournèrent vers lui.

— Le souper est servi, et il est chaud, mais il ne le restera pas longtemps. Cette conversation est terminée, et hurler n'y changera rien.

Eden se redressa.

— Rowe a raison, il n'y a plus rien à dire, excepté ceci : Si *n'importe quel* homme, blanc ou indien, pourchasse quelqu'un sur ce ranch, c'est un homme mort !

Rowe se tourna vers le père d'Eden.

— Vous êtes satisfait, *monsieur* Richards ?

— Je me contrefiche de ce que vous faites, les uns ou les autres.

Sur ce, Richards fit faire demi-tour à son fauteuil et traversa la pièce avant de claquer la porte derrière lui.

Les cow-boys étaient assis à table, silencieux, quand Eden passa devant la chambre de son père. Elle s'enferma dans la sienne et demeura un long moment immobile, se forçant à reconnaître que son père avait raison depuis le début. Kyle Webster n'avait jamais vraiment existé. Ce n'était qu'un vernis qui dissimulait l'homme qu'il était en réalité, l'homme qui se tenait hardiment sur la crête cet après-midi, les défiant tous. Cet homme s'appelait Aigle de Fer, et c'était un Kiowa qui tirait pour tuer. Elle prit une inspiration tremblante. Elle ne saurait jamais si cette balle était destinée à Masters ou à elle, mais cela n'avait aucune importance. Aigle de Fer avait déclenché les hostilités, et il n'y avait qu'un seul moyen pour l'arrêter.

Biche Alerte chuchotait des mots indiens à l'oreille d'Aigle de Fer. Elle se cramponnait à lui, pressait son corps nu contre le sien. Son parfum musqué le grisa tandis qu'il prenait ses lèvres.

Il y avait de la tendresse, de l'apaisement dans ce baiser. Aigle de Fer s'écarta un instant pour la contempler. Elle avait les traits fins, les yeux brillants d'émotion, et la cicatrice qui lui barrait une joue était un symbole d'honneur qu'il respectait. Elle était sa sœur, comme les guerriers kiowas étaient ses frères. Elle était la terre, elle était la chaleur, elle était le cœur de son peuple.

Aigle de Fer resserra son étreinte et elle se blottit contre lui en lui offrant de nouveau ses lèvres. Il l'embrassa, s'efforçant de partager son ardeur… sans y parvenir.

Son corps le trahissait.

Il la repoussa alors doucement, et vit la détresse dans son regard. Lui caressant les cheveux, il murmura d'une voix rauque :

— Mon esprit te désire, mais mon corps exige une vengeance que je ne peux ignorer. J'y pense sans cesse, et je ne serai pas libre tant que je n'aurai pas vengé la mort d'Ours Solitaire ainsi que le sang versé. Je te demande pardon, Biche Alerte.

Les larmes aux yeux, la jeune femme répondit :

— Mon cœur a ruminé sa vengeance durant de nombreuses années. Je m'enfermais dans ma douleur. Je n'attendais que le jour où le sang versé dans notre campement serait vengé. Mais avec ton retour, j'ai enfin été capable de voir au-delà du passé. Dans tes bras, je suis de nouveau capable de voir l'avenir.

— Biche Alerte...

— Non, coupa la jeune femme en posant le doigt sur ses lèvres. Ne dis rien. Je ne te poserai plus de questions. Tu m'as parlé avec ton cœur de Kiowa qui te montre le chemin. Je ne me mettrai pas en travers de ta route.

Tandis que Biche Alerte se rhabillait en hâte, puis se glissait dehors, le regret d'Aigle de Fer se mua en colère. Il se consola en se rappelant que les derniers troupeaux du Diamond R étaient rassemblés, et que leur transfert ne tarderait pas. Alors la vengeance serait sienne.

capable de voir au-delà du baiser. Dans tes bras, je suis [illegible] capable de voir [illegible].

[illegible] Alerte.

[illegible] la jeune femme en posant [illegible] sur [illegible] plus [illegible] que [illegible] le [illegible]

[illegible] à travers de sa route.

[illegible] en bons [illegible] [illegible] de [illegible] en [illegible] que les derniers [illegible] [illegible] plus [illegible] [illegible].

9

La pâle lumière de l'aube tombait sur les cavaliers autour d'elle. L'atmosphère lourde annonçait une chaleur écrasante. Il n'avait pas plu depuis l'orage, deux jours auparavant, et la terre était déjà desséchée.

Eden observa le troupeau qui se rassemblait tranquillement, puis les cow-boys. Ils étaient visiblement tendus, et elle savait à quoi ils pensaient. Après des mois de travail harassant, l'instant crucial était arrivé. Tout dépendait de ce voyage, mais c'était calme… trop calme.

Elle compta les hommes. Mullen, Hawkins, Whitney, McGill, Quinn, Curry… et Masters qui avait refusé de rester en arrière. Pour protéger le ranch, il n'y avait plus que Richards et Rowe. Un risque, mais indispensable. Ce voyage était trop important.

Après un dernier coup d'œil au troupeau, Eden prit une longue inspiration et ordonna :

— C'est bon, les gars ! En avant !

Aigle de Fer s'assit brusquement sur sa couche en entendant les sabots d'un cheval qui approchait du camp.

Quelques minutes plus tard, il était debout, ses compagnons rassemblés autour de lui. Et tandis que les glorieux rayons du soleil prenaient le pas sur l'aube qui s'attardait encore, il regardait l'éclaireur s'avancer.

Le cœur battant, il entendit Chien Jaune crier les mots qu'il attendait :

— Ils commencent !

La tension n'avait pas disparu en fin de matinée. La terre ne gardait aucune trace du violent orage, et la température grimpait inexorablement, mais le troupeau avançait sans heurts.

Chevauchant sur le côté, Eden fronça les sourcils. Les nuages de poussière s'élevaient de plus en plus haut, ce qui signifiait qu'on pouvait les repérer à des kilomètres à la ronde.

Elle plissa les yeux. Le terrain devenait plus rude. Aussi conscients qu'elle du danger potentiel, les hommes avançaient régulièrement malgré les longues heures passées en selle. Elle n'avait pas eu besoin de leur dire qu'ils iraient aussi loin et aussi vite que possible, et ne s'arrêteraient que lorsqu'ils auraient trouvé un endroit où ils pourraient protéger correctement le troupeau.

Scrutant les rochers autour d'elle, Eden découvrit une passe, et un frisson courut le long de son échine. Elle avait déjà eu cette impression, et elle n'aimait pas du tout cela.

Se tournant vers les cow-boys, elle cria :

— Plus vite, les gars !

Il y eut des appels, des cris accompagnés de sifflements aigus et du claquement des lassos. L'allure s'accéléra, et Eden éperonna sa jument.

Le soleil de l'après-midi brûlait le dos nu d'Aigle de Fer qui était allongé sur les rochers, immobile. Les yeux à demi fermés, il observait le troupeau qui s'engageait dans l'étroite passe juste en dessous de lui. Il se déplaça avec précaution afin d'avoir un meilleur angle de vue.

C'est alors qu'il la vit enfin. La poussière soulevée par les sabots des bêtes ne parvenait pas à dissimuler l'éclat de ses cheveux, ni la tension qui lui raidissait les épaules tandis qu'elle chevauchait à côté du troupeau tout en parcourant des yeux les hautes parois rocheuses.

Soudain, son regard acéré s'immobilisa, elle se tourna, cria un ordre à ses hommes et poussa le troupeau à accélérer, mais c'était trop tard.

Aigle de Fer abattit la main sur le sol, comme prévu, puis il grimpa d'un bond sur son cheval tandis que la fusillade éclatait en bas. Il traversa la crête de la falaise pour redescendre de l'autre côté au galop. Il atteignit le fond du canyon où les guerriers étaient massés, silencieux, attendant ses ordres. Il regarda le passage barricadé, puis les visages résolus de ses compagnons, alors qu'on apercevait déjà le troupeau affolé.

Localisant Eden, il vit le moment où elle aperçut la barrière et se tourna vers ses hommes pour leur crier un avertissement. Il la rejoignit à l'instant où le premier bœuf s'écrasait contre la barrière.

Le choc qu'elle éprouva en le reconnaissant ne lui échappa pas.

Et quand elle braqua son arme dans sa direction, il lança le poing en avant de toutes ses forces.

L'ombre vibrait de douleur.

Eden ouvrit lentement les yeux. Elle vit un abri en peau de bête au-dessus d'elle, et sursauta en s'apercevant que ses poignets et ses chevilles étaient ligotés. Une haute silhouette se penchait sur elle et elle eut un reniflement de mépris malgré la douleur à sa mâchoire.

— C'est toi.

— Exact, Eden. C'est moi.

La menace sous-jacente contenue dans sa voix la fit frémir. Cette voix profonde qui l'avait autrefois caressée, ces yeux qui l'avaient contemplée avec amour la considéraient à présent froidement. Ce temps était révolu, elle le savait.

Une bouffée de haine s'empara soudain d'elle.

— Je ne sais pas comment j'ai pu à ce point me tromper sur ton compte. Tu es vraiment un sale type, Kyle.

— Je m'appelle Aigle de Fer.

— C'est vrai. Comment ai-je pu l'oublier ? Tu es un Kiowa. Les Webster t'ont élevé, ils ont changé ton nom, mais tu n'as pas mis longtemps à retrouver ta véritable nature quand tu es revenu ici. Mon père avait raison. Un sauvage reste toujours un sauvage.

— Question sauvagerie, ton père m'en a appris plus qu'aucun Indien.

— Menteur !

— Et il va payer pour les leçons qu'il m'a enseignées.

— Sang et vengeance, c'est tout ce qui t'intéresse.

— Je vis dans le monde *réel*, à présent, Eden. Regarde autour de toi, ajouta-t-il en baissant la voix. Voilà le monde réel, celui où je vis.

— Qu'est-il arrivé à mes hommes… à mon troupeau ?

Eden s'efforça de garder bonne contenance quand Aigle de Fer répliqua :

— Si j'étais toi, je ne m'inquiéterais pas plus pour eux qu'ils ne se sont souciés de toi. Ils ont fui dès que l'occasion s'est présentée, et sans un regard en arrière.

— Menteur !

— C'est la seconde fois que tu me traites de menteur, Eden.

Il était maintenant si près qu'elle sentait son souffle sur son visage, si près que ses yeux sombres la brûlaient par leur intensité.

— Tu as cru ce que je t'ai dit autrefois, murmura-t-il.

— J'étais jeune… et naïve.

— Moi aussi, j'étais jeune, répliqua Aigle de Fer avec un sourire tendu qui lui fit froid dans le dos. Je croyais à toutes ces choses que l'on m'enseignait dans les écoles des Blancs. Je croyais que le cœur d'un homme était plus important que le peuple dont il était issu, mais je me trompais. Le sang des miens a balayé cette croyance. Le sang que tu as fait verser.

— C'est faux !

— Ne perds pas ton temps à nier. Je t'ai écoutée une fois, mais j'ai appris une dure leçon. Désormais, c'est moi le professeur.

Sur ces paroles, Aigle de Fer se redressa et sortit à grands pas du tipi.

Eden ferma les yeux.

Faisant face hardiment à Wapiti Danseur, qui était entouré de guerriers aux visages sombres, Aigle de Fer déclara d'un ton catégorique :

— La femme est à moi.

Les traits épais de Comanche de Wapiti Danseur se crispèrent. De taille moyenne, la poitrine puissante, il mesurait une tête de moins qu'Aigle de Fer, mais son pouvoir au sein de sa tribu se lisait dans son regard qui se fit menaçant. Aigle de Fer aurait préféré que Wapiti Danseur ne participe pas à l'attaque du troupeau, mais il savait qu'il ne pourrait atteindre son but sans l'aide de ses guerriers. Tout s'était cependant bien passé. L'embuscade avait été un succès, et le bétail capturé avait été distribué équitablement aux braves. Il n'avait pas prévu cette querelle, ne s'attendait pas à être ainsi confronté au guerrier comanche et à ses hommes, mais sa réaction fut spontanée.

— La femme est à moi, répéta-t-il.

Le chef fit un pas agressif dans sa direction.

— Les soldats la rechercheront, et nous pourrons l'utiliser comme monnaie d'échange.

— La femme restera avec moi aussi longtemps que je voudrai d'elle.

— Voilà donc l'honorable Aigle de Fer ! le défia ouvertement Wapiti Danseur. Lui qui a été accueilli dans notre camp montre maintenant sa vraie nature, il trompe ses frères comanches.

— Je ne trompe personne !

— Tu demandes plus que ta part de ce raid.

— Non !

— Le Comanche ne se laissera pas tromper par ses frères kiowas.

— J'ai capturé la femme, elle m'appartient.

Wapiti Danseur porta la main au couteau qui pendait à sa taille.

— Elle sera à toi si mon poignard te le permet.

Aigle de Fer sortit à son tour son arme, tandis que Wapiti Danseur commençait à tourner lentement autour de lui. Dans un éclair métallique, Wapiti Danseur bondit en avant. Le sang jaillit.

Il ruisselait de la blessure à son flanc quand Aigle de Fer riposta par un coup qui fit reculer Wapiti Danseur, non sans l'avoir blessé à l'avant-bras.

Aigle de Fer visait un point vital quand une frêle silhouette vint s'interposer entre Wapiti Danseur et lui. Il recula abruptement, les lèvres pincées.

— Il faut être stupide pour verser le sang de son frère quand un ennemi plus dangereux guette ! lâcha Corne Blanche.

— Je ne suis pas stupide ! répliqua Wapiti Danseur, que les paroles du vieux chaman avaient énervé. Je veux ce qui était promis : une part égale du butin d'aujourd'hui, ajouta-t-il à l'adresse d'Aigle de Fer.

— Tu l'as eue !

— La femme…

— La femme est à moi.

— Assez !

Le vieux sorcier tremblait de rage.

— Quand la colère parle, on n'entend plus la sagesse.

La justesse de ces mots, prononcés par Corne Blanche autrefois, frappa de nouveau Aigle de Fer, d'autant que le vieillard s'adressait directement à lui.

— Wapiti Danseur a raison, reprit-il. La question de la femme doit être réglée à la satisfaction de tous.

Le sang coulait toujours du flanc d'Aigle de Fer, mais il ne s'en souciait pas. Furieux, il répéta en détachant chaque syllabe :

— La femme est à moi.

Corne Blanche rétorqua d'un ton coupant :

— La femme ou le bétail… à toi de choisir.

Aigle de Fer ricana, presque amusé.

— Les bêtes… Prends-les toutes. Ce ne sera pas le dernier troupeau que je ramènerai dans ce village.

Corne Blanche se tourna vers Wapiti Danseur, qui n'avait pu dissimuler sa surprise, et lui demanda froidement :

— Cela satisfait-il notre hôte comanche ?

Wapiti Danseur se redressa de toute sa taille et fixa un instant Aigle de Fer en silence. Puis il effleura son poignard avant de répondre :

— Ma lame a goûté ton sang, la tienne a fait couler le mien, restons-en là. Tes bêtes contre la femme… l'échange est juste.

Aigle de Fer soutint un moment encore le regard de Wapiti Danseur, puis il tourna les talons et regagna son tipi.

Quelle ironie !

Tes bêtes contre la femme… l'échange est juste.

Le cœur de Tom Richards se mit à battre à grands coups lorsqu'il aperçut trois cavaliers dans le lointain. Maudissant plus que jamais son infirmité, il appela le cuisinier qui avait disparu dans la maison quelques minutes auparavant.

— Viens ici, Rowe ! Tout de suite !

Il garda les yeux rivés sur les hommes quand les bottes de Rowe claquèrent sur le porche derrière lui.

— Dis-moi ce que tu vois, commanda-t-il.

— Mullen… Booth, et Masters. Il s'est passé quelque chose. Ils ont l'air d'être blessés !

— Saute sur ton cheval, bon sang, et va au-devant d'eux !

En proie à une grande agitation, Richards regarda Rowe et les autres cavaliers pénétrer dans la cour peu après.

— Que s'est-il passé ? aboya-t-il. Où est Eden ? Et le troupeau ?

La chemise tachée de sang, Mullen se laissa glisser à terre, et vacilla légèrement en touchant le sol. Masters descendit de sa monture pour lui venir en aide tandis que Rowe arrachait un Booth à demi inconscient à sa selle et le chargeait sur son épaule. Il se dirigeait vers la maison quand Richards hurla :

— J'ai demandé ce qui s'était passé, et j'exige une réponse !

— À votre avis ? répliqua Mullen qui tenait à peine debout. Les *Injuns* nous attendaient quand nous sommes arrivés à la passe. Une embuscade. Bon Dieu, on n'avait pas la moindre chance de s'en sortir ! Quand Eden s'en est rendu compte, il était trop tard. On a poussé les bêtes, mais ces salauds avaient construit une barricade.

— Une barricade…

Richards suivit les hommes à l'intérieur et attendit que Rowe ait allongé Booth sur le canapé avant d'ordonner :

— Racontez-moi tout ! Où est le troupeau ?

Il prit une brève inspiration.

— Où est Eden… Où sont les autres ?

Rowe, qui examinait la blessure de Booth, secoua la tête.

— Il vaudrait mieux que j'essaie d'arrêter l'hémorragie avant d'aller chercher Doc Bitters.

Il disparut dans la cuisine, et Richards explosa :

— Je veux des explications. Tout de suite !

Masters, qui était penché sur Mullen, releva la tête.

— Qu'est-ce que vous voulez en premier ? Des nouvelles de votre troupeau, ou de votre fille ? répliqua-t-il, du mépris dans la voix.

— Nom de Dieu, Masters…

— Les *Injuns* ont capturé presque la moitié du troupeau avant qu'on réussisse à faire passer les autres de l'autre côté de la barrière. Les sauvages ne s'intéressaient ni aux bouvillons ni aux types qui s'enfuyaient, alors Mullen a ordonné aux gars qui restaient d'emmener les bêtes chez l'acheteur, comme prévu. Il a déclaré que la moitié d'un troupeau valait mieux que rien du tout. Mais Booth et lui étaient en trop mauvais état pour s'en charger, du coup Mullen m'a demandé de rentrer avec eux au ranch, parce qu'il savait que Booth n'y arriverait pas tout seul, et que lui-même était incapable de l'aider.

— Et Eden ?

— Je ne sais pas ce qui lui est arrivé.

— Comment ça, tu ne sais pas ?

— Non, je ne sais pas ! grinça Masters avant d'ajouter : Je crois que ce salaud de Kiowa l'a capturée.

— Ce sal…

Le souffle coupé, Richards s'interrompit. Puis il reprit avec peine :

— Dis-moi tout !

La voix tremblant d'une fureur à peine contenue, Masters s'exécuta.

— On poussait les bêtes dans la passe quand la fusillade a éclaté, sur les deux flancs. J'ai jeté un coup d'œil à Eden qui chevauchait à côté des bêtes… et je l'ai vu. Comme sorti de nulle part, l'*Injun* était là, tout près d'elle. La seconde d'après, ils avaient disparu tous les deux.

— Comment sais-tu que c'était lui ?

— C'était bien ce Kiowa-là. Je ne pouvais pas le rater, il est sacrément plus grand et costaud que les autres païens !

— Eden…

Les dents serrées, Masters poursuivit :

— Elle n'est pas morte, je le sais. J'ai regardé en arrière quand les bêtes sont sorties du canyon, et je ne l'ai vue nulle part. Si elle avait été tuée, les Indiens l'auraient abandonnée sur place.

Réprimant un frisson, Richards ordonna :

— Rowe peut s'occuper de ces deux-là. Va chez le toubib et dis-lui de venir sans attendre. Ensuite, tu files en ville, et tu demandes au shérif de réunir une équipe pour pourchasser ces sauvages. Je ne laisserai pas ma fille entre les mains de ces salauds !

Masters se redressa, le regard brûlant de haine.

— C'était elle qu'il attendait, vous le savez, non ? Comme la dernière fois… il l'attendait.

— Fonce chez le shérif, bon Dieu !

Respirant bruyamment, Aigle de Fer s'immobilisa devant son tipi. Le sang dégoulinait de sa blessure, et il fit la grimace. Il n'avait pas le temps de s'en occuper, pas le temps non plus de régler les complications que provoquait la capture d'Eden.

Il lutta pour se ressaisir. Il n'avait pas eu l'intention de ramener Eden au campement. Il voulait juste qu'elle le voie, qu'elle sache bien qu'il était responsable de l'attaque. Mais elle avait dégainé son arme, et tout avait basculé.

Ses traits se crispèrent. Si elle avait été n'importe qui d'autre… Si son cœur n'avait cessé de battre lorsque leurs regards s'étaient croisés, il aurait sorti son poignard, mettant fin à son défi si dérisoire… Mais Eden n'était pas n'importe qui.

Il l'avait arrachée à sa jument, encore inconsciente après le coup qu'il lui avait porté, et l'avait prise en selle avec lui tandis qu'il rejoignait les autres guerriers qui rassemblaient les bêtes abandonnées par les cow-boys. Quant à celles qui s'étaient échappées, personne ne les regrettait, car ainsi le jeu pourrait continuer.

Aigle de Fer souleva le rabat de la tente, et reçut de plein fouet le regard bleu de sa captive. Il marmonna :

— Le bétail contre la femme… l'échange est équitable.

Eden tenta d'apaiser les battements erratiques de son cœur comme Aigle de Fer pénétrait dans le tipi. Elle l'étudia en silence, notant pour la première fois les changements que les années lui avaient infligés. Il était plus grand, plus musclé aussi. Renonçant à tout semblant de civilisation, il était torse nu, vêtu seulement d'une culotte de peau et de mocassins. Sa chevelure lisse lui arrivait au milieu du dos, et ses traits ciselés étaient plus aigus, plus durs qu'auparavant. Mais c'était dans ses yeux que se lisait la transformation la plus flagrante… Des yeux qui reflétaient une hostilité implacable tandis qu'il demandait :

— Tout va bien, Eden ?

— Cela t'importe-t-il vraiment ?

Seul le silence lui répondit, et tandis qu'elle essayait de se redresser, elle maudit intérieurement ses mains engourdies, attachées derrière son dos. Elle parvint enfin à s'asseoir, quoique Aigle de Fer n'ait pas fait un geste pour l'aider.

— Que vas-tu faire de moi ? risqua-t-elle.

Comme il demeurait silencieux et se tournait vers les provisions déposées près de l'entrée, elle remarqua le sang qui tachait son flanc. Levant les yeux, elle vit qu'Aigle de Fer observait sa réaction, les yeux plissés. Elle sourit.

— Ainsi, tu ne t'en es pas sorti aussi facilement que prévu avec mon troupeau.

Le regard d'Aigle de Fer se fit glacial.

— Tu penses que c'est un de tes hommes qui m'a blessé ?

Il secoua la tête.

— Tes cow-boys n'ont même pas tenté de se battre. Ils ont déguerpi, tout simplement.

— Je ne te crois pas ! répliqua Eden, folle de rage. Tu refuses d'admettre qu'un de mes hommes a failli t'avoir !

En deux enjambées, il fut près d'elle. Il s'accroupit et lui prit le menton pour l'obliger à le regarder.

— Crois ce que tu veux, Eden. La vérité n'a jamais signifié grand-chose à tes yeux, alors, ce ne sera pas difficile. Mais la vérité, c'est qu'aucun de tes hommes ne m'a touché. Ils n'ont même pas essayé, conclut-il avec un sourire dur.

— Mentir ! C'est tout ce que tu sais faire ! siffla-t-elle en tentant vainement de se dégager. Quelles que soient tes intentions, tu perds ton temps. Mon père n'a pas d'argent à gâcher pour une rançon.

— Je ne veux pas de son argent.

— Alors, qu'est-ce que tu veux ? Te venger des ranchers qui ont attaqué le camp kiowa ? Ce n'était pas leur faute ! Ils sont entrés dans le campement avec des intentions de paix, et ce sont les *Injuns* qui ont déclenché les hostilités… En réalité, c'est le sang de mon père qui t'intéresse, et rien d'autre, n'est-ce pas ?

Un frisson rageur la secoua tandis qu'elle enchaînait :

— Cela ne te suffit pas qu'il soit infirme ?

Aigle de Fer la fixa froidement.

— Quoi que tu cherches, tu ne gagneras pas, tu le sais ! Tu as vécu suffisamment longtemps loin d'ici pour constater que ton peuple est minoritaire. Tôt ou tard, il perdra.

— Possible… Mais si c'est *tard*, songe à tout ce que nous pouvons faire dans l'intervalle.

— Monstre !

— *La Pierre et le Bâton*, Eden

Elle eut un petit rire de dérision.

— Une comptine d'*hommes blancs*.

Il l'attira plus près, et elle sentit son souffle sur ses lèvres quand il murmura :

— Non, une comptine pour *enfants*, qui a la même signification dans toutes les langues.

Son contact s'adoucissait peu à peu, les doigts qui lui avaient agrippé le menton avec colère lui caressaient à présent la joue. Sa bouche effleura la sienne et elle tenta de reculer, mais il la tenait encore fermement.

— De quoi as-tu peur, Eden ?

— De r… rien.

De nouveau ses lèvres frôlèrent les siennes. Eden tentait de maîtriser son émotion quand il chuchota :

— Tu as le même goût qu'autrefois… douce et chaude, comme le miel.

Le cœur d'Eden s'affola quand il glissa les mains dans ses cheveux et captura sa bouche. Étrangement incapable de lui résister, elle ferma les yeux lorsqu'il força le barrage de ses lèvres, approfondit son baiser et…

— Aigle de Fer !

Une voix féminine à l'extérieur du tipi arracha Aigle de Fer à Eden qui fut frappée par la sauvagerie de son regard.

— Aigle de Fer… Je peux entrer ?

Il se mit brusquement debout et baissa les yeux sur Eden un instant avant de se tourner vers l'entrée de la tente.

— Tu peux entrer.

La squaw était jeune, et son visage était plaisant, si ce n'était la cicatrice qui lui barrait la joue. Elle lança à Eden un regard de pure hostilité, mais lorsqu'elle posa les yeux sur Aigle de Fer, Eden eut un pincement au cœur. Elle avait compris.

Biche Alerte bouillait de rage. Elle savait qui était la femme assise sur la couche d'Aigle de Fer. C'était la fille de l'homme qui avait brûlé leur campement, la femme qui avait trahi Aigle de Fer, la personne dont la perfidie avait marqué à jamais son visage et son cœur.

Et c'était à cause de cette femme qu'Aigle de Fer se tenait éloigné d'elle.

Biche Alerte serra machinalement les poings. Si elle avait eu son poignard sur elle, elle aurait mis un terme à cette vie qui menaçait la sienne. Mais elle était patiente. Elle attendrait son heure.

S'adressant délibérément à Aigle de Fer dans leur langue natale, elle se contenta de déclarer :

— J'ai apporté ce qu'il faut pour panser ta blessure.

Le regard froid d'Aigle de Fer lui perça le cœur, tandis qu'il répondait :

— Je n'ai besoin de rien. Ce n'est qu'une égratignure.

— Qui guérirait plus vite avec les baumes de Corne Blanche.

Aigle de Fer reprit un visage normal et s'assit afin de se laisser soigner. Biche Alerte soupira de soulagement : la femme ne l'avait pas vue se faire rembarrer.

Elle s'agenouilla devant Aigle de Fer, mouilla les linges qu'elle avait récupérés dans le coffre d'un Blanc et nettoya le sang qui commençait à coaguler sur la blessure. La peau d'Aigle de Fer était ferme et douce sous sa main, et elle le désirait avec une ardeur qu'elle n'éprouvait pour aucun autre homme.

Elle continua à lui parler doucement tout en le soignant :

— Comme tu l'as dit, la blessure est peu profonde, elle se refermera vite.

Elle plongea la main dans la poche de pommade et en étendit sur la plaie.

Une fois sa tâche achevée, Biche Alerte se risqua à murmurer, le cœur battant :

— Cette femme apporte la zizanie dans notre campement. Le sang des nôtres coule sur ses mains, et nombreux sont ceux qui aimeraient se venger sur elle.

D'une voix dénuée d'émotion, Aigle de Fer répliqua :

— Cette femme est ma captive. J'ai calmé les protestations de Wapiti Danseur en lui cédant ma part du butin. Elle est ma propriété, et malheur à celui qui touchera un seul de ses cheveux !

Biche Alerte soutint son regard.

— Ton peuple a attendu ton retour. Je ne voudrais pas que cette femme se dresse entre toi et ceux qui te considèrent désormais comme leur chef.

Aigle de Fer cligna des yeux, mais Biche Alerte ne s'attendait pas à la tendresse qu'elle y lut quand il caressa sa joue balafrée en murmurant :

— J'ai commis l'erreur de croire en cette femme, autrefois. Je pensais plus à elle qu'à mes devoirs envers mon peuple, et beaucoup des miens sont morts. Les images de ce massacre sont encore trop présentes dans mon esprit pour que je les oublie. Cela n'arrivera plus, Biche Alerte… Ne t'inquiète pas pour moi, je sais où est mon devoir, ajouta-t-il après un court silence.

Biche Alerte rassembla son matériel et se leva. Aigle de Fer l'imita, puis l'accompagna dehors, laissant l'abattant retomber derrière eux.

— Tu es l'âme de notre peuple, Biche Alerte, reprit-il. Tu es ma sœur, et tu conserveras toujours une place dans mon cœur.

La gorge nouée, Biche Alerte se détourna. La signification de ces paroles était douloureusement claire : Aigle de Fer s'efforçait de la quitter en douceur.

Elle releva le menton et rejoignit son tipi. Son cœur était meurtri, mais c'était un cœur de Kiowa ! Il était fier, et fort ! Elle finirait par avoir Aigle de Fer. Elle trouverait bien le moyen de gagner.

— Quoi ?

Stupéfait, Tom Richards fixait le shérif Duncan. Il avait d'abord été soulagé quand il l'avait vu approcher du ranch en compagnie de Masters. Il avait roulé son fauteuil jusqu'au porche pendant que Doc Bitters et Rowe s'occupaient des blessures de Booth et de Mullen dans le salon. Richards voulait la peau de ce Kiowa avec une brûlante intensité, mais l'infirme qu'il était devait se résoudre à laisser les autres faire le travail à sa place. Il réalisa à retardement que le shérif et Masters étaient *seuls*.

Les yeux rivés sur le visage tanné de Duncan, Richards continua, incrédule :

— Vous êtes en train de me dire que vous ne pouvez rien faire contre les Indiens qui m'ont volé mon bétail, et ont enlevé Eden ?

Le shérif ne se laissa pas intimider.

— Les choses ont changé, Tom ! Ce n'est plus comme avant que le gouvernement fédéral construise Fort Worth. Nous avons une présence officielle, à présent, et c'est à l'armée de prendre la situation en main.

Richards vira au cramoisi.

— Vous ne pensez pas ce que vous dites ! Vous le savez aussi bien que moi, ces soldats tournent en rond. Depuis leur arrivée, ils n'ont rien fait d'autre que de souffler dans leurs satanées trompettes et de sortir en patrouille.

— C'est vrai. Et je comprends ce que vous éprouvez, Tom. Bon Dieu, Eden est comme ma fille !

— Non ! Et vous n'avez aucune idée de ce que j'éprouve.

Le shérif plissa les yeux.

— Comme vous voudrez. Je sais que vous souhaiteriez me voir rassembler une équipe qui anéantirait le premier camp *injun* qu'elle rencontrerait sur son chemin. Eh bien, il n'en est pas question. Je l'ai fait une fois, vous vous rappelez ? J'ai envoyé un message au commandant de Fort Worth, comme je suis supposé le faire, mais je n'ai pas l'intention de vous mentir. Vous savez aussi bien que moi qu'ils ne récupéreront pas Eden tant que le Kiowa n'aura pas décidé de la leur rendre.

Richards secoua la tête, la respiration soudain laborieuse.

— Vous vous trompez, *shérif*. Ce que je sais, et vous aussi, c'est qu'il ne s'agit pas vraiment d'Eden. C'est à moi qu'en veut ce salaud de Kiowa. Il n'a qu'une envie : me faire souffrir, et il sait que m'enlever Eden est la meilleure façon d'y parvenir. Alors, je vais lui faciliter la tâche.

Richards se tourna vers Masters qui avait suivi la conversation, l'air sombre.

— Je veux que tu te rendes à ce nouveau Fort Worth, mais il n'est pas question de parler au commandant ; il faut que tu rencontres les éclaireurs indiens qui travaillent pour l'armée. Ces *Injuns* trouveront sûrement un moyen de faire passer mon message à Aigle de Fer. Qu'ils lui disent que s'il relâche Eden, je me livrerai à lui pour qu'il puisse régler la situation une bonne fois pour toutes, comme un homme.

Le shérif s'avança vers lui, furieux.

— Si vous envisagez de piéger cet *Injun*, vous commettez une erreur. Ce n'est pas un imbécile, il verra clair dans votre jeu.

— Je pense chacun des mots que je viens de prononcer.

— Alors, vous êtes fou !

Prenant la parole pour la première fois, Masters grommela :

— Je ne porterai pas ce message.

Richards le fusilla du regard.

— Oh que si ! L'idée que cet Indien puisse poser la main sur Eden te ronge autant que moi !

Masters s'empourpra.

— C'est vrai. Moi aussi, je veux ce salaud, mais je n'ai pas besoin de l'armée pour ça.

— Tu ne le trouveras pas assez vite ! contra Richards. Écoute-moi, Masters. Si tu tiens vraiment à Eden, tu t'arrangeras pour qu'Aigle de Fer reçoive ce message au plus vite... avant qu'il ne soit trop tard.

Comme Masters hésitait, Richards poursuivit :

— Il se fait tard, bon sang ! La première journée d'Eden au campement se termine. Que crois-tu qu'il va lui arriver ? Le Kiowa la prendra, ou alors il...

— Assez ! J'irai porter ce message au fort.

Le regard de Masters était meurtrier. Richards se tourna vers Duncan.

— Quant à vous, *shérif*, regagnez donc dans votre jolie petite ville et laissez-nous nous charger du reste.

— Vous commettez une erreur, Tom.

— Vraiment ?

Le shérif ne prit pas la peine de répondre. Pivotant abruptement sur ses talons, il se dirigea vers son cheval. Richards le suivit du regard, puis aboya à l'adresse de Masters :

— Tu perds du temps !

Eden contempla le morceau de ciel sombre visible par le trou du tipi. Les étoiles s'allumaient les unes après les autres.

Elle avait passé la plus grande partie de l'après-midi seule, pieds et poings liés. La nuit était à présent là, mais son épreuve semblait ne pas devoir cesser.

Une fois de plus, elle tira sur les liens de ses poignets. En vain. Ses efforts ne faisaient que les resserrer. Elle grimaça, la peau à présent à vif, puis releva la tête en entendant des bruits de voix à l'extérieur du tipi.

Elle se rappelait la conversation entre Aigle de Fer et la femme qui l'avait soigné, quelques heures plus tôt. Elle n'en avait pas compris un mot, mais ce n'était pas nécessaire. La chaleur dans le regard de la femme lorsqu'elle posait les yeux sur Aigle de Fer, la tendresse avec laquelle il lui avait caressé la joue en disant plus que des mots. La conversation s'était poursuivie dehors un bref instant, et elle avait renoncé à essayer de deviner de quoi ils parlaient.

La femme était la maîtresse d'Aigle de Fer. Qu'il l'ait regardée avec une tendresse qui lui était jadis réservée ne changeait rien pour Eden. L'homme qui l'avait tenue dans ses bras et lui avait avoué son amour avec passion ne ressemblait en rien à celui qu'il était devenu.

Elle aussi était différente, désormais, songea-t-elle après réflexion. Elle n'était plus la jeune fille naïve qui ne vivait que pour le moment où celui qu'elle appelait Kyle et elle seraient enfin réunis. La femme qu'elle était alors était bel et bien morte, noyée dans un bain de sang versé par sa faute. La leçon avait été terrible, mais elle avait fini par en accepter les enseignements et avait tourné résolument cette page tragique de sa vie.

Elle laissa échapper un soupir tremblant. Le passé s'efforçait de remonter à la surface, mais elle ne le lui permettrait pas. Jimmy avait besoin d'elle. Elle avait déjà décidé qu'elle serait là pour l'accueillir quand il rentrerait à la maison… quel que soit le prix.

Elle releva la tête comme la jeune Indienne pénétrait dans le tipi, un bol fumant à la main. Cette dernière lui décocha un regard ouvertement venimeux juste avant qu'Aigle de Fer n'entre à son tour. Ils échangèrent quelques mots, puis la femme posa le bol près du feu et se retira.

Aigle de Fer mélangea le contenu du bol avec un instrument en bois, et l'estomac d'Eden se mit à gargouiller. Aigle de Fer tourna la tête vers elle.

— Tu n'as ni mangé ni bu de la journée. Tu as faim ?

Eden refusa de répondre.

S'emparant du bol, Aigle de Fer s'approcha d'elle ; elle serra les dents. Elle n'allait pas se laisser intimider par la puissance qui émanait de lui.

S'accroupissant à ses côtés, il la regarda froidement dans les yeux, puis plongea la cuillère de bois dans le ragoût et la porta à sa bouche.

— C'est bon, commenta-t-il sans la quitter des yeux. Tu ne m'as pas répondu. Tu as faim ?

Qu'il aille au diable !

— Alors ?

— Non.

Son estomac protesta bruyamment, et Eden ne put que le maudire en silence.

Il avait eu beau essayer de se persuader du contraire, Eden était plus belle que jamais.

Il la contempla un moment sans mot dire. Même maculée de poussière, sa peau gardait un aspect diaphane… et même pincées de colère, ses lèvres demeuraient diablement tentantes.

Il lui avait fallu plusieurs heures avant de s'avouer que l'arrivée de Biche Alerte dans le tipi avait été providentielle. S'il ne s'attendait pas qu'un tel désir physique le secoue quand il avait cédé à son impulsion et embrassé Eden, il ne s'attendait pas davantage à la réaction de la jeune femme. Elle n'avait pas résisté lorsqu'il avait glissé la langue entre ses lèvres, et sans l'intrusion de Biche Alerte… il ignorait comment cela se serait terminé.

Depuis, il avait eu le temps de comprendre qu'il avait failli se laisser prendre à son propre piège. Mais il ne commettrait pas deux fois la même erreur. Les heures passées avec les guerriers kiowas, qui avaient autant souffert que lui de la trahison de cette femme, n'avaient fait que renforcer cette décision.

Un échange équitable – le bétail contre la femme. Eden était à lui, et il pouvait en faire ce qu'il voulait.

Il porta délibérément la cuillère de bois aux lèvres de la jeune femme. Comme elle refusait de les ouvrir, il insista.

— Tu as besoin de reprendre des forces, Eden. Sinon comment pourras-tu t'enfuir et ramener l'armée jusqu'ici ?

Les narines d'Eden palpitèrent imperceptiblement, seule manifestation de la rage qui grondait en elle. Aigle de Fer avala le contenu de la cuillère.

Il la remplit et, de nouveau, l'approcha des lèvres d'Eden en l'avertissant :

— Quand ce bol sera vide, tu auras faim.

Comme elle s'entêtait, il essaya une autre tactique.

— Ton fils va bientôt rentrer.

Elle se raidit.

— Tu veux être assez forte pour *l'apercevoir*, non ?

— Salaud…

— Dis-moi, Eden, reprit Aigle de Fer d'une voix caressante, jusqu'où irais-tu pour retrouver la liberté et accueillir ton fils à la maison ?

Elle se mit à frissonner de manière irrépressible.

— Ton orgueil prendrait-il le pas sur tout le reste ?

Elle accepta brusquement la cuillère qu'il lui tendait. Tandis qu'elle mâchait, Aigle de Fer en prit une autre pour lui. Quand elle fut prête à continuer, il recula.

— Tu ne m'as pas répondu, Eden. Jusqu'où irais-tu pour accueillir ton fils à son retour ?

— Tu tentes de m'intimider, répliqua-t-elle vivement. Tu aimerais que je te supplie, mais n'y compte pas.

— Je ne veux pas te pousser à supplier, Eden.

Silence.

— Je veux juste que tu comprennes que les rôles sont inversés, à présent. La proie est devenue le chasseur, et c'est lui, désormais, qui fixe les règles.

— Réjouis-toi tant que tu le peux encore ! lança-t-elle. Tu n'en auras plus l'occasion une fois que l'armée aura découvert ce campement.

— L'armée est un serpent qui se mord la queue.

— Tu ne peux pas gagner.

— Toi non plus.

Le regard dur, Aigle de Fer replongea la cuillère dans le bol. Il perçut la fureur d'Eden comme il se penchait pour lui libérer les mains.

— Mange, ordonna-t-il.

Elle ramena les mains devant elle, et Aigle de Fer fronça les sourcils en découvrant que la peau de ses poignets était à vif.

— C'était stupide de croire que tu pouvais te libérer ! gronda-t-il.

— Vraiment ?

Il se leva brusquement et abandonna Eden au tipi silencieux.

Les étoiles brillaient dans le ciel pur quand Masters pénétra dans Fort Worth. Il avait chevauché des heures durant, sa blessure partiellement cicatrisée le faisait souffrir, il avait faim, et était épuisé.

Ignorant ses maux, il jeta un coup d'œil circulaire. Apparemment, tout le monde dormait, mais il trouverait les éclaireurs de l'armée et leur transmettrait le message de Richards, comme promis. Au début, en voyant la façon dont le vieil homme traitait Eden, Masters pensait que rien d'autre ne comptait que son ranch, Mais il s'était trompé, il lui fallait le reconnaître.

Il crispa les mâchoires. Richards courait à la catastrophe. Même si ce Kiowa acceptait les termes de l'accord qu'il lui proposait, jamais il ne rendrait Eden volontairement. Il saisirait l'occasion pour avoir Richards, après quoi, il remmènerait Eden avec lui.

Masters fit jouer son épaule douloureuse et pesta entre ses dents. Il savait pourquoi le Kiowa avait tiré sur lui, il avait eu tout le temps d'y penser. Ce salaud les avait vus parler, Eden et lui, et il avait senti qu'il se passait quelque chose entre eux. Quelques centimètres plus bas, et la balle l'aurait tué net comme cet Indien en avait l'intention.

Aigle de Fer avait raté son coup… mais lui réussirait.

Il conduisit son cheval jusqu'à un rail d'attache et mit péniblement pied à terre. S'il avait accepté de porter le message de Richards, c'était pour une unique raison : si le Kiowa feignait d'accepter l'offre de Richards, il serait là où aurait lieu l'échange, et il aurait l'Indien avant même que celui-ci comprenne ce qui lui arrivait. C'était le seul moyen d'en débarrasser Eden.

Le regard de Masters s'arrêta sur un métis coiffé d'une casquette de l'armée.

Il se dirigea vers lui.

Le ciel était constellé d'étoiles quand Aigle de Fer retourna au tipi. Eden se tenait à l'autre bout, et le bol vide était près du feu. Il avait demandé à Femme Rapide d'accompagner sa prisonnière au ruisseau quelques minutes plus tôt. Il ne craignait pas qu'Eden s'échappe, car Femme Rapide était plus robuste que la plupart des hommes, au point qu'il s'était parfois demandé qui sortirait vainqueur s'il se battait contre elle.

Un coup d'œil à Eden lui révéla que la visite au ruisseau n'avait pas été inutile. Son visage débarrassé de la poussière qui le recouvrait était net et sa peau brillait.

— Il est temps de dormir, déclara-t-il d'un ton sans réplique.

Les liens de cuir étaient à ses pieds, et il les ramassa. Eden recula instinctivement.

— Tu ne veux pas que je t'attache de nouveau, je suppose ?

— Fais ce que tu veux, je m'en moque.

— Vraiment, Eden ?

En quelques pas, Aigle de Fer fut près d'elle, il lui attrapa les avant-bras et lui tint les poignets devant le visage.

— Tu oublies que je sais combien ces marques sont douloureuses. Ce sont comme des bandes de feu qui deviennent de plus en plus brûlantes à mesure que le temps passe... Je n'avais pas l'intention de te faire du mal, Eden, ajouta-t-il après une pause.

Elle inclina légèrement la tête, lui montrant ainsi sa mâchoire endolorie.

— C'est pourquoi tu m'as frappée, je suppose ; afin de ne pas me faire de mal.

Aigle de Fer pinça les lèvres.

— Tu sais très bien pourquoi je t'ai frappée.

Eden était rouge de rage.

— Allonge-toi, reprit-il.

— Pour que tu puisses me ligoter de nouveau.

— Non. Parce qu'il est temps de dormir. On se lève de bonne heure, ici.

Eden s'assit sur la couche, puis s'étendit, le dos tourné. Aigle de Fer sentit le frisson qui la parcourut quand il s'allongea près d'elle et l'attira dans le creux de son corps.

Il murmura dans la masse soyeuse de ses cheveux qui lui caressaient le menton :

— Je ne t'attacherai pas cette nuit, mais il y a un prix à payer.

Elle ne répondit pas.

— Tu ne veux pas savoir de quel prix il s'agit ?

Elle fut secouée d'un autre frisson.

— De quoi as-tu peur, Eden ?

— De rien.

Aigle de Fer la serra davantage contre lui.

— Mes bras sont plus doux que des liens de cuir.

Il sentait le cœur de la jeune femme s'affoler.

— Et ils sont moins cruels que les menottes qui m'enchaînaient jour et nuit quand j'étais prisonnier.

Comme Eden demeurait silencieuse, il reprit dans un murmure aussi coupant qu'une lame aiguisée en dépit de sa douceur :

— Je n'ai plus de chaînes, mais je porte encore les menottes, Eden. Parce que je l'ai choisi. Elles sont la preuve de l'erreur qui a été commise le jour où on les a refermées autour de mes poignets. Elles m'ont rendu plus fort, vois-tu. Elles m'ont rendu invincible, continua-t-il à son oreille. Et je le demeurerai jusqu'à ce que ma vengeance soit accomplie. Et tu fais partie du châtiment, Eden.

Les fesses de la jeune femme étaient chaudes contre la virilité d'Aigle de Fer, elles le brûlaient.

— Tu m'appartiens, Eden. Tu es ma propriété.

Toujours pas de réponse.

— Je pourrais te prendre sur-le-champ.

Silence.

Aigle de Fer ajouta avec une lenteur délibérée :

— Mais... *je ne le désire pas*.

Il lui laissa le temps de digérer cette dernière déclaration avant d'ordonner :

— À présent, ferme les yeux, et dors.

Comble d'ironie, Aigle de Fer demeura éveillé dans le noir, tandis que la respiration d'Eden s'apaisait peu à peu. Il avait protesté quand elle l'avait accusé par deux fois à tort, mais quelques minutes auparavant, il avait vraiment mérité d'être traité de menteur.

10

— Debout ! Allez, debout !

L'ordre brutal accompagné de coups dans les côtes réveilla Eden en sursaut. La grande squaw qui l'avait accompagnée la veille au ruisseau se tenait au-dessus d'elle.

— Debout ! Travail !

Eden s'assit sur la couche. Aigle de Fer n'était nulle part en vue.

— Allez !

Eden se leva en titubant. L'autre la poussa hors du tipi, et elle plissa les yeux dans la brillante lumière matinale. Sans attendre, sa gardienne prit la direction du ruisseau. Une toute petite fille s'approcha d'elles en tendant les bras, et Eden sentit sa gorge se serrer. Jimmy faisait la même chose lorsqu'elle rentrait au ranch à la fin de la journée. Telle une baguette magique, son sourire effaçait la fatigue des longues heures de travail harassant, et quand elle le prenait dans ses bras et le pressait contre elle, elle se disait qu'il valait tous les sacrifices du monde.

Jimmy, qui allait bientôt revenir à la maison…

Ramenée brusquement au présent, elle vit la femme soulever la petite fille de terre ainsi que le paquet près d'elle sans ralentir. Eden poursuivit vivement son chemin. Elle allait s'échapper. C'était juste une question de temps. Rien ni personne ne l'empêcherait d'accueillir Jimmy à son retour.

En approchant du ruisseau, Eden comprit pourquoi elle avait été réveillée si brutalement. Des femmes de tous âges étaient agenouillées sur la rive sablonneuse, certaines frottant les vêtements mouillés étalés devant elle avec une substance savonneuse, d'autres les frappant avec des galets. Après avoir reposé la fillette sur le sol, la geôlière d'Eden sortit du paquet un vêtement de peau qu'elle lui jeta presque à la figure avant d'indiquer la rivière du doigt.

Oui, c'était jour de lessive.

Eden ne put s'empêcher de faire la grimace. Au ranch, elle avait toujours refusé d'être reléguée à la cuisine et à la buanderie. Elle n'aimait pas…

Un coup bref dans le dos la fit s'effondrer à genoux. Elle se retourna pour protester, mais se ravisa comme elle croisait le regard de la squaw. Non, ce serait une erreur de se faire une ennemie de cette femme. Elle en avait déjà bien assez dans ce campement !

Sans broncher, elle s'empara du vêtement sur lequel elle détecta des traces de sang. Le sang d'Aigle de Fer.

Tu es à moi, désormais. Tu m'appartiens.

Tandis que ces paroles résonnaient dans sa tête, elle se rappela l'époque où elle les aurait accueillies avec bonheur, et où elle aurait chuchoté des mots d'amour en réponse. Mais le sens de ces paroles avait changé, tout comme l'homme qui les avait prononcées.

Tu fais partie du châtiment, Eden.

Certes… mais pas pour longtemps.

Emplie d'une détermination nouvelle, Eden plongea le vêtement dans l'eau. La femme laissa tomber près d'elle un morceau de racine en guise de savon. Elle le ramassa à contrecœur et en frotta la tache sombre. Aussitôt, l'eau se teinta de rouge.

Aigle de Fer avait visiblement saigné plus qu'elle ne l'avait cru, pourtant il ne semblait pas le moins du monde affecté par sa blessure, comme si cela ne prêtait pas à conséquence. La douleur était négligeable à ses yeux, et Eden devina que ce n'était sans doute pas grand-chose comparé aux souffrances qu'il avait endurées dans la chaleur étouffante de ce pénitencier où bien peu survivaient. Elle s'était interdit de s'appesantir sur son sort après qu'on l'avait emmené. Elle se rappelait seulement qu'il avait tiré dans le dos de Witt sans le moindre scrupule. Witt, qui n'avait pas tiré un coup de feu, et elle…

Une claque sur la tête la fit basculer brusquement en avant. Elle se tourna vers la squaw agenouillée près d'elle.

— Travail, cracha celle-ci.

Furieuse, Eden allait riposter quand elle aperçut la femme à la cicatrice – Biche Alerte – qui les observait, un peu en amont du ruisseau. Son regard ne laissait aucun doute quant à ses pensées. Refusant de lui faire plaisir en provoquant la colère de la terrible squaw, Eden revint à sa tâche.

Toute à sa rage, elle n'entendit pas tout de suite les rires étouffés des jeunes femmes, un peu plus loin. Elle risqua un coup d'œil, et remarqua plusieurs filles qui chuchotaient derrière leurs mains en regardant dans sa direction. Elle sursauta comme une voix profonde s'élevait derrière elle.

— Je constate que Femme Rapide surveille de près ton travail.

Eden lui lança un regard par-dessus son épaule, et demeura interdite. Hormis un pagne qui masquait tout juste sa virilité, il était scandaleusement nu. C'était un spectacle si frappant qu'Eden se dit que pas une femme au camp, comanche ou kiowa, ne pouvait rester indifférente à la force brute qui émanait de cet homme. Elle se rendit compte aussi, à retardement, que sa virilité serait ainsi mise en évidence jusqu'à ce que le vêtement qu'elle lavait soit de nouveau prêt à être porté.

Comme elle ne répondait pas, Aigle de Fer s'accroupit près d'elle et murmura :

— Tu n'aimes guère les travaux féminins, n'est-ce pas, Eden ?

Il s'interrompit, la scruta un instant, avant de reprendre :

— Il y a pire.

Puis il se releva vivement et s'éloigna.

Elle le regardait encore quand une nouvelle gifle la ramena sur terre.

Elle adressa un regard glacial à la squaw qu'Aigle de Fer appelait Femme Rapide, et fut presque amusée par ce nom.

— Vous n'allez pas le laisser faire, n'est-ce pas ?

Le major John Henry Peters, commandant du tout nouveau Fort Worth, fusilla du regard le shérif Duncan qui, les sourcils froncés, attendait sa réponse. Celui-ci le regardait droit dans les yeux, bien décidé à ne pas perdre de temps en explications. Le major n'aimait guère cette attitude, et il détestait plus que tout qu'on lui dicte sa conduite.

Fidèle à sa réputation d'homme qui ne tourne pas autour du pot, le major aboya :

— Comment voulez-vous que je l'en empêche, shérif Duncan ?

— Comment ?

La moustache du shérif frémit.

— C'est ce qu'on vous enseigne dans l'armée ? Répondre à une question par une autre question ? Bon sang, mon vieux, il faut faire quelque chose !

— Vraiment ? Vous avez une idée de l'étendue de territoire aride que mes hommes sont censés *protéger* ? Vous savez à quel point ces satanés Comanches nous surpassent en nombre ?

— Tom Richards n'a pas l'intention de se rendre aux Comanches, il veut traiter avec les Kiowas.

— C'est du pareil au même. Ils vivent ensemble, ils attaquent ensemble, ils tuent ensemble ! Tom Richards connaît bien cet Aigle de Fer. S'il est assez fou pour conclure quelque accord avec ce sauvage derrière mon dos, il n'aura que ce qu'il mérite.

— Écoutez, major…

— Je n'ai rien de plus à écouter, shérif.

Le major s'interrompit, le temps de maîtriser sa colère. Lorsqu'on l'avait envoyé dans ce fort au milieu de nulle part, après qu'il se fut distingué dans la guerre du Mexique, on lui avait dit que mater les sauvages dans cette région serait une tâche difficile mais pas impossible, et que sa réussite ajouterait du lustre à sa carrière déjà brillante.

Fariboles !

Il ne lui avait pas fallu longtemps pour appréhender la réalité. Tout ce projet était un exercice futile initié par un comité fédéral qui n'avait pas la moindre idée de la taille ni de la situation de la région, et moins encore de l'ampleur des opérations nécessaires.

Comanches et Kiowas avaient joint leurs forces dans un environnement où personne n'était capable de les surpasser. Les troupes du major ne pouvaient protéger qu'une fraction du territoire qui leur avait été assigné. Les Indiens se moquaient d'eux, or le major détestait être la cible de railleries – surtout venant d'hommes censés être des sauvages ignorants.

Le major Peters tenta une réponse rationnelle.

— Vous avez fait ce qu'il fallait, shérif. Vous avez signalé qu'Eden Broker avait été enlevée par Aigle de Fer, et j'ai prévenu Washington. J'étais déjà informé de l'évasion d'Aigle de Fer, et on m'avait recommandé d'ouvrir l'œil, au cas où, mais vous et moi savons qu'il n'y a pas une chance sur mille que l'on localise l'endroit où se trouvent Aigle de Fer et Eden Broker afin que je puisse faire intervenir la troupe.

— Vraiment ? Alors, bon Dieu, pourquoi êtes-vous là ?

— Pour apporter un semblant de bon sens à cette région ! Ce qui signifie traiter avec les Indiens de manière formelle, ainsi je pourrai demander le retour de Mme Broker au nom du gouvernement fédéral. Mais cela demandera du temps.

— Du temps ? Nous n'en avons pas ! Tom Richards est bien décidé à se livrer en échange de sa fille, autant dire qu'il s'envoie lui-même à la mort.

— Si Richards tient absolument à agir seul, je n'y peux rien.

Le major soutint sans flancher le regard du shérif.

— Je comprends cependant votre contrariété, ajouta-t-il, et j'ordonnerai à mes éclaireurs de ne pas obéir si on leur demande de trouver un moyen pour transmettre le message à Aigle de Fer.

— Ne prenez pas cette peine, c'est déjà fait.

— Mais je n'ai jamais donné un tel ordre !

— Vous n'en aviez pas besoin, Masters s'est occupé de tout.

— Il n'a pas le droit de donner des ordres à mes éclaireurs !

— Vous considérez peut-être les *Injuns* comme *vos* éclaireurs, major, mais ils sont métis, ce qui les fait pencher du côté qui les arrange.

— Très bien, shérif.

Conscient de la rougeur qui avait envahi ses joues, le major reprit avec une politesse forcée :

— Que voudriez-*vous* que je fasse ?

— Que vous envoyiez un détachement au Diamond R et que vous fassiez comprendre au vieux rancher qu'il n'est pas question qu'il déclenche une véritable guerre en offrant ainsi sa vie. J'aimerais aussi que cette même troupe se rende au premier camp indien venu afin d'exiger le retour d'Eden Broker.

— Et comment me suggérez-vous de m'y prendre pour y parvenir ?

— Utilisez votre imagination, bon sang !

Le major Peters se raidit.

— Au revoir, shérif.

— Au revoir ?

— Vous avez accompli votre devoir. Vous m'avez fait votre rapport sur la situation, à partir de maintenant c'est moi qui prends les rênes.

— Que comptez-vous faire ?

Le major appela le soldat qui montait la garde à la porte.

— Caporal, le shérif s'en va. Raccompagnez-le dans la cour.

Le visage du shérif Duncan était crispé de colère.

— Alors voilà ? C'est tout ?

— Au revoir, shérif. Je prends les choses en main, désormais.

Peters attendit que la porte se soit refermée sur le shérif pour se laisser tomber dans son fauteuil. Bon sang, il en avait vraiment assez !

Attrapant sa plume, il se mit à griffonner à toute allure.

Eden s'essuya le front d'un revers de manche. Le soleil de l'après-midi était impitoyable, mais il se coucherait bientôt. Elle avait passé la journée avec les squaws, sous l'œil vigilant de Femme Rapide. Elle était traitée durement, mais sans injustice et, une fois son travail terminé, on lui avait de nouveau lié les poignets avant de l'attacher à un arbre au bout du campement. Elle s'était montrée docile, et il lui vint à l'esprit que les squaws devaient la prendre pour une poule mouillée, mais elle ne s'en souciait guère. Elle avait d'autres pensées plus importantes en tête. Elle avait profité de la journée pour étudier la routine du camp, et avait déjà commencé à élaborer un plan pour s'échapper.

Elle jeta un coup d'œil à Biche Alerte qui s'affairait près de son tipi sans prendre la peine de dissimuler ses sentiments. Dès le matin, Eden s'était rendu compte que la jeune squaw était de plus en plus jalouse des attentions qu'Aigle de Fer lui prodiguait. À la fin de la journée, elle avait aussi compris que l'attitude de la jeune femme pouvait être dangereuse.

Eden ferma brièvement les yeux. Elle avait renoncé à essayer de deviner quand elle reverrait Aigle de Fer, ou ce qu'il avait l'intention de faire. Il fallait qu'elle rentre chez elle ! Son père devait être fou d'inquiétude. En dépit des apparences, elle savait qu'il se reprochait la dureté de leur vie. Quelles que soient ses fautes, il les aimait, Jimmy et elle, et il voulait ce qu'il y avait de mieux pour eux. Si elle pouvait seulement...

Des cris de bienvenue s'élevèrent dans le camp, la tirant de ses pensées. Des cavaliers approchaient.

Elle se raidit en reconnaissant la silhouette d'Aigle de Fer. La soirée précédente lui revint en mémoire, quand il l'avait rejointe sur sa couche et enfermée dans une étreinte passionnée qui l'avait retenue prisonnière toute la nuit. Elle en gardait un souvenir presque irréel. Elle se rappelait les frissons qui l'avaient secouée lorsque Aigle de Fer s'était allongé près d'elle. Sa voix était froide, son corps puissant et dur contre le sien, mais les bras qui l'enserraient étaient tellement doux qu'elle s'était presque crue à l'abri de tout danger. Elle avait bien dormi, si profondément qu'elle avait sursauté lorsque Femme Rapide l'avait réveillée.

Mais elle se trompait, elle s'en était rendu compte quand Aigle de Fer était apparu de manière inattendue près du ruisseau. Elle s'était dit, alors qu'il s'accroupissait près d'elle, qu'il prenait plaisir à la situation, et que c'était là une belle vengeance !

Depuis, elle avait délibérément évité de réfléchir aux émotions contradictoires qu'il éveillait en elle. Elle se consolait en se jurant qu'elle prouverait qu'elle était aussi intelligente que lui.

Les cavaliers se rapprochaient, et les femmes du camp se précipitèrent vers eux, tout excitées à la vue des montures qui traînaient de lourds sacs remplis du butin de la journée. Aigle de Fer faisait l'objet d'une véritable adulation, et le cœur d'Eden se serra à la pensée de ceux qui avaient subi son châtiment ce jour-là.

Elle n'aurait su dire à quel moment précis il la chercha du regard, elle éprouva juste un choc quand leurs yeux se croisèrent. Son cœur se mit à battre la chamade lorsqu'il mit pied à terre et se dirigea vers elle.

Une bouffée de colère envahit Aigle de Fer tandis qu'il marchait résolument vers l'arbre, au bout du campement. Balayant les lieux du regard, il vit Femme Rapide le scruter. Il avait placé Eden sous sa garde parce qu'il savait que c'était une femme juste et suffisamment fine pour ne pas se laisser prendre aux ruses que sa prisonnière tenterait de mettre en œuvre pour s'échapper. Il savait aussi que Cheval Rouge considérait Femme Rapide comme une épouse exceptionnelle et qu'il était fier de la confiance que les autres lui accordaient. En outre, la prime qu'il comptait offrir à Femme Rapide pour la remercier de veiller sur Eden en son absence serait fort bien accueillie par son mari et elle.

Mais il n'était pas content.

Les lèvres serrées, il s'arrêta près d'Eden, et l'étudia en silence. Son visage était rouge et luisant de sueur, ses vêtements humides de transpiration, et ses yeux las. Nul doute qu'elle était attachée à cet arbre, à peine protégée du soleil, depuis que les femmes avaient terminé leurs tâches, plusieurs heures auparavant.

Il se retourna en entendant un pas derrière lui. Femme Rapide s'immobilisa à quelques pas. Il s'adressa sèchement à elle dans leur langue natale :

— Pourquoi cette femme est-elle attachée ?

— C'est une prisonnière que tu m'as confiée, répliqua Femme Rapide d'un air de défi. Je voulais qu'elle soit là à ton retour, comme je l'avais promis.

— A-t-elle bien travaillé ?

— Oui.

— A-t-elle essayé de se sauver ?

— Non.

— Alors, pourquoi ces liens ?

— Pour sa sécurité.

Comme Aigle de Fer demeurait silencieux, Femme Rapide haussa les épaules en un geste désinvolte qui contrastait avec l'intensité de son regard.

— Cette femme travaille bien, poursuivit-elle. Elle est forte et son esprit est vif… Mais si je n'ai pas peur de sa force, j'ai peur des pensées qui l'ont empêchée de parler toute la journée.

— Tu crains ses pensées ?

— L'esprit de cette femme ne connaît pas la peur, seulement la colère, et le désir de s'échapper. Ses yeux me l'ont révélé quand elle a vu mon bébé dans mes bras. Elle a un enfant, elle aussi, et elle risquera tout pour aller le retrouver.

La pensée de l'enfant fit serrer les dents à Aigle de Fer, tandis que Femme Rapide continuait :

— Il y en a dans ce camp qui attendent une occasion d'agir contre elle. Je ne veux pas leur fournir cette occasion.

Sur ce, Femme Rapide fit volte-face et s'éloigna sans attendre la réponse d'Aigle de Fer. Échauffé par cet échange, ce dernier regarda Eden au fond des yeux avant de sortir son poignard. Les yeux de la jeune femme s'agrandirent quand il approcha la lame de sa peau, et il perçut son soulagement lorsqu'il trancha les liens de cuir qui retenaient ses poignets.

Sans se soucier de ceux qui assistaient à la scène, il l'attrapa par le bras et l'entraîna sur le chemin qui menait au ruisseau. À mesure qu'ils avançaient, sa résistance grandissait, et quand ils furent hors de vue, elle lâcha :

— Où m'emmènes-tu ?

Aigle de Fer ne se donna pas la peine de répondre.

— J'exige de savoir...

Il s'arrêta net et se tourna vers elle.

— Tu m'appartiens ! rétorqua-t-il d'une voix qui tremblait un peu. Tu n'as rien à exiger.

— Tu aimerais le croire, n'est-ce pas ? répliqua-t-elle sur le même ton. Tu aimerais croire que je suis entièrement en ton pouvoir, que tu m'as matée, mais c'est faux ! Je n'ai pas peur de toi !

— Vraiment ?

En un éclair, Aigle de Fer sortit son poignard de sa ceinture. Il attira Eden contre lui, et posa la pointe effilée contre sa gorge.

— Dis-moi ce qui se passerait si je me servais de cette arme maintenant, Eden. Est-ce que quelqu'un viendrait à ton secours ? Ou bien le camp tout entier chanterait-il mes louanges en admirant le scalp doré que j'ajouterais à ma collection ?

— Sauvage !

Il resserra son étreinte et lui releva le menton.

— Sauvage, peut-être, mais pas idiot. Je n'ai aucune intention de verser ton sang, Eden. Nous venons tout juste de commencer.

La lâchant abruptement, il lui reprit le bras et poursuivit son chemin. Le soleil de la fin d'après-midi scintillait sur l'eau quand ils arrivèrent à la rive sablonneuse.

— Assieds-toi, ordonna-t-il.

— Pourquoi ?

À bout de patience, il tonna :

— Obéis !

L'ordre bref d'Aigle de Fer résonna dans le silence. La colère laissa place à la peur qu'Eden avait niée avec tant de véhémence.

— Je n'aime pas qu'on me donne des ordres !

— Assieds-toi, Eden.

Il plongea son regard brûlant dans le sien, et elle fut soudain submergée par une vague de chagrin qui la déconcerta. Elle s'assit au bord de l'eau. Le menton haut, elle refusa de regarder Aigle de Fer tandis qu'il s'accroupissait près d'elle. Elle ne se tourna vers lui que lorsqu'il lui saisit l'avant-bras et l'approcha de la rivière.

— Que fais-tu ?

— Tu as passé la matinée à laver des vêtements, mais tu n'as pas eu le bon sens de nettoyer la chair à vif de tes poignets.

— J'ai passé la matinée à faire la lessive, l'après-midi à porter du bois, à creuser pour trouver des racines et… Mais qu'est-ce que ça peut bien te faire ?

— Même les enfants savent que les blessures peuvent s'infecter.

— Vous êtes tellement inquiet pour ma santé ? ironisa-t-elle.

— Tu m'appartiens, Eden, riposta-t-il tranquillement. Je ne veux pas que ce qui m'appartient soit abîmé.

La forçant à plonger le bras dans l'eau, il le nettoya de la main. Eden ne protesta pas, s'interdisant de réagir à la douleur, même quand il répéta son geste avec l'autre bras.

Enfin satisfait, il sortit une poche de sa ceinture. Eden la reconnut et en profita pour jeter un coup d'œil à son flanc. La coupure avait séché et cicatrisait déjà.

Aigle de Fer répondit à sa question informulée.

— Les remèdes de sauvages sont efficaces.

Il lui appliqua le baume sur les poignets avec minutie, ses longs doigts lui caressant la peau avec une douceur et une sensualité accrues à mesure que les secondes s'égrenaient. Eden avait le souffle court quand Aigle de Fer releva enfin la tête et croisa son regard.

L'instant s'éternisa. Cette soudaine intimité eut raison d'Eden qui cessa de feindre et murmura avec ferveur :

— Tout cela est une erreur, Kyle. Laisse-moi partir. J'ignore pourquoi tout a si mal tourné, autrefois. Je ne l'avais pas souhaité. C'est arrivé, tout simplement, et il a été impossible d'y mettre fin une fois que la machine a été lancée. Mais nous ne sommes pas obligés d'entretenir la haine. Nous pouvons laisser tout cela derrière nous... dès maintenant. Permets-moi juste de m'en aller. Je dirai à mon père qu'il faut oublier le passé et repartir de zéro. Je ferai en sorte qu'il m'écoute, cette fois.

Spontanément, Eden porta la main à la joue d'Aigle de Fer. Il affichait une expression grave, sa peau était tendue sur ses pommettes, ses lèvres entrouvertes. Elle s'attarda sur sa mâchoire tout en sondant ses yeux sombres.

— Je voudrais... commença-t-elle dans un souffle.

Il la fit taire d'un baiser, et elle sentit une allégresse familière monter en elle tandis qu'il l'écrasait contre lui. *Kyle* était de nouveau avec elle, et il n'était pas besoin de mots. Il savait ce qu'elle voulait ! Il lui ouvrit les lèvres de la langue, explora sa bouche tout en l'allongeant doucement sur le sable. Il pesait sur elle de tout son poids, et elle noua les bras autour de son cou, l'accueillant avec bonheur. Il la tenait comme autrefois, lui caressant le visage avec amour et tendresse, lui murmurant des mots inintelligibles. Il reprit ses lèvres, et tous deux laissèrent libre cours à leur passion. Eden sut ce qu'il voulait quand il déboutonna son corsage et saisit la pointe d'un sein dans sa bouche. Agrippée à lui, elle s'abandonna volontiers à la joie qui fleurissait en elle.

— Kyle...

Il la dévêtit et captura de nouveau sa bouche. Il était dur contre son ventre, et elle gémit, en proie à une fièvre grandissante. Il entra en elle d'un seul coup de reins, lui arrachant un cri de bonheur.

Il l'emplissait toute, et elle ferma les yeux, émerveillée. Plus rien ne comptait que la volupté de l'instant. Il commença à se mouvoir en elle, et elle ondula à sa rencontre, éperdue, haletante. Elle retint son souffle en sentant l'extase approcher, et laissa échapper un cri quand Kyle explosa en elle, son sexe palpitant enfoui jusqu'à la garde.

Il reposait près d'elle, et elle se lova contre lui. Sous le soleil qui réchauffait leurs peaux nues, elle ferma les yeux, savourant le tendre répit d'après l'amour. Elle ne les rouvrit qu'en sentant Kyle se redresser. Appuyé sur les avant-bras, il la contempla longuement en silence. Puis il se releva, l'aida à se lever à son tour et l'entraîna dans le ruisseau.

Jetant un coup d'œil au chemin, Eden murmura :

— Quelqu'un pourrait venir.

Kyle secoua la tête.

— Non. Ils savent que nous sommes là.

Eden frissonna tout en s'aspergeant d'eau fraîche, à l'instar de Kyle. Il semblait de nouveau si grave qu'elle se rapprocha de lui. Et ne lui opposa aucune résistance lorsqu'il la plaqua contre son corps nu.

S'écartant légèrement, il baissa les yeux sur elle, et souffla :

— Ton corps est si doux, Eden. Est-ce que James Broker l'appréciait autant que moi ?

Elle se figea, puis tenta de se libérer tandis que Kyle poursuivait, avec une intensité grandissante :

— Dis-moi, Eden, s'il te donnait le même plaisir que moi. Si tu le désirais autant que tu me désires.

Elle lutta de nouveau pour lui échapper, mais les bras de Kyle étaient trop robustes.

— Tu lui as donné un fils. Jimmy va bientôt rentrer de chez sa grand-mère.

Envahie par une tristesse subite, elle murmura :

— James est mort, Kyle.

Ignorant ses paroles, il insista :

— C'est pour ça que tu t'es donnée à moi, Eden… afin que je te laisse retourner près de ton fils ?

— Non, je…

— … parce que tu pensais que je ne pourrais plus rien te refuser une fois que je t'aurais de nouveau tenue dans mes bras ?

— Lâche-moi, Kyle.

— Dis-moi d'autres beaux mensonges, Eden, chuchota-t-il en resserrant son étreinte. Je veux les entendre. Dis-moi que tu m'as aimé, autrefois, et que tu pourrais m'aimer de nouveau. Dis-moi que tu veux oublier le passé comme s'il n'avait jamais existé. Dis-moi que tes soupirs étaient sincères quand je suis entré en toi, et que tu me désires aujourd'hui plus encore qu'autrefois. Dis-moi, Eden… Dis-moi ce que tu penses que j'ai envie d'entendre.

— Kyle, je t'en prie… laisse-moi.

— Cela aurait pu marcher, tu sais, mais tu as commis une erreur… *Kyle* aurait pu te croire, mais Kyle est mort. Il est mort dans ses chaînes il y a bien longtemps. L'homme qui te tient dans ses bras est Aigle de Fer. *Aigle de Fer*, Eden ! Répète-le !

— Aigle de Fer.

La lâchant brusquement, il regagna la rive.

Sous le choc, Eden demeura un moment immobile avant de le suivre.

Elle s'habilla en lui tournant le dos, puis carra les épaules et lui fit face. Refusant de trahir son trouble, elle s'efforça de demeurer impassible sous son regard scrutateur, et ne protesta pas quand il lui souleva les poignets pour examiner ses brûlures.

— Ça va mieux ? s'enquit-il, d'une voix si douce qu'elle fut prise de court.

Elle se contenta de hocher la tête avec raideur.

— Je ne veux pas qu'il t'arrive du mal, Eden.

De manière inattendue, il l'attira dans ses bras et s'empara de ses lèvres. Son baiser fut tendre, doux, profond ; il lui caressait le dos, la pressait si étroitement contre lui qu'ils semblaient ne plus faire qu'un.

Quand il la lâcha enfin, Eden tremblait de tous ses membres.

D'une voix voilée par la passion, il murmura :

— J'écouterai tes mensonges, Eden. Je prendrai plaisir à les entendre. Qui sait ? J'essaierai même peut-être d'y croire.

Il l'embrassa de nouveau, et elle ferma les yeux. Elle voulait…

— Ils sont partis depuis longtemps, pouffa Femme à l'Arc en indiquant du menton le chemin qui menait au ruisseau. Je me demande ce qu'ils peuvent bien faire !

Biche Alerte lui décocha un regard noir, et les autres femmes rirent sous cape. Elle était sortie de son tipi sous un prétexte quelconque afin de voir si Aigle de Fer et sa prisonnière étaient enfin rentrés, mais les squaws attendaient aussi.

Comme Biche Alerte ne faisait aucun commentaire, Femme à l'Arc poursuivit :

— Il était tellement en colère ! Vous croyez qu'il est en train de la battre ?

— Je ne pense pas, dit Femme Rieuse. Je ne l'ai pas entendue crier.

Biche Alerte s'interdit de laisser paraître son amertume. Ces femmes ne l'aimaient pas. Elles étaient comanches, et elle kiowa, elle ne ferait jamais partie de leur tribu. Elles savaient toutes ce qu'elle ressentait, lui en voulaient et cherchaient à la blesser.

Biche Alerte leur offrit un visage stoïque. Ce serait à son tour de rire lorsque Aigle de Fer aurait assouvi sa vengeance et qu'il ferait d'elle son épouse ! Tous deux quitteraient alors ce campement et rejoindraient les Kiowas qui s'étaient installés dans le Nord. Et plus jamais elle ne reverrait ces femmes.

— Les voilà !

L'exclamation étouffée de Femme Rieuse fit se retourner Biche Alerte. Son cœur s'arrêta de battre.

— Regardez ! s'exclama Femme à l'Arc. Leurs cheveux sont mouillés, et ils sont tout propres. Ils se sont baignés ensemble ! À votre avis, qu'est-ce qu'ils ont fait d'autre ? ajouta-t-elle en ricanant.

— Ils ont peut-être… lavé leurs vêtements.

Le sot pépiement continua, mais Biche Alerte ne l'entendait plus tandis qu'elle suivait du regard Aigle de Fer et la femme qui traversaient le camp. Elle avait laissé un bol de nourriture près du feu, ainsi, Aigle de Fer penserait à elle en mangeant. Ce qu'il ferait cette nuit n'était que passager. Il finirait par lui revenir.

Biche Alerte rentra dans son tipi. La femme blanche n'était pas là pour longtemps. Elle avait surpris les chuchotements des guerriers quand ils étaient rentrés, cet après-midi. Elle savait ce qui allait bientôt se passer.

Eden ferma les yeux, feignant de dormir. Aigle de Fer reposait près d'elle, immobile sur la couche. Ils étaient rentrés de la rivière sous les regards entendus, et elle avait perçu la haine de Biche Alerte. Femme Rapide, elle, lui avait jeté un bref coup d'œil avant de prendre son bébé dans ses bras et de disparaître dans son tipi. Eden avait alors éprouvé une souffrance indicible en songeant à son propre fils.

Elle avait mangé machinalement la nourriture qui les attendait dans le tipi d'Aigle de Fer sans se soucier du regard de ce dernier qui ne la quittait pratiquement pas. Elle avait refusé de penser à sa propre stupidité... Mais la nuit était tombée, et elle ne parvenait plus à tenir en respect ses pénibles pensées.

Comment avait-elle pu se convaincre que Kyle, qu'elle avait aimé de toute la force de son jeune cœur, était revenu ? Comment s'était-elle autorisée à croire, ne fût-ce qu'un instant, que le sauvage qui l'avait traînée à la rivière et menacée de son poignard quelques minutes auparavant puisse jamais redevenir l'homme qu'il était autrefois ?

Pourquoi l'avait-elle cru ?

— Quel est le problème, Eden ?

Elle ne répondit pas.

— Je sais que tu ne dors pas.

Elle ne bougea pas.

— Eden...

Aigle de Fer posa la main sur sa joue et la força à tourner son visage vers lui. La lune allumait des éclats argentés sur sa chevelure lisse, mais ses traits demeurèrent dans l'ombre comme il se penchait sur elle. Il s'empara de sa bouche avec une douceur bouleversante, la caressa tendrement tout en la faisant basculer face à lui. Leurs deux corps s'emboîtèrent si spontanément, si parfaitement qu'elle en fut remuée jusqu'au tréfonds. Promenant alors les lèvres sur son visage, il lui prit les bras et les noua autour de son cou, tandis qu'il lui murmurait à l'oreille :

— Ton père m'a envoyé un messager, aujourd'hui.

Eden se raidit, puis tenta de se dégager, mais Aigle de Fer lui permit de reculer juste assez pour le regarder en face tandis qu'il continuait :

— L'éclaireur venait du fort avec un message de lui.

Le cœur d'Eden se mit à tambouriner dans sa poitrine.

— Tu me dis la vérité ? souffla-t-elle.

— Oui.

— Que disait son message ?

— Il veut que tu rentres, et me propose un marché auquel il pense que je ne pourrai pas résister.

— Un marché ?

Eden s'efforça de réprimer le tremblement qui s'était emparé d'elle. Elle aurait aimé voir l'expression d'Aigle de Fer… son regard. Était-il de glace, ou en harmonie avec la compassion qui perçait dans sa voix ?

— Quel genre de marché ?

— Il prétend que la personne qui m'intéresse le plus, c'est lui, et il propose un échange… Lui contre toi. Il ajoute que lorsque tu seras en sécurité, nous pourrons régler nos différends une fois pour toutes, entre *hommes*.

— C'est ridicule ! Il est âgé, et infirme ! Je ne vois pas quelle satisfaction tu tirerais de…

— Ne t'inquiète pas, je vais refuser.

Eden poussa un soupir de soulagement.

— Tu es contente.

— Bien sûr ! Tu crois que j'ai envie que mon père soit ici, où tout le monde le déteste ? Tu crois que je pourrais vivre en sachant ce qui l'attend ?

Eden sentit Aigle de Fer se tendre.

— Tu ne supportes pas cette idée, n'est-ce pas, Eden ? L'idée de sa souffrance ? Je me demande si tu as jamais pensé à moi de cette façon, ne serait-ce qu'une seule fois, durant ces longues années que j'ai passées au pénitencier ?

— Tu as tué Witt. Tu lui as tiré dans le dos.

— Il a ouvert le feu le premier.

— Tu mens ! J'ai vu son arme.

— Je ne mens pas, mais crois ce que tu veux. Cela n'a plus d'importance, à présent.

Eden s'efforça de retrouver son sang-froid.

— Que comptes-tu faire ? risqua-t-elle.

— Rien.

— Qu'as-tu répondu au messager ?

— Rien.

— Lui as-tu demandé de dire à mon père que j'allais bien ? Que je…

— Je ne lui ai *rien* dit.

— Pourquoi ?

— C'est mieux ainsi… plus juste.

— Que veux-tu dire ?

— Ton père se demande ce qui t'est arrivé. Il attend ma réponse pour régler nos différends. *Moi*, j'ai attendu cinq ans.

— Mon père est un vieil homme, il est malade, plaida Eden. Il ne lui reste plus longtemps à vivre.

— C'est bien dommage, non ?

— Il a besoin de moi, Kyle.

— Je m'appelle Aigle de Fer.

— Je ne te laisserai pas faire cela !

— Tu n'as pas vraiment le choix.

Si !

— Tu m'appartiens, reprit-il, je peux faire de toi ce que je veux.

Non.

Les lèvres d'Aigle de Fer effleurèrent celles d'Eden, languides.

— Eden… quoi que tu penses… rappelle-toi que ton fils rentre bientôt.

— Ce qui signifie ?

Aigle de Fer l'embrassa de nouveau, plus fougueusement, cette fois, et elle sentit la passion grandir en lui.

— Que donnerais-tu pour l'accueillir à son retour ?

Une larme roula sur la joue d'Eden, qu'il essuya du pouce.

— Ne pleure pas.

— Je ne pleure pas !

— Réponds-moi : que donnerais-tu ?

Que donnerait-elle ?

Elle entrouvrit les lèvres sous celles d'Aigle de Fer.

— Tu as parlé à l'éclaireur. Tu lui as demandé d'aller trouver Aigle de Fer, et c'est ce qu'il a fait… C'est bien ça ?

Tom Richards scruta Masters. Ce dernier était rentré au ranch à la nuit tombée. Il affichait une expression inquiétante. Depuis qu'Aigle de Fer avait failli l'abattre, une brutalité nouvelle s'était fait jour en lui ; cet aspect impitoyable de sa personnalité qui venait d'émerger ne rappelait que trop à Tom l'homme qu'il était cinq ans auparavant.

Il n'aimait pas cette lueur de défi qui brillait dans le regard de son employé.

— C'est bien ça ? insista-t-il.

— C'est bien ça.

Richards attendit. Il n'aimait pas non plus attendre – ni se poser des questions – et moins encore l'attitude de Masters, comme s'il était au bord de l'explosion.

— Dis-moi ce qui s'est passé, et tout de suite, bon Dieu ! tonna Richards.

— Rien ! hurla Masters, laissant libre cours à sa fureur. J'ai parlé aux éclaireurs métis, comme vous l'aviez demandé. Je les ai payés, et je leur ai promis qu'ils en auraient davantage quand ils reviendraient avec la réponse d'Aigle de Fer. Ils sont partis, et j'ai attendu. Bon sang, je n'ai jamais trouvé le temps aussi long ! Quand ils sont revenus, ils ont déclaré qu'ils n'avaient pas eu de mal à transmettre le message à Aigle de Fer… mais qu'il n'avait pas dit un mot.

— Comment ça, « pas dit un mot » ?

— D'après les éclaireurs, il n'a rien dit du tout après avoir entendu votre offre. Il a juste tourné bride et il est parti, suivi par sa bande de Kiowas.

— Il…

Richards s'interrompit pour reprendre son souffle. Il ne se sentait pas bien. Il ne pouvait dormir sans que l'image d'Eden dans les bras de cet *Injun* revienne le hanter, et il n'arrivait plus à manger tant il avait l'estomac noué. Ses mains tremblaient de plus en plus, et il lui arrivait d'avoir tellement de mal à respirer qu'il croyait sa fin venue. Il devait tenir le coup, pourtant, ne serait-ce que pour arracher Eden aux griffes de cet Indien.

— Il n'a rien dit ? insista-t-il, incrédule. Il n'a pas parlé d'Eden, il n'a pas dit si elle allait bien, si…

— Ce salaud n'a pas dit un mot ! répéta Masters.

Derrière eux, Rowe intervint :

— Comment vous savez que ces types ont dit la vérité ? Peut-être bien qu'ils n'ont pas du tout parlé à ce Kiowa !

— Ils l'ont fait, d'accord ? J'ai vu leurs regards quand ils prononcent son nom. Ils ne veulent rien avoir à faire avec lui. Les *Injuns* affirment qu'il a quelque chose de particulier, que les balles des Blancs ne peuvent plus l'atteindre.

— La mienne aurait raison de lui !

— Ça ne vous rendra pas votre fille, et c'est tout ce qui importe, non ? rétorqua Masters avec virulence. Ou alors ce sont toujours ces bœufs volés qui vous tracassent ?

— Tu dépasses les bornes, Masters, l'avertit Richards.

— Ah oui ? Si vous n'aviez pas autant exigé d'Eden, elle ne serait pas dans un tel pétrin.

— D'où est-ce que tu tiens ça ?

— Elle ne se serait pas retrouvée dans cette passe avec le troupeau, en train de faire un boulot d'homme, et l'Indien n'aurait eu aucune chance de mettre la main sur elle !

— Tu as entendu le patron, Masters, tu vas trop loin ! gronda Rowe en s'approchant jusqu'à se trouver presque nez à nez avec le cow-boy. Tu as mal parce tu éprouves des sentiments pour Eden – on est tous au courant –, mais tu n'es pas le seul ! On sait ce qu'elle vaut, et tu n'as pas besoin de nous le répéter à tout bout de champ. Personne n'ignore que son petit garçon va bientôt rentrer et qu'il aura envie qu'elle soit là pour l'accueillir... Alors rends-toi utile si tu es à ce point bouleversé. Grimpe sur ton cheval et va trouver des *Injuns* qui sauront te dire où cet Aigle de Fer la retient prisonnière !

Masters regarda Richards droit dans les yeux.

— Je partirai demain à l'aube, déclara-t-il, et je ne rentrerai pas avant d'avoir trouvé Eden.

— Fais bien attention, Masters, siffla Richards. Parce que je te préviens, si tu fais quoi que ce soit qui risque de nuire à Eden, je ne te raterai pas.

Sans prendre la peine de répondre, Masters pivota sur ses talons et quitta la pièce. Encore tremblant d'émotion, Richards se tourna vers Rowe.

— J'ai un mauvais pressentiment à son sujet.

— Il ne fera rien qui pourrait se retourner contre Eden, patron.

— Il n'a pas l'esprit clair. Je crains qu'il ne fasse une bêtise.

— Il n'est pas fou, il ne ferait jamais ça.

— Je veux qu'elle revienne, Rowe. Je la veux ici, chez elle.

— On va la retrouver, patron. Et vous la ramener.

Le ululement d'une chouette brisa le silence de la nuit, et des souvenirs d'enfance revinrent à la mémoire d'Aigle de Fer. Il se rappela toutes les fois où Ours Solitaire l'avait appelé en imitant ce cri. C'était l'époque heureuse, d'avant la haine, et il ne put s'empêcher de sourire. D'autres souvenirs affluèrent, entre autres celui de la nuit où Ours Solitaire avait utilisé ce cri pour le secourir… Le sourire d'Aigle de Fer s'effaça.

Eden remua dans son sommeil, le ramenant au présent. À la lueur de la lune, il contempla son visage, et s'aperçut, émerveillé, que sa beauté était plus étonnante encore vue de près. Elle dormait paisiblement, ses traits étaient détendus, mais il se rappelait le frisson qui l'avait parcourue quand il avait évoqué son père. Il avait senti la colère bouillonner en elle. Il s'était vanté de la posséder, lui avait parlé de son enfant, mais quand il l'avait tournée vers lui, il avait constaté, étonné, que sa colère l'avait quittée. Il avait alors répondu à sa passion, refusant de s'interroger sur les raisons de ce changement.

L'attirant contre lui, il caressa ses lèvres des siennes. Il avait rêvé de la nuit où il la tiendrait ainsi dans ses bras. Il s'était promis que sa vengeance serait douce… et elle l'était. Il s'était dit aussi qu'il ne serait plus jamais dupe de l'ardeur de son regard, de la chaleur de sa voix… et il n'y parvenait pas. Il s'était juré de la posséder pleinement et de le savourer… et c'était le cas.

Eden avait parlé de retourner au Diamond R et il lui avait permis de rêver.

Il lui caressa le visage, et prit sa bouche. La douce protestation d'Eden quand il la retourna face à lui cessa comme il la pénétrait.

Elle lui appartenait… aussi longtemps qu'il lui plairait de la garder.

11

Eden se redressa et repoussa une mèche humide de sa joue tout en observant subrepticement les environs. Elle avait passé d'interminables heures en compagnie des squaws à cueillir des baies, consciente qu'on la surveillait à chaque instant.

Biche Alerte leva la tête, et Eden frissonna. Cette femme la haïssait.

Le regard de Femme Rapide lui brûlait la nuque, et Eden lui lança un coup d'œil par-dessus son épaule. Elle était là depuis six jours maintenant, et la routine du camp n'avait guère changé. Elle se la remémora.

L'aube d'abord… quand elle se réveillait dans les bras d'Aigle de Fer. Eden se remit à cueillir les baies juteuses en fronçant les sourcils. Elle n'avait pas eu l'intention de s'attarder sur ces moments, à la naissance du jour, lorsque Aigle de Fer la caressait jusqu'à ce que son corps s'enflamme. Elle ne voulait pas non plus se rappeler toutes ces fois où elle avait méprisé cette faim qu'il éveillait en elle, ni les promesses qu'elle s'était faites de le repousser… promesses sans cesse rompues.

Hormis ces instants d'intimité, Aigle de Fer restait le même – distant et froid par moments, chaleureux et s'adressant à son cœur la seconde d'après –, une énigme qui durait jusqu'à ce qu'il l'enlace. Ensuite, la journée commençait, et Femme Rapide la prenait en main. Lessive, cuisine, ramassage de bois, longues marches avec de lourdes charges, et ainsi de suite jusqu'au milieu de l'après-midi.

Les hommes rentraient peu après de leurs occupations, quelles qu'elles soient. Il n'y avait pas beaucoup de guerriers qui participaient à toutes les expéditions, mais Aigle de Fer n'en manquait aucune.

Après y avoir longuement réfléchi, Eden était arrivée à la conclusion que c'était aux heures les plus chaudes de la journée, avant que les hommes ne rentrent, qu'elle avait de meilleures chances de s'échapper. Malheureusement, Femme Rapide semblait être arrivée à la même conclusion qu'elle. Lorsque les femmes mettaient fin à leurs tâches à cause de la chaleur, Femme Rapide l'attachait à l'ombre, dans un endroit bien visible, en attendant le retour d'Aigle de Fer.

Eden lança un nouveau coup d'œil à Femme Rapide qui la regardait d'un air ennuyé, comme si elle avait deviné ses pensées.

S'accroupissant près d'un buisson bas, Eden bascula soudain en arrière comme un enfant se jetait sur elle en riant. Elle éclata de rire à son tour en reconnaissant Oiseau Brillant.

Elle éprouvait une affection sincère pour la fille de Femme Rapide, et la prit dans ses bras. Tout en babillant en kiowa, la fillette attrapa une longue mèche blonde et la posa sur sa propre tête.

Le sourire d'Eden s'envola. Jimmy devait être en route pour le ranch. Il *fallait* qu'elle soit à la maison à son arrivée…

Femme Rapide s'approcha soudain, et arracha Oiseau Brillant de ses genoux en la réprimandant avant de s'éloigner. Eden était encore assise sur le sol, immobile et silencieuse, quand les femmes autour d'elle ramassèrent leurs paniers pleins et prirent la direction du campement.

Femme Rapide s'adressa à elle d'une voix dure, et Eden se leva pour la suivre. La cueillette était terminée, et sa décision était prise.

Aigle de Fer et sa petite troupe regagnaient lentement le campement. La journée ne s'était guère révélée productive. Ils étaient moins nombreux que de coutume, seulement des Kiowas de l'ancien campement, aussi avides de vengeance que lui. Ils s'étaient montrés prudents, sachant que le gouvernement avait renforcé les patrouilles dans la région.

Les Comanches s'amusaient de voir les soldats bien habillés, bien armés, chevaucher si fièrement sans rien voir autour d'eux. Certains s'offraient parfois le plaisir de leur permettre de les apercevoir, puis quand les trompettes avaient retenti, ils les faisaient tourner en rond jusqu'au soir.

Mais Aigle de Fer ne trouvait pas ça drôle. Ses gardiens au pénitencier portaient le même uniforme. Il ne riait pas quand on menait les prisonniers dans la cour à la pointe du fusil, réservant des traitements particulièrement cruels aux quelques Indiens qui se trouvaient parmi eux. Il avait vu ses frères succomber les uns après les autres, et il s'était juré de vivre afin de les venger.

Beaucoup de Kiowas, comme les Comanches, avaient tendance à négliger l'importance du nouveau fort, mais Aigle de Fer savait ce que signifiait Fort Worth. C'était le premier d'une longue série, et un jour viendrait où les Indiens cesseraient de surpasser les soldats en nombre.

Les paroles d'Eden lui revinrent à l'esprit.

Tu as vécu suffisamment longtemps loin d'ici pour constater que ton peuple est minoritaire. Tôt ou tard, il perdra.

La journée était sinistre, et Aigle de Fer avait un mauvais pressentiment. Derrière lui, Renard Gris menait par la bride un cheval sur lequel se trouvait le corps inanimé de Serpent Noir. À côté de lui, Chien Jaune était affalé sur le cou de sa monture, et le sang ruisselait dans son dos.

Ils n'avaient eu aucun mal à échapper à la patrouille qui les pourchassait, mais ils avaient vu trop tard la suivante, qui était apparue soudainement devant eux.

Ils arrivaient au campement lorsque Aigle de Fer entendit les cris perçants de la femme de Serpent Noir. Chien Jaune les entendit aussi ; il tenta de se redresser sur sa selle quand il vit son jeune fils parmi la foule, mais il n'y parvint pas.

Aigle de Fer l'aida à descendre de cheval et jeta un coup d'œil à Corne Blanche, avant de porter son ami dans le tipi du vieux chaman. Toute conversation aurait été superflue. Corne Blanche allait soigner les plaies de Chien Jaune, puis il invoquerait les esprits guérisseurs.

Sachant son ami entre de bonnes mains, Aigle de Fer sortit du tipi. Son sang se figea dans ses veines quand il vit trois femmes armées de bâtons s'élancer en direction de la clairière où Eden était attachée.

La gorge nouée par la peur, Eden regarda les femmes se ruer vers elle. Il y avait Chèvre Blanche, Femme Couchée et Biche Tachetée – toutes des Kiowas qui jusqu'à présent l'avaient considérée avec mépris. Elle avait vu Aigle de Fer et ses guerriers rentrer au campement. Elle devinait ce qui s'était passé et savait ce que ces trois femmes avaient en tête.

Tandis que les furies approchaient, Eden lutta frénétiquement pour se libérer de ses liens. En vain. Elle se recroquevilla, baissa instinctivement la tête. Un premier coup l'atteignit à l'épaule. Un autre bâton menaçait son crâne quand Aigle de Fer le repoussa brutalement. Un sanglot de soulagement lui échappa lorsqu'il se tint devant elle, la protégeant de son corps, et ordonna aux femmes :

— Allez-vous-en ! Elle m'appartient !

— Aigle de Fer perd la tête ! cria Chèvre Blanche, les yeux lançant des éclairs. Il se sert de cette femme, et il oublie qu'elle est notre ennemie.

— C'est ma prisonnière, je fais d'elle ce qui me plaît !

— Tu laisses ce que tu as entre les jambes parler à ta place, comme la plupart des hommes, l'accusa Biche Tachetée. Mais ton sexe te trahit ! Il te fait oublier tout le sang kiowa versé à cause de cette femme il y a de nombreuses lunes… et le sang kiowa versé aujourd'hui !

— Cette femme n'est pas responsable du sang versé aujourd'hui !

— Aigle de Fer nous prend pour des enfants ! Il croit que nous ne savons pas que c'est à cause d'elle que les soldats pénètrent plus avant dans nos terres.

— Les soldats patrouillent à cause du nouveau fort.

— À cause d'elle !

— Retournez au camp, ordonna Aigle de Fer d'une voix menaçante.

— Non !

Il sortit son poignard, et Eden retint son souffle.

— Obéissez, ou davantage de sang kiowa coulera aujourd'hui.

Les femmes reculèrent d'un pas. Homme Debout et Renard Gris approchaient, visiblement en colère, et elles regagnèrent le campement en courant.

Les guerriers leur emboîtèrent le pas sans avoir prononcé une parole.

— La rancœur de cette journée d'autrefois perdure, commenta Aigle de Fer, le regard furibond.

Il trancha les liens qui retenaient les poignets d'Eden, lui agrippa brutalement le bras, et l'entraîna jusqu'à l'endroit où il avait laissé son cheval. Il grimpa en selle, souleva Eden de terre et la déposa devant lui avant de talonner sa monture.

Tenant la jeune femme étroitement serrée, il imposa à son cheval un train d'enfer, et le village disparut bientôt à la vue.

— Tu as presque fait quoi ?

Jim McGill fixait Curt Masters d'un regard incrédule. Il était arrivé à Fort Worth à peine une heure plus tôt. Six jours s'étaient écoulés, et le Diamond R n'avait reçu aucune nouvelle d'Eden, en provenance du fort ou d'ailleurs. McGill n'avait pas besoin qu'on lui dise que le vieux Richards ne survivrait pas plus de quelques jours s'il n'apprenait pas rapidement où se trouvait sa fille.

Contrarié, il avait pris sur lui de se rendre au fort, la gorge serrée au souvenir de ces jours où il montait la garde devant la porte d'Eden que son père gardait prisonnière dans sa chambre. Il se rappelait son désespoir. Il ne saurait jamais ce qui l'avait poussé à céder, ce fameux jour où ils avaient rejoint son père, mais il en avait encore la nausée lorsqu'il se remémorait leur arrivée au camp kiowa. Jamais il n'oublierait ce spectacle de désolation.

Il s'était senti en partie responsable de ce qui s'était passé ensuite mais il savait que même s'il s'était agi de sa propre fille il n'aurait pu être plus fier de la façon dont Eden s'était débrouillée pour surmonter toutes les difficultés.

Il était arrivé au fort en même temps que deux patrouilles. Il avait entendu les rires et les cris des soldats, il les avait entendus raconter qu'ils étaient tombés sur une bande de Kiowas, mais que, cette fois, ces derniers ne s'en étaient pas tirés sans mal.

McGill scruta Masters en silence avant de répéter :

— Tu as presque fait *quoi* ?

— J'ai dit que j'avais presque eu ce salaud de Kiowa, répondit Masters avec un rire dur. J'ai dit à ce satané lieutenant qu'il prenait la mauvaise direction, et que je lui dénicherais le Kiowa s'il me laissait ma chance... et c'est ce que j'ai fait ! On les a vus arriver, mais eux ne nous ont pas vus. Ils détalaient devant une autre patrouille et étaient trop occupés à regarder derrière eux. Tu aurais dû voir leur expression quand on s'est mis à galoper dans leur direction. Bon Dieu, ils avaient les yeux qui leur sortaient de la tête !

Il cessa brusquement de rire.

— J'ai tout de suite reconnu cet Aigle de Fer. Je pouvais pas le manquer, je l'avais dans ma ligne de mire.

— Tu lui as tiré dessus ?

— Un peu, que je lui ai tiré dessus.

— Tu es cinglé ou quoi ? Et si tu l'avais tué ? Comment on aurait récupéré Eden ?

— Je n'essayais pas de le tuer.

— Tu ne...

— Je voulais juste le blesser. Et l'obliger à me dire où il cachait Eden... Je voulais voir sa tête quand je la ramènerais au ranch.

— Et si tu l'avais raté ?

— Je l'ai raté.

— Mais si tu l'avais *blessé* et qu'il finisse par *mourir*, bon Dieu ?

— Eh ben, il serait mort.

— Espèce d'imbécile ! hurla McGill en saisissant Masters par le devant de sa chemise. Tu devrais remercier ta bonne étoile que ce sale *Injun* ne soit pas mort... parce que sinon, et si quelque chose était arrivé à Eden, je t'aurais fait suivre le même chemin que lui, je te le jure !

Masters cligna des yeux. McGill le lâcha si brutalement qu'il tituba et heurta le mur du fort, derrière lui.

— Tu as raison, admit-il. Je ne sais pas ce qui m'a pris. C'est juste que je n'arrêtais pas de penser à cet *Injun* avec Eden…

— Et ça t'a rendu complètement fou. Tu ne pourras rien contre ça tant que tu n'auras pas découvert d'abord où il la retient prisonnière Et je vais te dire encore une chose : le vieux ne durera pas longtemps s'il n'a pas très vite des nouvelles de sa fille. Il a reçu une lettre, hier. Jimmy rentre dans deux jours. Je préfère ne pas être là pour voir ce qui se passera s'il arrive et que sa mère n'est pas là pour l'embrasser… Moi aussi, je veux ce Kiowa, mais pas au point de sacrifier Eden.

Masters se rembrunit.

— Je ne comprends pas comment ces sales *Injuns* ont pu nous échapper. On a essayé de les suivre, mais ils nous ont semés.

— Ils allaient dans quelle direction ?

— L'ouest.

McGill hocha la tête.

— Bien. C'est par là qu'on va commencer.

Le cheval d'Aigle de Fer écumait et son galop était de plus en plus irrégulier. Eden connaissait bien ces signes : l'animal ne tiendrait pas longtemps à ce rythme.

Elle ne réagit pas quand Aigle de Fer ralentit l'allure, resserrant le bras autour de sa taille en un avertissement silencieux. Elle ne fut pas surprise qu'il dirige sa monture vers un cours d'eau qui scintillait entre les arbres, et ne fit aucun commentaire quand il mit pied à terre puis la déposa sur le sol.

Incapable de supporter ce silence plus longtemps, elle murmura :

— Merci… d'avoir arrêté ces femmes.

Il la regarda froidement mais ne dit pas un mot.

— Elles me haïssent. Sans toi, elles m'auraient tuée.

Toujours pas de réponse.

— Tu les as fait reculer cette fois, mais la prochaine fois…

— Il n'y aura pas de prochaine fois.

— Tu dis cela maintenant, mais…

— Elles n'essaieront plus de t'attaquer à moins qu'on ne les provoque. Elles savent ce que cela leur coûterait.

— Je ne veux pas qu'on leur fasse du mal ! Il y a déjà eu beaucoup trop de sang versé ! s'écria Eden. Aigle de Fer, je t'en prie… Tu ne vois donc pas que la situation se dégrade ? Relâche-moi, dans l'intérêt de tous ! Tôt ou tard, un autre Kiowa sera tué, et elles s'en prendront de nouveau à moi. Et si l'une de ces femmes a trop de chagrin, elle se moquera bien des conséquences !

— Cela ne se reproduira pas, répéta Aigle de Fer, obstiné.

— Dans ce cas, pourquoi m'avoir emmenée loin du campement ? Pourquoi nous arrêter ici alors que la nuit ne va pas tarder à tomber ?

— Nous passerons la nuit ici.

Un flot de colère submergea Eden qui s'écria :

— Pourquoi ? Pourquoi devons-nous rester ici si je suis en sécurité au campement ?

Tout aussi furieux, il la saisit par les bras.

— Parce que c'est peut-être un endroit sûr pour *toi*, mais pas pour les autres.

— Que… que veux-tu dire ?

Les dents serrées, Aigle de Fer répondit :

— Que crois-tu que j'ai éprouvé quand j'ai compris que ces femmes allaient t'attaquer ? À quoi crois-tu que j'ai pensé quand je les ai chassées ? Et quand j'ai vu le premier bâton te frapper… que penses-tu que j'ai eu envie de faire ?

— Je l'ignore.

— Si elles avaient versé ton sang, j'aurais versé le leur.

— Aigle de Fer, je…

— Tu m'appartiens. Tu es à moi, or je ne veux pas que quiconque abîme ce qui est ma propriété.

— Ta propriété…

— Tu es mienne !

La gorge serrée, Eden perçu la respiration rauque d'Aigle de Fer. Il la fixait d'un regard brûlant qui semblait se frayer un chemin jusqu'au tréfonds de son âme.

— Le danger dans ce camp cette nuit, reprit-il à mi-voix, c'est ma colère. J'avais besoin de m'éloigner de ces femmes qui te frappaient. Il fallait que je me calme. J'ai senti la douleur quand le bâton t'a atteinte, et elle est encore en moi.

Il lui frôla l'épaule, et elle tressaillit. Écartant son corsage, il la dénuda.

— Tu es blessée.

— Ça va.

— Non, ça ne va pas.

Il fit une pause avant d'ajouter :

— Je ne t'ai pas capturée pour te causer une douleur physique, Eden.

— En effet. C'était par vengeance.

— Je t'ai enlevée pour plusieurs raisons. Et je te garde… pour plusieurs raisons… Tu ne me demandes pas lesquelles ?

Eden secoua la tête. Elle ne voulait pas savoir. Elle ne voulait pas que la chaleur du regard d'Aigle de Fer lui embrase le sang. Elle ne voulait pas vibrer sous ses caresses. Elle ne voulait pas avoir envie de sa bouche. Elle ne voulait pas le *désirer* comme il la désirait.

Elle ferma les yeux.

— Regarde-moi, Eden.

Il l'enveloppa de ses bras et l'attira contre lui, leurs corps se moulant l'un contre l'autre avec une sensualité familière.

— Les raisons, chuchota Aigle de Fer, c'est que te goûter ne me suffit pas. Cela ne fait que m'aiguiser l'appétit.

Il lui donna un baiser, la caressa avec une ardeur renouvelée, puis souffla tout contre ses lèvres :

— Je ne me rassasierai jamais de toi. Ma faim dépasse l'entendement, et quand tu es dans mes bras, le passé se noie dans l'ombre et je ne peux penser à rien d'autre qu'à toi. Tu es du feu dans mes veines, Eden.

Il l'embrassa de nouveau, profondément, avant de relever la tête, et elle frémit de joie anticipée. Ses mains se refermèrent sur ses seins, il contempla longuement ses lèvres tremblantes, et murmura :

— Non, je ne te laisserai pas partir.

Puis il la souleva dans ses bras et la porta jusqu'à un gros arbre sous lequel il l'allongea. Et tandis qu'il la recouvrait de son corps musclé, Eden se cambra à sa rencontre en lui offrant ses lèvres. Le désir flamba entre eux, si brûlant qu'il ne leur fallut que quelques secondes pour se retrouver nus, haletants, leurs deux corps ondulant au rythme fougueux de la passion qui les liait irrémédiablement.

Lorsque Aigle de Fer se retira enfin d'elle, le cœur d'Eden cessa de battre. Le beau regard sombre qui plongeait dans le sien avait perdu toute chaleur, et elle frissonna.

Sonnée, elle le regarda se lever brusquement et enfiler son pantalon de daim. Son humiliation fut complète lorsqu'il ordonna d'un ton sec :

— Debout.

Elle s'assit et rassembla ses vêtements, tandis qu'Aigle de Fer lui tournait le dos et s'éloignait.

— Je rentre, patron.

Les bottes de Jesse Rowe résonnèrent sur le plancher lorsqu'il sortit sur le perron. Il fronça les sourcils. Tom Richards regardait le soleil se coucher. Il n'avait pas bougé depuis le matin. Comme il ne répondait pas, Rowe insista :

— Vous devriez rentrer vous aussi. Vous ne verrez plus rien dans le noir.

— Figure-toi que je n'ai pas besoin d'une bonne d'enfant pour me dire à quelle heure je dois me coucher.

Agacé, Rowe répliqua :

— Peut-être bien que si ! Il me semble que j'ai dû vous rappeler aussi quand il fallait manger, bien que vous ne soyez pas très occupé ces derniers temps.

— C'est mon affaire !

— Ah vraiment ! Tout se casse la figure autour de nous. Mais peut-être que vous avez oublié qui est le patron de ce ranch.

— Je n'ai rien oublié.

— Ce n'est pas ce que je pense.

— Ce que tu penses ne m'intéresse pas !

Rowe se planta en face de Richards et lança :

— Alors, qu'est-ce qui vous intéresse ? Vous avez une mine épouvantable, vous savez ça ?

Richards ricana.

— Je n'ai pas l'intention de me présenter à un concours de beauté.

— Ah non ? Eh bien, vous devriez peut-être vous demander ce que votre petit-fils va penser quand il arrivera et découvrira la tête de son grand-père.

— Je ne m'inquiète pas non plus pour Jimmy.

— Vous devriez ! Qu'est-ce qui ne tourne pas rond chez vous ? Est-ce que le Kiowa a volé votre bon sens en même temps que votre fille ?

— Ne me parle pas sur ce ton !

— Il faut bien que quelqu'un ose le faire, sinon, il ne restera plus rien du ranch pour Eden et Jimmy ! Ouvrez les yeux, jetez un coup d'œil autour de vous au lieu de regarder dans le vague. Vous verrez alors que tout s'est arrêté, ici. Mullen ne sera pas sur pied avant un bon bout de temps, Masters ne reviendra peut-être jamais, et McGill a fichu le camp sans dire quand il rentrerait. Pendant ce temps-là, le bétail s'éparpille alors qu'il faudrait le rassembler avant qu'on commence à penser que la marque Diamond R signifie « animal errant ». Et puis, vous avez des papiers à remplir au sujet des bouvillons que les gars ont conduits chez l'acheteur.

— Ces sales Indiens ont pris la moitié du troupeau, en même temps qu'Eden.

— Ce n'est pas en vous comportant comme vous le faites qu'on risque de la retrouver plus vite.

Le regard de Richards se perdit au loin, et sa poitrine se souleva lentement, tandis qu'il marmonnait :

— Je suis cloué dans ce fauteuil. Je ne vois pas ce que je pourrais faire pour aider à la retrouver.

— Vous me rendez malade !

Richards ne répondit pas.

— Eden rentrera à la maison, d'une manière ou d'une autre. Vous la connaissez, bon Dieu ! Je ne vois pas comment ces Indiens pourraient avoir raison d'elle, d'autant qu'elle sait que son fils doit rentrer bientôt. Vous pourriez au moins faire votre part du boulot !

— Ma part ?

— Stimuler les hommes ! Ils ne font que traînasser en broyant du noir… comme vous. Remettez le ranch en route, histoire qu'Eden n'ait pas deux fois plus de travail à son retour.

— Tu n'avais pas dit que tu t'en occupais ?

— Si Eden était là…

— Eden n'est pas là, coupa Richards. Et je resterai sur ce perron, aussi longtemps que j'en aurai envie, et personne ne m'en empêchera. Fourre-toi bien ça dans le crâne !

— Entendu !

Rowe tourna les talons, mais s'arrêta quand Richards murmura d'une voix qui trahissait la profondeur de sa souffrance :

— Ça fait trop longtemps, Rowe. Où est-elle ? Que lui arrive-t-il ?

Rowe regarda brièvement le visage dévasté de cet homme naguère si actif, puis rentra dans la maison sans répondre. À quoi bon ? Richards n'écoutait pas.

Les bruits de la nuit résonnaient dans l'ombre à peine éclairée par la lune tandis qu'Eden, étendue près d'Aigle de Fer, feignait de dormir.

Ils avaient peu parlé après leur étreinte passionnée. Aigle de Fer s'était fait de plus en plus distant tandis qu'ils mangeaient les restes de sa ration de la journée. Une fois la nuit tombée, il avait ordonné à Eden de s'allonger près de lui, avait étendu une couverture sur eux et l'avait prise dans ses bras jusqu'à ce qu'il s'endorme.

Tu m'appartiens. Tu es ma propriété.

Ses paroles résonnaient dans la tête d'Eden. Il la désirait, il avait besoin d'elle. Il était grisé par la passion qui flambait entre eux dès qu'ils se touchaient… et cependant, il la méprisait.

Elle savait d'autant mieux ce qu'il éprouvait qu'elle ressentait la même chose. Elle le désirait, elle avait besoin de lui, elle aussi était grisée par les émotions qui se déchaînaient en eux lorsqu'elle était dans ses bras… à une différence près : Aigle de Fer acceptait ces sentiments, il y cédait, attendant avec impatience le moment où il en serait libéré définitivement.

Elle faillit rire. Elle s'était persuadée qu'elle le haïssait pour toutes les horreurs passées – qu'elle était stupide lorsqu'elle lui avait avoué son amour des années auparavant, croyant qu'ensemble ils parviendraient à surmonter tous les obstacles. Elle s'était convaincue qu'elle avait mûri, et qu'elle ne commettrait plus jamais les mêmes erreurs. Elle s'était dit qu'il lui fallait penser à Jimmy d'abord, et que rien d'autre n'avait d'importance.

Mais les mots ne changeaient que rarement la réalité.

Et la réalité, c'était qu'elle aimait Aigle de Fer. Les brefs moments où les ombres étaient balayées et où Kyle réapparaissait dans le regard d'Aigle de Fer mettaient son cœur à feu et à sang. Elle aurait voulu qu'ils durent plus longtemps. Elle avait mal pour cet homme qui avait été banni si brutalement de lui-même, elle ne vivait que pour les instants où elle le reverrait – fût-ce brièvement –, et elle savait que jamais elle n'aimerait un autre homme comme elle aimait celui-là.

Mais en dépit de cet amour, il fallait qu'elle s'échappe. Son avenir, celui de Jimmy, celui du ranch, tout ce pour quoi son père avait vécu en dépendaient. Aucun risque n'était trop grand pour se libérer de la servitude amoureuse imposée par Aigle de Fer – avant qu'il ne soit trop tard.

Elle scruta la pénombre environnante, tentant de se remémorer les paysages qu'ils avaient traversés avant d'arriver à cet endroit. La nuit était claire, et elle ne risquerait pas grand-chose en chemin. Elle jeta un coup d'œil à la monture d'Aigle de Fer. Une fois qu'elle serait à cheval, il ne pourrait plus la rattraper.

Elle se tourna le plus doucement possible vers Aigle de Fer qui dormait sur le flanc, le bras posé en travers de ses seins. Elle distinguait son visage, ses traits virils, ses pommettes hautes. Sa chevelure noire brillait comme l'aile d'un corbeau au clair de lune.

C'est un Kiowa, et il restera toujours un Kiowa.

Oui. À une époque, elle avait cherché inconsciemment à oublier ces mots.

Le cœur battant, elle souleva délicatement le bras d'Aigle de Fer, puis elle attendit. Comme il ne bougeait pas, elle s'écarta lentement, et attendit de nouveau. La puissante cage thoracique conservait son rythme régulier, et elle eut un soupir de soulagement. Négligeant de ramasser ses bottes, elle se dirigea à pas de loup vers le cheval d'Aigle de Fer, le détacha et se hissa sur son dos.

Un sentiment d'exaltation l'envahit comme elle plantait les talons dans les flancs de l'animal. Elle fut prise de court lorsque celui-ci hennit et se cabra, et dut lutter pour ne pas être désarçonnée. Serrant fermement les rênes, elle parvint à reprendre le contrôle du cheval, mais c'était trop tard !

Aigle de Fer s'efforçait de la faire descendre, et elle se débattit comme un beau diable, donnant des coups de poing et de pied. En vain. Elle haletait quand il la déposa enfin sur le sol tandis que sa monture s'éloignait au galop.

— Tu perds ton temps, grommela-t-il. Tu ne peux pas m'échapper.

— J'y parviendrai, tu verras !

— Mais non !

— Tu voulais la vérité, eh bien, je vais te la donner. Tu es fou si tu t'imagines que je vais rester ici et te laisser m'utiliser pour ta vengeance, quelle qu'elle soit. Je ne prétends pas connaître tes pensées, mais je sais ceci : tu ne m'empêcheras pas d'essayer de m'enfuir. J'essaierai encore et encore, jusqu'à ce que je réussisse. Quel qu'en soit le coût.

— Puisque nous parlons franc, cette nuit, j'ai moi aussi quelque chose à te dire…

Les yeux d'Aigle de Fer lançaient des éclairs.

— Je pourrais t'empêcher de tenter de m'échapper. Ce serait plus facile que tu ne le crois, mais j'ai d'autres idées en tête.

Elle détourna les yeux, refusant de se laisser intimider.

— Regarde-moi, Eden.

Comme elle n'obéissait pas, il lui prit le menton et murmura :

— Tu es à moi tant que j'ai envie de te garder.

Elle risqua un regard dans la direction qu'avait prise le cheval, mais Aigle de Fer déclara d'un ton désinvolte :

— Je le retrouverai demain matin. Il m'appartient, il n'ira pas bien loin.

Cette affirmation résonnait encore à ses oreilles lorsqu'elle s'étendit de nouveau près d'Aigle de Fer. Elle ferma les yeux tandis qu'il posait de nouveau le bras en travers de son corps.

Elle s'enfuirait, et il ne pourrait pas l'en empêcher.

— Prêt, Masters ? lança Jim McGill qui était déjà en selle.

Il avait passé la nuit sur une couverture, dans l'écurie, près de son cheval et avait fort mal dormi. Masters occupait le box voisin, tout aussi inconfortable, mais à l'aube, ils étaient tous deux sur le pied de guerre. Le soleil se levait, il fallait faire vite.

— Dépêche-toi, Masters !

— Oh, ça va !

Masters glissa son fusil dans l'étui de sa selle et le tapota.

— Je voulais m'assurer que cette vieille Betsy était en forme. J'ai raté mon coup, hier, je ne voudrais pas que ça se reproduise aujourd'hui, ajouta-t-il en regardant McGill droit dans les yeux.

Ce dernier fit la grimace.

— Que les choses soient bien claires. Je ne pars pas à la chasse aux *Injuns*. Si c'est ton cas, quittons-nous là. Une seule personne m'intéresse : Eden.

— Très bien. Puisqu'on met cartes sur table, j'ai quelque chose à dire, moi aussi, répliqua Masters d'une voix tendue. On dirait que tout le monde, au Diamond R, sait ce que je ressens pour Eden – y compris elle. On dirait que tout le monde croit savoir ce que je pense – mais c'est faux.

Il haussa les épaules.

— J'ai raté Aigle de Fer, et c'est une bonne chose, mais je te le dis tout net : une fois Eden saine et sauve, je ne laisserai sûrement pas ce type s'en tirer si je l'ai au bout de mon fusil.

— Tu ferais mieux d'y réfléchir à deux fois, protesta McGill. Eden était très amoureuse de lui, autrefois.

— C'est du passé… Et même si c'était encore vrai, je m'en contrefiche ! Je te le répète, que ça te plaise ou non, ce type ne vivra pas une minute supplémentaire une fois Eden en sécurité.

— Et moi, je te répète ce que je t'ai dit hier, au cas où tu aurais oublié. S'il arrive quoi que ce soit à Eden parce que tu as eu le doigt trop rapide sur la détente, j'en aurai autant à ton service. Et je t'assure que je ne plaisante pas.

Masters ne répondit pas.

— Juste pour qu'on se comprenne bien tous les deux, conclut McGill.

— Oh, on se comprend parfaitement ! rétorqua Masters avant de s'élancer vers les grilles du fort.

Le soleil était levé, mais Aigle de Fer ne se souciait pas des rayons qui lui chauffaient le dos tandis qu'il chevauchait, Eden raide et silencieuse devant lui. Il avait dormi par intermittences après la tentative de fuite d'Eden. Il s'était repassé la scène une bonne douzaine de fois, et il ne décolérait pas.

Il ne savait plus très bien ce qui l'avait réveillé, mais il se rappelait le choc qu'il avait éprouvé en voyant Eden grimper sur son cheval. Il courait déjà vers eux quand l'animal s'était cabré en hennissant. Il en avait encore le cœur battant à l'idée que, à quelques secondes près, il aurait été trop tard.

Cette pensée l'avait hanté toute la nuit.

Tu ne m'empêcheras pas d'essayer de m'enfuir. J'essaierai encore et encore, jusqu'à ce que je réussisse. Quel qu'en soit le coût.

Il lui avait rétorqué qu'il y avait plusieurs moyens de l'en empêcher, et c'était vrai. Elle ne se rendait pas compte à quel point il était facile de surveiller un prisonnier quand on trempait ses liens dans l'eau avant de lui attacher les poignets et les chevilles. En effet, ceux-ci rétrécissaient en séchant, coupant la circulation, entamant la peau… et éliminant toute possibilité, ou tout désir de fuite. Mais les poignets d'Eden étaient guéris, et il n'avait aucune envie de les voir saigner de nouveau.

Il l'avait laissée à la garde de Femme Rapide, mais il aurait pu tout aussi bien la confier à Femme à l'Arc, qui était réputée pour son absence de tolérance vis-à-vis des prisonniers. Il avait cependant été lui-même prisonnier, avait été persécuté par des gardiens malveillants, et il ne voulait pas qu'Eden souffre des mêmes abus.

Il serra les dents. Il ne pouvait tolérer plus longtemps ces tentatives de fuite, qui risquaient de mettre la vie de son peuple en danger. Il avait pris sa décision.

Le soleil était déjà haut quand ils aperçurent le campement. Aigle de Fer sentit Eden se raidir, mais elle demeura silencieuse, le menton haut. Puis il vit les femmes kiowas se regrouper, et il perçut son frisson involontaire. Délibérément, il s'arrêta près d'elles, déposa Eden sur le sol. Elle pâlit.

Il s'adressa à Femme Rapide dans leur langue.

— Je confie de nouveau cette femme à tes soins.

Elle acquiesça d'un signe de tête.

Il sentit le regard brûlant d'Eden dans son dos tandis qu'il se dirigeait vers le tipi de Corne Blanche. Il mit pied à terre, pénétra à l'intérieur, et poussa un soupir de soulagement en voyant Chien Jaune, allongé sur sa couche, lever les yeux vers lui.

Répondant à sa question silencieuse, Corne Blanche annonça :

— Chien Jaune s'en sortira. Sa blessure se referme déjà.

Aigle de Fer s'accroupit près de son ami et lui parla doucement. Chien Jaune lui sourit, mais son regard était las, aussi préféra-t-il le laisser se reposer.

Une fois dehors, il fronça les sourcils en constatant que les femmes avaient disparu. Il n'aimait pas ça du tout ! Le corps de Serpent Noir n'était pas encore froid, et les émotions étaient exacerbées. Il avait l'intention de parler d'abord à Femme Rapide, afin de lui rappeler qu'il ne tolérerait aucune brutalité envers Eden de la part des autres femmes.

Il scruta les taillis environnants. Il allait débusquer les squaws si nécessaire, et il…

— La femme est en sécurité. Ne t'inquiète pas.

Aigle de Fer se tourna vers Biche Alerte. Son joli visage se colora tandis qu'elle continuait :

— Cette femme est ta prisonnière. Elle t'appartient, au même titre que ton cheval et ton arc, et aussi le fusil d'homme blanc qui ne te quitte pas. Mais regarde-toi honnêtement ! Tu verras ce que tous voient : le ravisseur est devenu le captif !

Une bouffée de colère envahit Aigle de Fer qui répliqua froidement :

— Ne te mêle pas de mes affaires, Biche Alerte. Cette femme est mienne, et j'en ferai ce que je voudrai sans avoir à donner d'explications.

Les yeux emplis de larmes, Biche Alerte répondit :

— Je ne voulais pas te contrarier, Aigle de Fer. Je cherche seulement à te faire savoir ce que l'on pense, ici, afin qu'on ne se moque pas de toi.

— Aucun homme dans ce camp n'oserait se moquer de moi.

— Les gens murmurent.

— Les *lâches* murmurent !

— *Moi,* je ne murmure pas, Aigle de Fer ! s'indigna Biche Alerte. Je ne crains rien d'autre que de te mécontenter, pourtant, je suis venue sans me cacher, pour te mettre en garde.

— Je n'ai nul besoin de tes mises en garde !

— Si !

Biche Alerte s'approcha et posa la main sur son bras. Aigle de Fer la sentit frémir tandis qu'elle poursuivait :

— J'ai tant d'estime pour toi que je dois continuer à parler malgré ta désapprobation. Je dois dire ce que tout le monde sait, que cette femme contrôle les pensées d'Aigle de Fer. On dit qu'Aigle de Fer, le guerrier qui affronte bravement et avec honneur tous les défis, est le même homme qui s'abandonne chaque nuit entre les bras d'une femme !

À bout de patience, Aigle de Fer se dégagea d'une secousse.

— Si tu étais un homme, Biche Alerte, c'est mon poignard qui te répondrait. Mais tu n'es pas un homme. Si tu étais n'importe quelle autre femme, je te tournerais le dos et je ne t'adresserais plus jamais la parole, mais tu n'es pas n'importe quelle femme. Tu méprises cette femme à cause du passé, je n'essaierai pas de contester ta haine. Ta vie t'appartient, et tu dois la vivre comme tu l'entends. De même que je vis la mienne comme *je* l'entends, ajouta-t-il d'une voix sourde.

— Pourquoi ne vois-tu pas ce que cette femme…

— Assez ! coupa Aigle de Fer.

S'efforçant de maîtriser sa colère, il enchaîna :

— Homme Debout est ton frère, et mon ami. Par respect pour lui, je te demande de ne plus jamais me parler de ça. Ni toi ni personne n'a à se soucier de cette femme. Je l'ai expliqué clairement à celles qui ont tenté de l'attaquer hier, et j'espère que c'est à présent clair pour toi aussi.

— Tu es en colère après moi, Aigle de Fer ? demanda Biche Alerte, les yeux embués. Je n'avais pas l'intention de t'irriter.

— J'ai fini de parler, déclara Aigle de Fer, qui, s'attendrissant à la vue de ses larmes, ajouta : Va, et oublions que cette conversation a eu lieu.

Biche Alerte se redressa.

— Si tu la cherches, elle est avec Femme Rapide près du ruisseau. C'est là que Femme Rapide baigne son enfant.

Elle fit volte-face et disparut entre les tipis.

— C'est la colère qui la ronge à l'intérieur.

Aigle de Fer se tourna vers le tipi d'où émergeait Corne Blanche. L'expression grave, le chaman poursuivit :

— Mais Biche Alerte s'inquiète à juste titre. Il y a des gens qui murmurent, comme elle l'a dit.

— Je me moque des rumeurs.

— Les rumeurs deviennent des cris si l'on n'y prend pas garde.

— Tu as lu dans la fumée, tu sais la vérité, rétorqua Aigle de Fer. Tu sais que je ne trouverai pas la paix tant que le sang de notre peuple n'aura pas été vengé.

— J'ai lu dans la fumée, confirma Corne Blanche. C'est bien comme tu dis.

— Beaucoup de chemins mènent à la vengeance.

Les petits yeux de Corne Blanche se plissèrent.

— Mon peuple sera vengé, insista Aigle de Fer.

Leurs regards se verrouillèrent.

— Tu vengeras notre peuple, c'est évident. La question est de savoir quel prix tu devras payer en retour.

Sans attendre la réponse d'Aigle de Fer, Corne Blanche releva le pan de son tipi et disparut à l'intérieur.

12

Le soleil de midi frappait les épaules de John Waters tandis qu'il scrutait discrètement les alentours. Rassuré de constater que personne n'avait observé leur entretien, il revint vers Aigle de Fer qui se préparait à grimper en selle. Waters se rappela le jour où Kyle Webster était arrivé en ville, des années auparavant. Il se souvint de l'empathie silencieuse qu'il avait éprouvée pour cet homme à l'esprit pacifique, qui avait été accueilli avec mépris.

Métis. Waters n'avait que trop souvent entendu ce mot dans la bouche des ranchers et des gens de la ville lorsqu'ils parlaient de lui, le regardant avec ce même mépris. Peu importait que le sang de sa mère soit aussi pur que le leur, qu'elle ait été élevée dans cette ville et qu'elle l'y ait élevé après avoir quitté son père comanche. Plus blanc qu'indien, il avait épousé la fille du propriétaire du magasin général, mais ses enfants avaient subi les mêmes moqueries que lui quand il était petit. Kyle Webster les avait toujours traités avec respect, sa famille et lui. Il s'adressait à lui comme à un frère, et ils étaient devenus amis. Hélas, quand la ville s'était retournée contre Kyle, il n'avait rien pu faire pour l'aider ! Ce n'était plus le cas aujourd'hui.

Leur entretien avait été court. Quand il avait vu la fumée s'élever au-delà de la ville, signal envoyé par Aigle de Fer, Waters avait répondu présent. Il avait donné à son ami l'information dont il avait besoin – son ami qui avait souffert infiniment plus que lui à cause du sang indien qui coulait dans ses veines.

En selle, Aigle de Fer lui tendit la main en signe de gratitude, et Waters l'accepta avec fierté. Il regarda son ami s'éloigner avant de remonter sur son cheval. Il avait enfin pu lui rendre service, et il savait que lorsqu'il agirait pour régler ses dettes, il s'attaquerait aussi à ceux qui l'avaient méprisé, lui, Waters.

Il sourit. Le Diamond R ne serait plus jamais le même.

Accroupi, McGill examinait des traces à peine visibles sur le sol desséché.

— Tu dis que tu as vu le Kiowa et sa bande se diriger vers l'ouest ?

Masters regarda vivement McGill. Ils avaient passé la journée à tourner en rond derrière ces traces, et sa patience était à bout.

— Oui, et je maintiens ce que j'ai dit !

— C'est impossible !

— Je te dis…

— Mais regarde ces traces, bon Dieu ! s'énerva McGill. Ils se sont dirigés vers l'ouest, puis ils sont revenus sur leurs pas.

— Même un aveugle le verrait ! Les soldats et moi, on n'est pas arrivés à savoir quelle direction ils ont fini par prendre !

McGill se redressa lentement.

— Écoute, Masters, je ne suis pas d'humeur à écouter tes idioties. Si tu n'as pas le cran de poursuivre cette traque, rentre au fort et laisse-moi m'en occuper.

— J'ai du cran, ce n'est pas le problème. Ce que je ne supporte pas, ce sont les images d'Eden avec cet Indien qui me trottent dans la tête pendant qu'on tourne en rond comme deux imbéciles.

— Parle pour toi, mais ne me traite pas d'imbécile ou tu auras affaire à moi.

Sa colère soudain envolée, Masters lâcha d'une voix rauque :

— Je commence à croire que nous ne trouverons Eden que quand ce salaud l'aura décidé – et l'idée de ce satané Kiowa se fichant de nous me rend fou.

— Nous la trouverons. C'est juste une question de temps.

— Le temps... c'est ça. Facile à dire pour toi, McGill. Tu penses à l'avenir, mais moi, je suis dans le présent.

Masters leva les yeux vers le ciel pur où le soleil avait entamé sa descente. Il secoua la tête.

— Pratiquement une journée d'écoulée, et je me demande *toujours* où est Eden en ce moment...

Roulée en boule sur le sol, Eden regardait Femme à l'Arc, un bâton à la main, qui barrait le passage à Femme Rapide tandis que celle-ci lui faisait de grands signes.

La tête encore douloureuse du coup infligé par Femme à l'Arc, Eden était trop faible pour se redresser. Elle ne comprenait pas un mot des paroles échangées, mais en devinait le sens.

Aigle de Fer était parti de bonne heure le matin, la laissant à la garde de Femme Rapide. L'humiliation subie la veille demeurait vivace dans sa mémoire tandis qu'elle travaillait avec les autres. Elle n'avait fait que croître quand on l'avait ligotée dans l'après-midi, alors que le campement sommeillait. Déterminée à agir, elle était parvenue à persuader Oiseau Brillant de lui apporter un couteau afin qu'elle puisse couper ses liens dès que Femme Rapide serait occupée ailleurs.

Elle était presque arrivée aux chevaux.

Presque.

Elle porta la main à la bosse à l'arrière de son crâne. Femme à l'Arc continua à vociférer jusqu'à ce que Femme Rapide la saisisse par le bras pour la remettre debout. Eden prit conscience de la présence d'Aigle de Fer quand Femme à l'Arc se tut brusquement, puis s'esquiva, laissant Femme Rapide affronter seule Aigle de Fer.

Ce dernier s'adressa à Femme Rapide dans leur langue, et elle répondit vivement en désignant Eden. Il rétorqua d'un ton sec et prit Eden par le bras.

Elle le suivit en titubant jusque dans son tipi. Là, il lui fit face, furibond.

— Tu es stupide ou quoi, Eden ? En essayant de t'enfuir, tu as non seulement mis Femme Rapide en colère, mais tu as aussi offert à Femme à l'Arc l'occasion qu'elle cherchait. Elle savait que je ne pourrais lui reprocher de t'avoir arrêtée. Tu as de la chance que les femmes de ce camp respectent l'autorité de Femme Rapide…

— Et si ce n'avait pas été le cas et que je sois morte, qui aurait-il fallu blâmer ? riposta Eden.

— Toi !

— Pas toi ?

— Regarde-moi, Eden !

Levant les bras afin de lui montrer les bracelets de métal qui enserraient ses poignets, Aigle de Fer continua :

— L'homme à qui je dois de porter ces menottes est aussi responsable de ta présence ici. L'homme dont les ordres ont détruit le camp kiowa et anéanti tant de personnes il y a des années est la raison pour laquelle tu es ici.

— Je ne veux pas participer à ta vengeance ! Je t'ai prévenu que je ne renoncerai pas à tenter de m'échapper.

— Je m'en souviens.

Eden avait de plus en plus mal à la tête, et elle parvint tout juste à murmurer :

— Eh bien, j'essaierai encore.

Elle vacilla, et Aigle de fer lui attrapa le bras. Elle le sentit se raidir quand, après lui avoir touché la tête, il vit ses doigts tachés de sang.

— C'est Femme à l'Arc qui t'a fait ça ?

— Quelle importance ?

Le monde se mit à tourner brièvement. Quand il s'arrêta, elle était étendue sur la couche, Aigle de Fer accroupi près d'elle. Son ton lui arracha un frisson quand il chuchota :

— Tu te trompes, tu sais. Tu as dit que tu essaierais encore de t'échapper, mais tu ne le feras pas. J'y veillerai.

— Rien… *Rien* ne m'en empêchera.

Comme il ne répondait pas, Eden croisa son regard indéchiffrable, puis murmura :

— J'ai aimé l'homme que tu étais autrefois… mais cet homme a disparu… sans laisser de trace.

— Crois-tu, Eden ?

Il s'inclina sur sa bouche, et elle se sentit impuissante à le combattre. Elle se méprisait presque autant qu'elle méprisait l'homme dont les baisers avaient toujours le pouvoir d'éveiller son désir. Lorsqu'il s'écarta d'elle, elle articula lentement :

— J'ai aimé un homme… mais je hais celui qu'il est devenu.

— Ne me hais pas maintenant, Eden. Tu en auras tout le temps demain.

Aigle de Fer reprit ses lèvres, et elle ferma les yeux.

Demain. Oui, elle le haïrait demain.

Immobile, le major John Henry Peters relut le communiqué. En provenance du ministère de la Guerre, il lui avait été délivré par messager avec l'ordre strict de lui être remis en mains propres. Les deux dernières lignes l'irritaient au plus haut point.

Des plaintes se succèdent, déclarant que vous êtes inefficace dans votre tâche de protection des citoyens américains. Nous attendons un rapport détaillé de votre part.

Furieux, le major Peters jeta la feuille sur son bureau. Des politiciens – totalement ignorants des problèmes que posait la frontière ! Il n'y avait pas un militaire qui méritait sa solde parmi ces individus pontifiants !

Il se planta devant la fenêtre où le soleil se couchait dans un somptueux déploiement de rouge et d'or inimaginable pour les gens de l'Est. Il était évident que cette note et sa lettre s'étaient croisées. Il regrettait de ne pas être présent pour voir la tête de ces imbéciles prétentieux quand ils recevraient le « rapport » qu'ils avaient demandé si tardivement. Il espérait qu'il serait lu à haute voix afin que ses déclarations atteignent bien leur but.

Il sourit à cette idée, puis son sourire se figea lorsqu'il se rendit compte que la franchise de son rapport, dans lequel il déclarait que la situation avait été grandement sous-estimée et évaluée de façon incompétente avant qu'on l'envoie sur place, risquait de mettre un terme à sa carrière.

Eh bien, si cela se produisait, tant pis ! Pas question de le tenir pour responsable d'une situation inévitable dans les circonstances actuelles.

Comanches et Kiowas : un peuple de sauvages et d'ignorants, qui n'avait pas la moindre chance face à la force militaire civilisée... Cette erreur de jugement était une plaisanterie qui ne faisait plus rire personne ! La vérité, c'était qu'il n'y avait qu'un seul moyen pour les troupes gouvernementales de battre le peuple originaire de cette frontière, et c'était de leur opposer une supériorité en nombre et en armes. S'il ne pouvait en convaincre Washington, son poste était condamné.

Certes, il existait un autre plan possible. Il l'avait proposé hardiment, mais il n'y avait aucune chance pour qu'il soit accepté, car il avait déjà échoué d'innombrables fois.

Il se rembrunit davantage. D'innombrables fois. Non, ils ne l'accepteraient jamais.

Il n'y avait pas d'étoiles, et le feu de camp flamboyait. L'arôme du café qui chauffait sur les flammes provoqua un gargouillement dans l'estomac de McGill que le bœuf séché qu'il mâchait consciencieusement n'apaisa pas.

Masters se tenait de l'autre côté du feu, le visage sombre, et il lui apparut que, en dépit du temps passé à travailler côte à côte au Diamond R, il ne s'était jamais rendu compte de la profondeur des sentiments de son camarade pour Eden. Mais peut-être ne l'étaient-ils pas tant que ça. Peut-être que Masters ne supportait tout simplement pas l'idée qu'un « sauvage ignorant » le tourne en ridicule.

— Les *Injuns* ne nous échapperont pas indéfiniment, risqua-t-il. Nous finirons par tomber sur des traces récentes, et nous n'aurons plus qu'à les suivre.

— Ouais.

— C'est pas comme si on avait plus important à faire. Bon Dieu, le vieux Richards ne fiche plus rien depuis qu'Eden a été enlevée. Et je crois que ça continuera comme ça tant que le problème ne sera pas réglé, d'une manière ou d'une autre.

— Qu'est-ce que tu entends par « d'une manière ou d'une autre » ?

McGill réfléchit un instant, les sourcils froncés.

— Je ne sais pas trop… sinon que je suis sûr qu'Aigle de Fer est plus malin qu'on ne le pense. Ce n'est pas l'*Injun* moyen qui ne cherche qu'à se venger en versant le sang. Si c'était le cas, on aurait déjà eu des nouvelles d'Eden.

— Des nouvelles ? répéta Masters, agressif. Du genre ?

— Tu le sais très bien. Inutile de t'expliquer.

— Il ne la tuera pas, si c'est à ça que tu penses. J'en suis certain. Sinon, il l'aurait déjà fait. Il a un fusil, et il sait tirer. Pas comme la fois avec Eden, ajouta-t-il en effleurant machinalement sa cicatrice. Non… Il a autre chose en tête, et c'est ça qui me ronge.

— On la ramènera.

— Ouais.

McGill regarda Masters s'allonger sur sa couverture et tourner le dos au feu, et secoua la tête. Masters haïssait l'*Injun*, mais c'était bien Eden qui le poussait à agir. Ce type était sérieusement épris. Il avait été aveugle de ne pas s'en apercevoir plus tôt.

Il cracha son dernier morceau de bœuf dans les taillis, marmonna un juron, et tendit la main vers le pot de café. Il laissa échapper un grognement en se brûlant, mais Masters ne broncha pas.

Ouais, ce type n'allait pas bien.

Une demi-lune lumineuse était suspendue dans le ciel quand Aigle de Fer se dirigea vers son tipi, l'esprit encore absorbé par la réunion qui venait de se terminer. On avait fait la toilette du corps de Serpent Noir, sa veuve et ses amis s'étaient lamentés sur sa mort. Lui aussi déplorait la disparition de Serpent Noir, mais il n'entendait pas rester passif.

Il ralentit le pas tandis qu'il se remémorait les réponses qu'il venait de recevoir de la part des guerriers kiowas qu'il avait convoqués en conseil. Élan Tacheté et Nuage Noir avaient immédiatement donné leur accord. Ours Assis et Renard Gris avaient hoché la tête après mûre réflexion. Seul Homme Debout était resté silencieux. Il avait attendu que les autres se retirent avant de s'approcher d'Aigle de Fer et de déclarer d'un air grave :

— Biche Alerte m'a fait part de ses pensées. Elle a peur pour toi. Elle a l'impression que la femme affecte ton jugement. Elle dit que ta vie et celle des hommes qui te suivent sont en danger.

— Biche Alerte et moi en avons déjà parlé. Ses craintes sont sans fondement.

— Ton jugement aussi, je le crains.

Il avait été surpris par les paroles d'Homme Debout qui avait poursuivi :

— J'ai remarqué une lueur étrange dans tes yeux quand tu regardes cette femme, et cela me trouble. Je me souviens qu'Ours Solitaire est tombé, frappé par la balle de cette femme, et je sais que tu cherches la vengeance, mais je m'étonne que tu te serves d'elle comme tu le fais. Je pleure la mort de Serpent Noir, et je ne veux pas voir ma sœur, qui a tant souffert, sans un homme pour la protéger parce que je te suis. Mais tu as bien parlé, ce soir, et la voie de ta vengeance est claire.

Aigle de Fer n'avait pas dit un mot, et Homme Debout avait conclu :

— Je t'accompagnerai dans ton désir de vengeance, parce que ta vengeance est la nôtre.

Comme Homme Debout s'éloignait, Aigle de Fer s'était rendu compte qu'il avait inconsciemment demandé l'approbation et l'aide de ses amis – mais que si tous les lui avaient refusées, il n'aurait pas changé ses plans pour autant.

Il réfléchit encore aux paroles d'Homme Debout. Vengeance ? Oui, c'était ce qu'il souhaitait, mais pas une vengeance brève. Il exigeait réparation pour les dommages subis par son peuple. Cruauté pour cruauté, angoisse pour angoisse, sang pour sang – il ne se contenterait pas de moins –, et s'il s'autorisait quelques faiblesses pour Eden en chemin, cela ne changerait rien au résultat de ses actes.

Il écarta le rabat de son tipi pour trouver Eden endormie sur sa couche. La tête emplie de toutes ces pensées, il se glissa près d'elle et l'enlaça.

Eden se réveilla en sursaut. Désorientée, elle balaya le tipi du regard, scrutant la pénombre. Elle était seule sur la couche, et sa tête la faisait souffrir. Elle n'avait pas entendu Aigle de Fer se lever.

Son esprit s'éclaircit peu à peu, et elle se rappela son corps musclé contre le sien tandis qu'elle dormait. Elle se souvenait du bien-être qu'elle ressentait auprès de lui avant que la réalité de sa situation lui revienne en un éclair : Aigle de Fer aimait le pouvoir qu'il avait sur elle, il prenait plaisir à la tourmenter. Peut-être ne saurait-elle jamais ce qu'il envisageait pour elle, mais une chose était certaine : elle ne perdrait plus de temps à attendre.

Sa tête était douloureuse, mais sa détermination n'avait pas faibli. Elle s'échapperait. Il fallait absolument qu'elle rentre chez elle. Elle avait besoin de son environnement familier afin d'y voir un peu plus clair en elle. Elle avait besoin de voir son père… et elle voulait être là pour le retour de Jimmy. Cela, elle le désirait de tout son cœur.

Elle tâta sa blessure avec précaution. La coupure était petite, et la bosse avait diminué. Elle s'était efforcée de se cuirasser contre la tendresse inattendue avec laquelle Aigle de Fer l'avait soignée la veille au soir, mais elle savait parfaitement combien elle était faible dès qu'il la touchait.

Les activités de l'aurore commençaient à troubler le silence, mais Eden les ignora. Les hommes allaient chercher leurs chevaux qui paissaient non loin. Elle n'avait aucune chance de passer inaperçue si elle tentait de s'évader de nouveau, et le prix à payer serait trop élevé si elle échouait encore. La prochaine fois, elle dresserait son plan avec plus de soin ; pour l'heure, elle allait se reposer un peu avant que Femme Rapide vienne la chercher.

Le soleil matinal baignait le paysage d'un voile doré, tandis qu'Aigle de Fer scrutait le chemin du haut d'un petit tertre. Il jeta un coup d'œil aux guerriers qui attendaient son signal, derrière lui, puis aux autres, de l'autre côté de la piste. Ils étaient partis bien avant l'aube. Le temps passait lentement, le soleil leur brûlait la peau, leurs yeux étaient las à force de fixer le lointain.

Dans un accès d'humilité, Aigle de Fer songea que ces hommes l'avaient suivi aussi loyalement qu'ils avaient suivi Ours Solitaire. Il lui semblait évident qu'il n'avait pas véritablement gagné leur fidélité, mais que ces hommes honoraient Ours Solitaire en lui faisant confiance. Il se promit d'être digne de cette confiance.

Ses pensées furent interrompues par un nuage de poussière sur la piste, et Aigle de Fer sentit son cœur s'emballer. Une diligence se matérialisa peu à peu, cahotant sur le sol accidenté. Il lança un nouveau regard à ses guerriers dont l'expression stoïque révélait à présent une excitation grandissante.

L'attelage approchait. Les animaux renâclaient en montant la pente derrière laquelle Aigle de Fer attendait. Sachant que la diligence serait le plus vulnérable au moment où elle atteindrait le sommet, Aigle de Fer enfonça les talons dans les flancs de sa monture tout en faisant signe à ses hommes de le suivre.

La diligence se retrouva cernée en un éclair, et Aigle de Fer cria :

— Jetez vos armes !

Abasourdi, le cocher hésita une fraction de seconde avant d'obtempérer. Aigle de Fer regarda à l'arrière, là où Renard Gris et Élan Tacheté tenaient les passagers sous la menace de leurs armes. Il vit les pistolets passer par la fenêtre en réponse à son ordre, et laissa échapper un soupir de soulagement. Il ne voulait pas de fusillade, il savait le danger que cela représenterait.

— Descendez ! commanda-t-il au cocher.

Il y eut des murmures dans l'habitacle.

— Il ne s'exprime pas comme un Indien, commenta une femme.

— J'ai entendu parler de lui, répliqua un homme. Il s'appelle Aigle de Fer.

— Aigle de Fer ? C'est cet Indien qui s'est échappé du pénitencier, n'est-ce pas ? Celui que l'armée recherche.

— Apparemment, ils ne l'ont pas trouvé, intervint un autre passager.

Faisant signe au cocher de le précéder, Aigle de Fer dirigea sa monture vers l'arrière de la diligence. Ours Assis avait déjà grimpé sur le toit et jetait les bagages au sol, tandis que Nuage Noir dételait les chevaux.

Aigle de Fer ordonna sèchement :

— Tout le monde dehors ! Immédiatement !

La porte s'ouvrit sur un homme en redingote qui tremblait de peur. Une énorme femme suivit, grommelant quand il lui fallut franchir la dernière marche, plus haute que les autres. Puis vint un petit individu barbu aux jambes arquées, et enfin un homme au visage anxieux qui paraissait venir de l'Est.

— Où est l'enfant ? demanda Aigle de Fer.

— L'enfant ? répéta l'homme de l'Est en secouant la tête. Il n'y a pas d'enfant dans cette diligence.

Irrité, Aigle de Fer épaula son fusil.

La grosse dame se mit à trembler, son imposante poitrine secouée de sanglots convulsifs.

— Dites-le-lui, imbécile ! s'écria-t-elle. Dites-le-lui avant qu'il nous tue tous !

Aigle de Fer ouvrit la porte de la diligence en grand et découvrit un petit garçon allongé sur le plancher de la diligence. Il avait les cheveux blonds cendrés, la peau claire, des taches de rousseur, les yeux sombres…

Il sentit une onde de chaleur l'envahir lentement.

L'homme de l'Est s'approcha nerveusement.

— Laissez-le tranquille, je vous en prie. C'est… c'est mon fils. Nous sommes de Chicago, et nous rendons visite à des amis au Texas.

Aigle de Fer ne quittait pas des yeux le petit garçon tétanisé dont les lèvres se mirent à trembler. Les mêmes lèvres qu'Eden.

L'enfant revint à la vie quand Aigle de Fer se pencha, et l'arracha au sol. Il se débattit comme un beau diable, criant, donnant des coups de pied, tandis qu'Aigle de Fer le déposait devant lui.

Comme le petit continuait à lutter, il grinça :

— Tiens-toi tranquille, Jimmy Broker. Je t'emmène voir ta mère.

— Menteur ! cria l'enfant en luttant de plus belle. Tu m'emmènes pas voir maman ! Tu vas me scalper !

— Regarde-moi, Jimmy !

Aigle de Fer releva le menton de Jimmy, l'obligeant à croiser son regard.

— Ta mère est dans mon campement.

— C'est pas vrai !

— Tu lui manques. Elle a envie de te voir.

Jimmy le fixa un instant, puis il s'immobilisa. Aigle de Fer s'adressa alors à l'homme de l'Est qui tremblait de peur.

— Je sais pourquoi vous avez essayé de me tromper. Je veux que vous transmettiez un message à Tom Richards. Dites-lui que je détiens sa fille, et maintenant son petit-fils. Ils sont mes prisonniers, et je n'ai aucune envie de les échanger contre lui… pas encore.

— Qu'allez-vous faire de nous ? risqua la femme, dont le regard trahissait la panique. Vous allez nous faire prisonniers, nous aussi ? Vous allez nous tuer ?

Aigle de Fer eut un sourire méprisant.

— Mettez-vous en marche ! ordonna-t-il.

L'arme à la main, il regarda le petit groupe qui, sans demander son reste, se mit en route sur la piste poussiéreuse. Il se tourna alors vers Nuage Noir et Ours Assis, qui avaient rempli des sacs avec le butin trouvé dans les bagages, vit Renard Gris et Élan Tacheté qui attachaient les chevaux de l'attelage derrière les leurs tandis qu'Homme Debout rassemblait les armes abandonnées.

Serrant alors l'enfant contre lui, il éperonna sa monture, abandonnant derrière lui la diligence vide.

Les bras chargés de petit bois, Eden reprit la direction du campement tout en lançant de discrets coups d'œil autour d'elle. Elle avait travaillé toute la journée en compagnie des femmes qui avaient tenté de l'attaquer. Il ne manquait que Femme à l'Arc, qui était restée au camp.

Un frisson lui parcourut l'échine. Hormis Biche Alerte, aucune femme ne la regardait avec autant de malveillance que Femme à l'Arc. Sans Aigle de Fer, elle était certaine que ces deux femmes n'auraient pas eu besoin d'excuse pour terminer le travail commencé par Femme à l'Arc. Elle était également certaine que sans la présence de Femme Rapide, sa journée se serait déroulée bien plus péniblement.

Sa conscience la taraudait. Elle avait profité de l'honnêteté de Femme Rapide pour utiliser l'innocence d'Oiseau Brillant à son avantage. Depuis, Femme Rapide la tenait à l'écart de l'enfant, ce qu'elle ne pouvait lui reprocher. Mais le rire de ce dernier manquait à Eden, qui se disait que, dans des circonstances différentes, Femme Rapide et elle auraient pu devenir amies.

Elle s'interrompit dans sa réflexion. Que lui arrivait-il ? Femme Rapide était sa geôlière, elle obéissait aux ordres d'Aigle de Fer, elle n'avait aucune affection pour elle, elle ne…

Son attention fut attirée par une soudaine effervescence dans le campement, et elle vit un groupe de cavaliers se matérialiser au loin. Les guerriers se tenaient fièrement sur leurs montures, ce qui signifiait qu'ils avaient eu une bonne journée, et elle se demanda combien de Blancs avaient pâti de ce succès.

Les cavaliers approchaient, et elle reconnut tout de suite Aigle de Fer qui dominait les autres par la taille. Elle vit les chevaux derrière les guerriers, de ceux que l'on utilisait pour tirer les diligences, et… et…

Son cœur bondit dans sa poitrine. Quelqu'un était assis devant Aigle de Fer. Une petite silhouette… Un enfant !

Seigneur !

Lâchant sa charge de bois, elle se précipita vers les cavaliers, ignorant les cris des femmes qui s'élançaient à sa poursuite. Celles-ci s'arrêtèrent bien vite en voyant la direction qu'elle prenait. Les yeux rivés sur les chevaux, Eden n'entendit pas les murmures de la foule devant laquelle elle passa sans ralentir, avant de s'immobiliser.

Elle tremblait de tous ses membres, les larmes ruisselaient sur ses joues quand Aigle de Fer tira sur les rênes de sa monture.

— Maman !

Eden laissa échapper un sanglot lorsque Aigle de Fer déposa Jimmy au sol. Incrédule, elle s'agenouilla et enveloppa son fils de ses bras. Son corps était si petit et si chaud contre le sien tandis qu'il lui rendait son étreinte.

— Maman… fit-il en s'écartant brusquement

Il essayait de faire le brave, mais sa voix chevrotait.

— N'ai pas peur. Je laisserai personne te faire du mal.

— Je n'ai pas peur, Jimmy, assura Eden en se forçant à sourire. C'est juste que je suis tellement heureuse de te voir !

— C'est lui qui m'a amené, annonça l'enfant avec un geste en direction d'Aigle de Fer qui mettait pied à terre. Il m'a dit que j'allais te voir, mais au début, je l'ai pas cru.

Eden se redressa, la main de son fils serrée dans la sienne. La gorge nouée, elle chercha le regard d'Aigle de Fer pour y lire un signe de…

Jimmy s'élança en avant et cria à pleins poumons :

— T'approche pas de ma maman ! C'est moi qui m'occupe d'elle, maintenant !

L'ignorant, Aigle de Fer s'adressa froidement à Eden :

— Tu es contente de voir ton fils, Eden ?

Elle était trop bouleversée pour répondre.

— Sa présence ici te libère, reprit-il. Tu peux partir quand tu le souhaites.

Eden battit des paupières.

— L'enfant reste.

— Qu… quoi ?

— Je te relâche. Tu peux retourner au Diamond R, personne ne t'en empêchera.

— Maman…

Eden pressa la main de son fils pour le faire taire, mais son cœur battait follement.

— Tu sais pertinemment que jamais je ne laisserai Jimmy ici.

— Vraiment ?

La petite foule se dispersait peu à peu. Biche Alerte, elle, ne bougea pas, mais Eden ne voyait qu'Aigle de Fer.

— Je vais où Jimmy va, articula-t-elle. Ni toi ni personne ne me séparera de lui.

Aigle de Fer la contempla encore un instant, puis il pivota sur ses talons et la planta là.

Ils arrivaient !

Tremblant, Tom Richards se redressa dans son fauteuil quand les chevaux apparurent au loin. Il alla jusqu'au porche, rajusta sa chemise, fronça les sourcils en constatant qu'elle flottait sur son torse. Rowe avait raison, il avait maigri. Il allait effrayer le petit.

Il se passa une main nerveuse sur la mâchoire. Il s'était rasé de près afin de lui faire bonne impression. Eden n'était pas là pour attendre la diligence, comme l'enfant s'y attendait, mais Richards voulait être la première personne que son petit-fils verrait en arrivant au ranch.

Des pas résonnèrent derrière lui, et Richards jeta un coup d'œil au visage réjoui du cuisinier.

— Il arrive, Rowe ! annonça-t-il d'une voix qui tremblait malgré lui. Rappelle-toi : personne ne lui parle d'Eden. C'est moi qui lui expliquerai la situation. Compris ?

Mais Rowe n'écoutait pas. Il s'était rembruni comme les cavaliers arrivaient en vue.

Richards ressentit une violente douleur à la poitrine quand il s'aperçut que la selle du cheval de Jimmy était vide.

— Ne vous affolez pas, patron, risqua prudemment Rowe. Jimmy doit peut-être arriver par la prochaine diligence.

Les cavaliers approchaient, et Tom Richards scruta leurs visages l'un après l'autre. Quinn évita son regard, Curry était sombre, et Hawkins enrageait visiblement.

Incapable de supporter plus longtemps l'incertitude, Richards hurla tandis qu'ils mettaient pied à terre :

— Que s'est-il passé ? Où est Jimmy ?

— Il n'est pas là, répondit Quinn.

— Je le vois bien ! rétorqua Richards, cramoisi. Où est-il ?

Curry secoua la tête.

— J'en sais fichtre rien, patron.

— Quoi ?

— La diligence a été attaquée par des *Injuns*.

— Des *Injuns*...

— Aigle de Fer a enlevé Jimmy, patron ! Je ne sais pas comment il a su que le petit arrivait par cette diligence-là. Quelqu'un en ville a dû lui dire qu'on l'attendait, parce que c'est lui qu'il cherchait.

— Qu'est-ce que tu veux dire par « cherchait » ?

— Les autres Indiens ont pris tout ce qu'ils pouvaient dans la diligence, les chevaux et le reste, mais Aigle de Fer, c'était Jimmy qu'il voulait, rien d'autre.

— Le salaud…

Richards avait du mal à respirer.

— Il a enlevé mon petit-fils !

— Et il a eu le toupet de vous envoyer un message, en plus, reprit Quinn. Il faut qu'on vous dise qu'il a Eden, et que maintenant qu'il a aussi Jimmy, il n'est pas intéressé par un échange d'un des deux contre vous. Pas encore.

— Pas encore…

Secoué de spasmes nerveux, Richards ordonna à Rowe :

— Va chercher mon fusil !

— Vous n'en avez pas besoin, patron.

— Je veux mon fusil ! répéta Richards, hors de lui. Je vais aller trouver ce salaud, je le descendrai, et alors, je…

La douleur qui le frappa fut intense, brutale, inattendue. Il en eut le souffle coupé, le noir se fit autour de lui, puis il se sentit emporté dans un tourbillon de couleurs, tandis qu'il criait de toutes ses forces… sans qu'aucun son sorte de ses lèvres.

Lorsqu'il rouvrit les yeux, il découvrit les cow-boys qui s'agitaient autour de lui. Mais lui ne bougeait pas. Il ne pouvait plus bouger. Il ne pouvait plus respirer. Il ne pouvait même plus penser. Il n'éprouvait qu'une rage profonde qui le dévorait… puis il se rendit compte qu'il était en train de mourir.

Je veux rentrer à la maison.

Toute hardiesse envolée, Jimmy avait murmuré ces mots alors que la nuit tombait et qu'il luttait contre le sommeil. Eden repoussa doucement une mèche de son front. Il dormait, à présent, mais elle n'avait pas pu faire grand-chose pour calmer la peur qu'il tentait de dissimuler.

J'aime pas ici, maman. Grand-père m'a parlé de ces Injuns. *Ils sont méchants. Ils veulent juste tuer les gens et prendre leurs cheveux.*

Eden avait essayé de convaincre Jimmy qu'ils ne resteraient pas longtemps, qu'ils rentreraient bientôt à la maison. Elle lui avait dit de ne pas s'inquiéter, qu'Aigle de Fer ne laisserait personne lui faire du mal.

Il a dit que j'étais son prisonnier. Que toi aussi, tu étais sa prisonnière. Il a dit aux gens qui étaient dans la diligence de porter un message à grand-père : qu'il nous avait et qu'il ne voulait pas nous échanger contre lui.

Eden avait eu la gorge serrée. Oui, Kyle Webster avait bel et bien disparu définitivement.

Dis-lui de nous laisser partir, maman. Il t'écoutera. Tout le monde au ranch t'obéit.

Eden avait failli rire.

Il a dit que tu pouvais partir, mais pas moi. Ne me laisse pas, maman !

Elle avait répété à Jimmy qu'elle l'aimait, que jamais elle ne le quitterait – et tout à coup la raison pour laquelle Aigle de Fer avait enlevé Jimmy lui était apparue clairement.

Aigle de Fer ne s'était pas montré de l'après-midi. Nc sachant que faire, Eden avait préparé une paillasse pour son fils, l'avait nourri, puis elle l'avait pris dans ses bras, s'était grisée de son parfum de petit garçon, le cœur débordant d'amour, jusqu'à ce qu'il s'endorme.

À bout de forces, elle posa la tête près de celle de Jimmy et ferma les yeux. Elle était lasse de la haine, de la peur. Lasse de se poser des questions. Lasse de tout.

— Il a eu une attaque.

— Une attaque ?

Doc Bitters entraîna Rowe à l'écart du lit où était allongé Tom Richards et lui fit face, le visage grave.

— Il va très mal, annonça-t-il sans détour. Tout le côté gauche est paralysé, et son cœur ne va guère mieux. J'ignore s'il s'en sortira.

— Bon Dieu, Doc, il faut faire quelque chose !

— Et quoi donc, Rowe ? Lui rendre les nerfs qui ont été sectionnés quand le poignard a endommagé sa moelle épinière, il y a cinq ans ? Lui donner un cœur tout neuf ? Permettre à son sang de circuler normalement ? Ne rêvez pas !

— Tout ça, c'est la faute de ce satané *Injun* !

Doc Bitters se rembrunit.

— Je ne voulais pas vous offenser, Doc, se reprit Rowe. Votre épouse est une brave femme, même si elle est indienne. Elle n'a rien à voir avec cet Aigle de Fer.

— Je ne veux pas en discuter.

— Vous n'êtes quand même pas en train de me dire que vous êtes du côté de l'*Injun* dans cette affaire ?

— Rappelez-vous à qui vous parlez, Rowe, rétorqua le médecin, les sourcils froncés. J'étais là à l'époque, pas vous. J'en sais plus que vous sur ce qui s'est passé.

Rowe secoua la tête.

— Le patron faisait de son mieux pour arranger les choses, voilà tout. C'est une tête de lard, mais il ne sait pas être autrement.

— Vous croyez ? Vous devriez demander à vos camarades de vous raconter comment tout a commencé. Mullen est suffisamment remis pour parler. Il pourrait éclairer votre lanterne sur quelques points, et ce serait une bonne chose, vu que c'est vous qui allez diriger le ranch pendant un certain temps.

— Qu'est-ce que vous essayez de me dire, Doc ?

— Que l'homme couché dans ce lit n'en a sans doute plus pour longtemps – alors il serait peut-être temps de rétablir la vérité.

Rowe se tourna vers son patron, et Doc Bitters haussa les épaules.

— Attendons quelques jours. D'ici là, nous devrions savoir comment les choses vont évoluer. Je repasserai demain.

Sans quitter des yeux le grand corps inerte de Richards, Rowe marmonna :

— Alors comme ça, il faudrait que je parle à Mullen, hein ?

Mais Doc Bitters était déjà sorti.

Ils dormaient

Aigle de Fer se tenait debout près de la paillasse du petit. La tête d'Eden reposait près de celle de son fils, sa chevelure d'or proche de sa joue. Il se rappela l'expression de la jeune femme quand elle avait reconnu son fils. Jamais il ne l'oublierait. Même son angoisse pour la sécurité de Jimmy ne pouvait surpasser sa joie de le retrouver.

D'amers sentiments s'étaient alors bousculés en lui. Il ne s'attendait pas à éprouver cette jalousie dévorante quand elle s'était dressée contre lui avec le petit garçon.

Il étudia le visage de l'enfant endormi, lisse, débarrassé de la peur qui se lisait sur ses traits dans la diligence. Celle-ci n'avait du reste pas duré. Le petit s'était débattu avec énergie, pour ne se calmer qu'à l'évocation de sa mère. Il tremblait en approchant du camp, mais à la vue du visage baigné de larmes d'Eden, il s'était redressé et lui avait décoché un regard de défi.

Un lièvre face à un aigle.

Le sourire d'Aigle de Fer s'évanouit. Il se demandait si James Broker avait été aussi courageux que son fils. Il se demandait aussi si Eden avait aimé James Broker, si elle était aussi passionnée entre ses bras que dans les siens. Pensait-elle à Broker quand ils étaient allongés ensemble, et regrettait-elle…

Furieux du tour pris par ses pensées, Aigle de Fer y mit un terme brutalement et, les dents serrées, toucha l'épaule d'Eden. Elle ouvrit les yeux, et parut momentanément perdue. La confusion dans son regard la rendait soudain si vulnérable qu'il en fut bouleversé.

— Il est temps d'aller dormir, dit-il.

— Je dormirai ici, déclara-t-elle d'un air têtu.

— Non.

— Tu crois pouvoir me forcer à dormir près de toi ?

— Je m'attends que tu fasses ce qui est le mieux pour le bien-être de ton fils.

Eden se leva.

— Je ne veux pas parler ici. Jimmy pourrait nous entendre.

Elle sortit du tipi sans attendre la réponse d'Aigle de Fer. Celui-ci mit de longues minutes avant de la rejoindre. Elle était raide de colère, et il l'entraîna sans un mot à distance du camp, là où on ne risquait pas de les entendre.

— Que voulais-tu dire par « ce qui est le mieux pour le bien-être de ton fils » ? lâcha-t-elle.

— Exactement ce que j'ai dit. Je veux que tu contrôles la colère et la peur de ton fils, parce que sinon, il souffrira.

Eden claquait pratiquement des dents.

— Et s'il se comporte bien ?

— Alors il m'accompagnera, et je lui apprendrai à être un bon guerrier kiowa.

— Non !

— Qu'y a-t-il, Eden ? Tu n'as pas confiance en moi pour éduquer ton fils ?

— Il n'a que quatre ans. Il a besoin d'être avec sa mère.

— Tu auras toute liberté dans ce campement quand il ne sera pas avec toi. C'est ce que tu souhaites, non ? Ainsi, tu pourras partir à tout moment. Naturellement, s'il te prenait l'idée d'aller au fort et d'en ramener des soldats ici, nul ne sait ce qu'il adviendrait de Jimmy.

Au bord des larmes, Eden murmura :

— Pourquoi fais-tu cela ?

— Tu le sais, Eden.

— Tu veux m'empêcher de m'enfuir.

— J'ai réussi.

— Si tu fais du mal à mon enfant… si tu essaies de l'effrayer, d'une manière ou d'une autre…

— Tu l'aimes, n'est-ce pas ? coupa-t-il.

Elle n'avait pas besoin de répondre.

— Moi aussi, tu m'as aimé, autrefois.

Elle ferma les paupières.

— L'amour et la haine… reprit Aigle de Fer. Parfois la frontière entre les deux n'est pas très nette. Est-elle floue pour toi, en ce moment ?

— Non. Elle est très nette.

— Tu me hais.

Eden prit une profonde inspiration.

— Je te hais autant que je t'ai aimé.

Les paroles d'Eden atteignirent douloureusement leur but, alors même que l'odeur du camp en flammes revenait le tourmenter, accompagnée des cris des blessés et des mourants…

Il devait s'acquitter d'une dette de sang et ne pouvait se permettre de s'en laisser détourner par Eden.

Plus que jamais conscient de cette vérité, il attira la jeune femme à lui.

— Parfois, je ressens la même chose que toi, Eden, mais en ce moment, je ne te hais pas.

Il s'empara de sa bouche, et l'incendie familier s'alluma en lui.

— En ce moment, continua-t-il d'une voix sourde, j'aimerais seulement te montrer ce qui aurait pu être. Laisse-moi faire cela, Eden.

Il l'embrassa de nouveau, ses mains coururent sur son corps tandis qu'il la plaquait contre lui, émerveillé…

La soulevant soudain dans ses bras, il la porta sous les arbres et l'allongea sur un tapis de feuilles. Il la couvrit aussitôt de son corps, reprit ses lèvres avec fièvre.

Elle s'embrasa à son tour, et gémit avant de lui rendre baiser pour baiser avec une ardeur grandissante.

Au désir succéda le besoin urgent de s'unir.

Tapie dans l'ombre, Biche Alerte luttait contre les vagues de jalousie qui menaçaient de l'engloutir. Elle refusait de parler la langue des Blancs, mais elle comprenait le sens des mots qu'avait prononcés Aigle de Fer avant d'emporter la femme dans les bois. Elle avait entendu la passion dans sa voix, et les soupirs de leur union la torturaient.

Cette femme avait jeté un sort à Aigle de Fer. Elle avait capturé ses sens, et elle les utilisait à volonté.

Aigle de Fer avait dit qu'il emmènerait le garçon avec lui et qu'il lui apprendrait à être un bon guerrier kiowa. Non ! Elle ne voulait pas qu'Aigle de Fer accorde un tel honneur à un fils de Blanc. Elle voulait qu'il réserve cette distinction à l'enfant qu'*elle* lui donnerait un jour.

Homme Debout lui avait expliqué ce qu'Aigle de Fer avait en tête pour venger les siens. Il s'agissait de voler à l'homme qui avait incendié leur camp – le père de cette femme – tout ce qui lui importait le plus au monde, avant de lui prendre la vie.

Aigle de Fer suivait implacablement son plan, mais il n'en voyait pas le défaut. Il ne s'apercevait pas que le danger qu'il courait avec cette femme était plus grand que tous ceux qu'il avait pu affronter en se battant. En amenant le garçon au camp, Aigle de Fer était assuré que la femme ne tenterait plus de s'enfuir, parce qu'elle craindrait pour la sécurité de son fils. Mais s'il arrivait malheur au petit, la femme se détournerait à jamais d'Aigle de Fer, et celui-ci serait enfin libre.

Plus déterminée que jamais, Biche Alerte leva le menton. L'enfant était la clé. Elle trouverait un moyen de se débarrasser de lui.

13

Unc douce caresse effleura les lèvres d'Eden dans son sommeil. Instinctivement, elle se tourna vers la tiédeur qui l'enveloppait, vers les robustes bras qui l'enlaçaient, vers le corps puissant moulé contre le sien.

Le tipi était plongé dans la pénombre, et Jimmy dormait, le dos tourné. Aigle de Fer suivit le regard d'Eden, puis il revint à elle, ses yeux sombres brûlant d'un feu ardent. Il couvrit sa bouche de la sienne avec un léger grognement de reddition, et elle le sentit durcir contre elle. Elle retint son souffle quand il s'enfonça en elle profondément.

Comme il demeurait immobile, elle ouvrit les yeux, et retrouva en un instant ce qui avait existé autrefois entre eux. Elle se cramponna à lui fougueusement.

Baisers silencieux, désir grandissant, et enfin assouvissement qui les laissa haletants dans un univers réservé à eux seuls.

Dans le calme qui s'ensuivit, la réalité apparut à Eden avec une clarté étonnante. Elle était certes prisonnière d'Aigle de Fer, mais lorsqu'elle était dans ses bras, il était tout aussi prisonnier qu'elle.

Il lui murmurait alors des mots doux en kiowa. Elle n'était pas certaine d'en comprendre le sens, mais elle ne se permettrait pas de les remettre en question. C'était un secret – des mots précieux au cœur d'Aigle de Fer –, une énigme amoureuse qu'ils étaient seuls à partager.

Ces moments privilégiés prirent fin quand l'aube perça l'ombre de sa lumière argentée.

La journée commençait.

Réfrénant difficilement son agitation, Jesse Rowe regarda le calme Doc Bitters se pencher sur le lit de Tom Richards. Il venait tôt le matin, comme tous les jours depuis l'attaque du rancher, mais il ne parlait guère.

— Comment vous sentez-vous, Tom ?

Rowe gémit intérieurement. Doc Bitters commençait toutes ses visites de la même façon, et le résultat était aussi toujours le même. Richards essayait de parler, ses yeux exprimaient une panique croissante devant ses échecs répétés, puis le médecin demandait invariablement :

— Vous mangez un peu, Tom ?

Rowe eut un petit reniflement de mépris. Il avait déjà dit à ce satané médecin qu'il avait réussi à lui faire avaler quelques bouchées de purée aux heures des repas, mais même un simple d'esprit aurait compris que le vieil homme dépérissait.

Doc Bitters approcha son oreille des lèvres tremblantes de Richards, puis il se redressa et secoua la tête.

— Je n'ai aucune nouvelle d'Eden ni de votre petit-fils. Le shérif Duncan laisse l'armée prendre l'affaire en main.

La frêle silhouette de Richards eut une sorte de soubresaut.

— Ne vous excitez pas, ou vous allez faire une nouvelle crise.

Doc Bitters se tourna vers Rowe, l'air préoccupé.

— Vous n'avez toujours pas de nouvelles de McGill et de Masters ?

— Non. Ils sont pas rentrés, et on a aucune idée de ce qu'ils font, ni de comment ça se passe.

Richards ferma les yeux.

— Regardez-moi, Tom, ordonna le médecin au vieil homme qui obéit. Il faut affronter la réalité. Cela ne sert à rien de vous ronger les sangs comme vous le faites. Concentrez-vous sur votre santé pour être en forme quand Eden et votre petit-fils reviendront. En attendant, pourquoi ne pas envoyer Curry au fort, histoire de voir où ils en sont ?

Rowe secoua la tête.

— On l'a déjà fait, mais ils savent rien. Ils envoient patrouille sur patrouille, mais elles rentrent toujours bredouilles.

Doc Bitters haussa les épaules.

— Eh bien, pas de nouvelles, bonnes nouvelles, comme on dit. Vous avez deux hommes bien qui les recherchent, ils vont les trouver.

Il ramassa sa sacoche et sortit, Rowe sur ses talons. Celui-ci attendit à peine que la porte soit fermée pour aboyer :

— Il est temps de donner des réponses, Doc !

Le médecin lui fit face.

— Si vous parlez de la santé du vieux bonhomme, je n'ai rien de plus à vous dire. Je ne sais pas s'il survivra à cette attaque. S'il n'était pas aussi opiniâtre, il serait probablement déjà mort.

— Alors ?

— Alors le simple fait qu'il ait tenu jusque-là joue en sa faveur. Son état semble s'améliorer quelque peu. Il parvient à articuler quelques mots.

— Non, il n'y arrive pas.

Doc Bitters haussa les sourcils.

— Il vient de me dire quelques mots.

Cette fois, ce fut Rowe qui haussa les sourcils.

— Je croyais juste que vous jouiez le jeu avec lui.

— Il a demandé des nouvelles d'Eden et du petit. il articule mal, mais j'ai bien entendu le nom d'Eden.

— Ça veut dire qu'il va s'en sortir ? insista le cuisinier.

— Je vous le répète, je n'en sais rien.

— Bon sang, vous êtes toubib, non ? Et vous ne savez rien ?

Doc Bitters soutint le regard de Rowe durant de longues secondes avant de répondre :

— Je fais tout ce que je peux pour lui. Ce qui n'est pas rien, étant donné ce que je sais du passé et compte tenu de mes sentiments personnels. J'ai l'impression qu'il commence à voir les choses différemment, et je ne pense pas que ça l'aide à se reposer.

— Vous voulez dire qu'il a une responsabilité dans tout ce gâchis ?

— Je repasserai demain.

— Doc…

Le cuisinier se rembrunit comme la porte claquait derrière le médecin. C'était la deuxième fois qu'il faisait ça, et ce n'était pas bon signe.

Eh bien, il savait ce qu'il lui restait à faire.

Jimmy remua, puis s'assit sur sa paillasse et regarda Eden qui versait dans un bol de bois le contenu fumant du récipient que l'on avait déposé devant le tipi, comme d'habitude. Aigle de Fer était parti sans un mot d'explication, laissant la mère et le fils seuls. Eden tendit le bol à Jimmy qui s'en empara sans enthousiasme.

Une semaine s'était écoulée depuis qu'Aigle de Fer avait amené Jimmy au campement, et ç'avait été une semaine pour le moins curieuse. Le premier jour, surtout, avait été difficile. À peine sortie des bras d'Aigle de Fer, Eden avait lu la peur sur le visage de son fils quand Aigle de Fer l'avait réveillé et lui avait ordonné de se lever. Elle l'avait vu lutter vaillamment pour refouler ses larmes lorsque Aigle de Fer lui avait dit qu'ils allaient sortir à cheval tous les deux, et laisser sa mère au campement.

Elle avait protesté, mais l'Aigle de Fer qui s'était tourné vers elle ne ressemblait en rien à celui qui lui murmurait des mots d'amour quelques minutes auparavant. Elle avait frémi sous son regard froid, et quand il avait de nouveau ordonné à Jimmy de le suivre, elle avait compris que si elle s'insurgeait de nouveau, cela ne ferait que rendre la situation encore plus pénible pour son fils.

La journée lui avait paru interminable. Elle avait attendu que Femme Rapide vienne la chercher, puis, comme cette dernière ne se montrait pas, elle était sortie du tipi pour constater que les femmes étaient déjà parties vaquer à leurs occupations, y compris Femme Rapide. Elle s'était rendu compte à retardement qu'Aigle de Fer, fidèle à sa parole, avait donné l'ordre qu'on la laisse évoluer librement dans le camp.

Librement ! C'en était presque comique ! Elle avait passé la journée à se demander où était Jimmy... ce qu'il faisait... s'il allait bien. Puis elle l'avait vu rentrer au milieu de chasseurs qui avaient visiblement eu du succès ce jour-là. Lorsque Aigle de Fer l'avait posé à terre, il s'était précipité dans ses bras... et il souriait.

— Quand est-ce qu'on rentre à la maison, maman ?

La question de Jimmy prit Eden de court.

Le jour suivant s'était déroulé comme le premier, et ainsi de suite. Jimmy s'endormait dès qu'il avait la tête sur la couche, pour ne se réveiller que lorsque la main ferme d'Aigle de Fer le secouait, à l'aube. Mais il n'avait pas emmené Jimmy ce matin-là, et quand Eden risqua un coup d'œil à l'extérieur, elle vit Homme Debout qui montait la garde.

Homme Debout. Le frère de Biche Alerte. Eden n'aimait pas du tout la façon dont ils discutaient à voix basse en regardant dans sa direction. Elle n'avait pas confiance en eux, et elle...

— Maman !

Et voilà que Jimmy voulait savoir quand ils rentreraient au ranch !

Elle s'efforça de sourire.

— Je ne sais pas, Jimmy.

Les joues de son fils avaient pris une belle couleur dorée à force de chevaucher sous le soleil.

— Grand-père se trompait, déclara-t-il tout à trac. Les *Injuns* veulent pas me scalper.

Le sourire d'Eden s'effaça.

— Non, les *Injuns* ne veulent pas scalper tout le monde. Grand-père voulait dire que les *Injuns* scalpent parfois leurs ennemis au cours d'une bataille.

— Grand-père disait que tous les *Injuns* voulaient tuer les gens et prendre leurs cheveux. Pourquoi il a dit ça si c'est pas vrai ?

— C'est vrai pour grand-père, Jimmy. Il n'aime pas les *Injuns*.

Jimmy fronça les sourcils.

— Quand je rentrerai à la maison, je lui dirai qu'il s'est trompé. Qu'Aigle de Fer est pas comme les méchants *Injuns* qu'il déteste.

— Jimmy…

Eden vint s'asseoir près de son fils et continua :

— Il y a beaucoup de vrai dans ce que grand-père t'a raconté. Il y a eu beaucoup de combats, et les *Injuns* ont tué certains de ses amis.

— Pas Aigle de Fer ! Il tuerait jamais quelqu'un ! Grand-père dit juste ça parce qu'Aigle de Fer est un *Injun*.

— Tu as raison. Il ne l'aime pas, surtout depuis qu'il nous a séparés de lui, toi et moi, et nous a amenés ici.

— J'ai demandé à Aigle de Fer pourquoi il avait fait ça, murmura l'enfant. Il m'a dit que grand-père et lui étaient furieux l'un contre l'autre à cause de quelque chose qui s'est passé il y a longtemps. Il a dit aussi qu'il punissait grand-père pour ce qu'il avait fait, et que c'était pour ça qu'il nous avait amenés ici, toi et moi, pour rendre grand-père encore plus furieux.

Eden ne répondit pas.

— Mais Aigle de Fer nous laissera rentrer au ranch.

Le cœur d'Eden fit un bond.

— Il te l'a dit ?

— Non, mais je le sais. Il m'apprend à chasser comme un garçon kiowa. Il dit que ça me sera utile.

Eden frissonna d'appréhension.

— Les choses ne sont pas toujours ce qu'elles paraissent, Jimmy. Je ne veux pas que tu t'attaches trop à lui.

— Il t'aime bien, maman.

— Il l'a dit ?

— Oui, parce que je lui ai demandé. Je lui ai demandé pourquoi tu dormais sur sa couche avec lui, et il m'a répondu que la première fois qu'il t'a amenée ici, tu étais en colère et il pensait que tu allais essayer de t'enfuir... alors pour t'en empêcher, il te gardait contre lui. Il dit que maintenant il est bien comme ça, et toi aussi.

Eden se garda de tout commentaire.

— Je lui ai dit que les gens dans la diligence racontaient qu'il s'était échappé de prison et que l'armée le recherchait.

— Et qu'a-t-il répondu ?

— Que c'était vrai. Que l'armée l'avait jeté en prison par erreur, et qu'il s'était sauvé parce que c'était pas agréable. Il a dit qu'il y retournerait jamais. Tu crois qu'il est fâché contre moi ? reprit l'enfant après un bref silence.

— Pourquoi le serait-il ?

Le petit haussa les épaules.

— Il m'a pas emmené avec lui, aujourd'hui.

Eden eut le cœur serré.

— Je ne pense pas que c'est parce qu'il est fâché. Il allait sûrement dans un endroit où l'on n'emmène pas les petits garçons.

— Il va se battre contre des soldats, maman ?

— Je ne sais pas.

— J'espère que non.

Eden se tut un instant avant de reprendre :

— Serais-tu content si je parvenais à convaincre Aigle de Fer de te ramener à la maison ?

— Non. Je veux pas rentrer sans toi, maman.

Soudain peu désireuse de poursuivre cette conversation, Eden se leva.

— Mange ton petit-déjeuner, Jimmy.

Tandis qu'il s'exécutait, elle sortit sur le seuil du tipi et inspira l'air frais du matin, mais elle était toujours nouée. Jimmy était perturbé, il ne savait plus que penser, que croire. Il fallait qu'elle le sorte de ce campement avant qu'il ne soit trop tard, avant…

Une impression de malaise la fit se retourner brusquement. Biche Alerte la regardait d'un œil mauvais.

Oui, il fallait qu'elle quitte cet endroit… avant qu'il ne soit trop tard.

À plat ventre sur la pente, son cheval dissimulé à quelques pas de là, il était monté jusqu'à cet endroit stratégique d'où il avait une vue parfaite sur le fort. Il était là depuis le lever du soleil, déterminé à poursuivre une surveillance qui avait été interrompue quand il avait amené Jimmy Broker au campement.

Il se blinda contre des sentiments qu'il ne pouvait se permettre d'éprouver. Conscient de sa faiblesse vis-à-vis d'Eden, il avait délibérément emmené l'enfant avec lui chaque matin afin de lui démontrer qu'il était parfaitement maître de la situation. Il avait vu son soulagement quand elle accueillait l'enfant à son retour, et avait alors su qu'il avait gagné sur un point : Eden ne tenterait pas de s'échapper tant que l'enfant demeurerait vulnérable.

La situation s'était toutefois compliquée de façon imprévue. En effet, il ne s'attendait pas à se prendre d'affection pour le petit. Il ne se croyait pas capable de surmonter l'amertume qu'il éprouvait chaque fois qu'il pensait au père de l'enfant – à l'homme qui l'avait si facilement remplacé dans le cœur d'Eden. Il n'avait pas envisagé d'éprouver de telles affinités avec Jimmy, ni de se sentir si fier de l'intelligence évidente de l'enfant et de son inquiétude silencieuse pour sa mère. Il n'était pas prêt pour la tristesse qui s'emparait de lui dès qu'il se rappelait que cet interlude prendrait bientôt fin.

Une soudaine effervescence dans le fort interrompit ses pensées. Les portes s'ouvrirent, et une patrouille les franchit fièrement. Aigle de Fer ne put retenir un sourire. Si les soldats avaient su que l'homme qu'ils recherchaient si activement était tout proche, en train d'observer leurs manœuvres futiles !

Son sourire s'effaça lorsque la patrouille disparut à ses yeux. Il ne pouvait pas se permettre de se montrer trop sûr de lui. Il avait entendu les guerriers parler d'estafettes qui entraient au fort et en sortaient, d'expéditions de plus en plus fréquentes. Il se tramait quelque chose, et il ne voulait surtout pas que son campement soit attaqué par surprise, comme cela avait été le cas autrefois.

Deux cavaliers apparurent sur la piste, chevauchant en direction du fort, et Aigle de Fer plissa les yeux. Il pinça les lèvres en reconnaissant Masters, le cow-boy qui avait posé les mains sur Eden et avait suscité sa colère à cause de ce geste déplacé. L'autre homme était Jim McGill, dont il se souvenait aussi.

Il étudia les deux individus plus attentivement. Ils semblaient seuls et, vu leur apparence, devaient être sur la route depuis un bout de temps. Il réfléchit. Masters avait deux bonnes raisons de s'intéresser à lui : le désir de ramener Eden au ranch, et l'envie de se venger. Quant à McGill, il avait trempé jusqu'au cou dans les événements qui, cinq ans auparavant, l'avaient envoyé en prison. Les deux hommes ne seraient satisfaits que lorsqu'ils auraient exercé *leur* justice.

Aucun doute, ces individus le traquaient.

Aigle de Fer s'assombrit. Le fait que ces hommes aient échoué jusqu'à présent lui apportait bien peu de satisfaction, car leur présence confirmait une dure réalité : son peuple et lui n'avaient plus guère de temps devant eux.

Il les regarda pénétrer dans le fort. Il ne pouvait plus se permettre d'attendre pour agir.

— Je ne rentre pas avec toi !

Masters mit pied à terre et se tourna vers McGill. L'air amer et déterminé, il poursuivit :

— Tu peux retourner écouter le vieux Richards radoter et ronchonner si ça te chante, quant à moi, je n'ai aucune intention de perdre mon temps là-bas.

McGill s'efforça de garder son calme.

— Ce n'est pas au Diamond R que tu perdras ton temps, mais plutôt ici, à regarder les patrouilles aller et venir sans apporter aucune nouvelle.

— Peut-être. Ou peut-être que je serai là où je dois être s'il y a du nouveau. Peut-être que je serai capable de réagir assez vite pour que ce salaud de Kiowa ne nous échappe pas une fois de plus.

— Tu rêves, Masters ! Ce Kiowa ne commettra pas d'erreurs stupides. Il est trop malin pour tout gâcher maintenant, alors que ça marche si bien pour lui.

Une expression de pure malveillance sur les traits, Masters répliqua :

— Tu as raison. Ce Kiowa est malin, mais il ne va pas laisser cette affaire traîner en longueur. Il a soif de vengeance, et ça ne lui suffira pas d'avoir fichu les jetons au vieux. Tôt ou tard, il voudra du sang – et à ce moment-là, je serai prêt.

— Si tu raisonnais un peu, rétorqua McGill, désapprobateur, tu te rendrais compte que le meilleur endroit où le trouver quand ça se produira, c'est le Diamond R.

— Faux ! Il y aura des signes, d'une manière ou d'une autre, quand ce Kiowa se préparera à frapper, et le seul endroit où on aura une chance de les voir, c'est ici, au fort.

— Ici où tous les soldats sont tellement calés pour lire les signaux *injuns*…

— Non, ici où les patrouilles qui cherchent les *Injuns* auront l'occasion de remarquer le moindre changement.

— Tu t'accroches à des broutilles, Masters.

— Et toi, tu baisses les bras, McGill !

Ce dernier esquissa un rictus.

— Possible. Peut-être que j'en ai assez d'aller à droite à gauche en ayant l'impression que les yeux de ce Kiowa sont fixés sur mon dos.

— Moi, je n'en ai pas assez. Je ne serai satisfait que lorsque je le regarderai droit dans les yeux.

— Ouais… Eh bien, bonne chance.

McGill descendit de son cheval et enroula les rênes au poteau d'attache.

— Je vais parler avec le chef une dernière fois avant de partir.

Masters eut un reniflement méprisant.

— Bonne chance à toi aussi.

Masters menait sa monture vers l'écurie quand McGill cria :

— Qu'est-ce que tu veux que je dise à Richards ?

Il ne fut pas surpris que Masters ne prenne pas la peine de lui répondre.

La journée avait été éprouvante.

Accroupie près du ruisseau, Eden regardait l'outre de peau qui se remplissait lentement d'eau, puis elle leva les yeux vers le ciel. Le soleil n'allait pas tarder à se coucher et Aigle de Fer n'était toujours pas rentré. Jimmy comptait les minutes depuis un bon moment déjà.

La gorge d'Eden se serra. Elle ne s'était pas rendu compte que son fils développait un tel attachement pour Aigle de Fer, et ça la tracassait. Aigle de Fer avait ses propres motivations, et Jimmy était si petit encore ! Il ne pouvait comprendre les subtilités des relations entre adultes. Comment lui expliquer que les sentiments qu'Aigle de Fer éprouvait pour elle étaient contradictoires, dictés à la fois par un besoin de revanche et par un désir physique que stimulaient les souvenirs d'un passé qui n'avait aucune chance de renaître ? Comment lui dire que ses propres sentiments étaient si fluctuants qu'elle ne savait jamais exactement ce qu'elle éprouvait à l'égard d'Aigle de Fer ? Comment lui faire comprendre que les événements cruels du passé interféraient sans cesse entre Aigle de Fer et elle, que tout cela ne pouvait conduire qu'au désastre, et qu'elle voulait que son fils soit en sécurité avant que le pire se produise ? Et surtout, comment expliquer ce désir qu'elle ressentait à l'égard d'un homme qui représentait la plus importante menace physique pour Jimmy et elle, un homme qui, elle le savait à présent, n'existait que dans son esprit ?

Elle ne le pouvait pas. Elle n'essaierait même pas.

Elle se redressa, l'outre pleine à la main, et reprit la direction du campement. Elle savait que personne n'épiait ses allées et venues. À quoi bon, alors que Jimmy était si bien surveillé ?

Arrivée au bout du chemin, elle jeta un coup d'œil au tipi devant lequel elle avait laissé son fils jouer, mais il n'y était plus. Elle hâta le pas, souleva l'abattant de la tente. Il n'était pas à l'intérieur non plus.

Le cœur battant, elle sortit et scruta les environs. Elle aperçut Homme Debout à quelque distance de là et s'élança vers lui.

— Où est mon fils ? l'interrogea-t-elle en lui agrippant le bras.

Homme Debout se dégagea d'une secousse.

Refusant de se laisser intimider, Eden insista :

— Je sais que vous comprenez ce que je dis. Où est mon fils ?

Homme Debout demeura silencieux.

Affolée, elle s'écria :

— Aigle de Fer m'a promis qu'il n'arriverait rien à mon fils ! Je veux savoir où il est !

Homme Debout plissa les yeux, puis désigna un bouquet d'arbres de la main.

Eden s'y rendit en courant. Désorientée par le brusque changement de lumière quand elle pénétra sous le couvert des arbres, elle appela :

— Jimmy ! Où es-tu ?

Pas de réponse.

— Jimmy ! cria-t-elle, au bord de la panique.

— Je suis là, maman !

Suivant le son de sa voix, Eden se rua vers une petite clairière où elle découvrit Biche Alerte en compagnie de son fils. La haine dans les yeux de l'Indienne n'avait d'égale que la fureur d'Eden.

— Que faites-vous avec mon fils ?

— Ton fils est le prisonnier d'Aigle de Fer… comme toi, répliqua-t-elle, à la grande surprise d'Eden, qui ignorait qu'elle s'exprimait aussi couramment dans sa langue. Je n'ai pas de comptes à te rendre.

Se tournant vers Jimmy, Eden lui demanda doucement :

— Tu crois que tu serais capable de retrouver ton chemin jusqu'au camp ?

Le petit fronça les sourcils, agacé.

— Bien sûr ! Je suis plus un bébé !

— Alors, rentre et attends-moi dans le tipi d'Aigle de Fer.

— Mais Biche Alerte a dit que je pouvais…

— Rentre tout de suite au tipi !

Après une brève hésitation, Jimmy obtempéra. Eden attendit qu'il ait disparu pour se tourner vers Biche Alerte.

— Tenez-vous à l'écart de mon fils !

— Tu n'as pas d'ordres à me donner !

Eden fit un pas en avant.

— Je vous demande de laisser mon fils tranquille ou vous le regretterez ! siffla-t-elle.

— Alors comme ça, la prisonnière menace Biche Alerte, lança cette dernière avec un rire strident qui arracha un frisson à Eden. La prisonnière croit qu'elle a envoûté Aigle de Fer pour qu'il ne voie rien de mauvais en elle… et se retourne contre son propre peuple comme elle le souhaiterait, mais elle se trompe.

— Je me moque d'Aigle de Fer ! Seul mon fils m'intéresse !

— Tu cherches à te venger d'Aigle de Fer parce qu'il te retient prisonnière. Tu essaies de le salir aux yeux de son peuple afin qu'ils entrent en lutte avec lui, mais je ne te laisserai pas jouer ainsi avec lui.

— Je vous interdis de vous approcher de son fils !

Le visage déformé par la rage, Biche Alerte cracha :

— J'obligerai mon peuple à voir la vérité : que ton fils n'est pas différent des enfants kiowas qui sont morts quand ton père a brûlé notre campement il y a cinq ans. Ils voudront se venger sur lui, comme moi, et tu n'auras pas le pouvoir de le protéger !

Eden tremblait de tous ses membres.

— Je vous avertis : blesser mon fils serait blesser aussi Aigle de Fer.

— Aigle de Fer admettra la vérité ! Il se soumettra à la volonté de son peuple.

— Non !

— Aigle de Fer a promis vengeance à son peuple. Il s'inclinera devant la volonté des siens.

— Jamais il ne ferait ça !

— Tu cherches à ensorceler Aigle de Fer grâce à ton corps, mais Aigle de Fer détestera ta peau blanche quand on le forcera à se rappeler tout le sang qui a été versé en ton nom.

Au bord du désespoir, Eden articula d'une voix rauque :

— Vous commettriez une erreur plus grave que vous ne l'imaginez en touchant à mon fils.

— Sang pour sang ! C'est la loi des Kiowas.

— Sang pour sang… mais est-ce la loi des Kiowas que de verser son *propre sang* pour exercer sa vengeance ?

— Ton fils…

— En faisant couler le sang de mon fils, vous feriez aussi couler du sang kiowa ! Le sang d'Aigle de Fer !

— Aigle de Fer…

— Jimmy est le fils d'Aigle de Fer !

Les yeux écarquillés, Biche Alerte recula d'un pas.

— Je ne te crois pas !

— Vous ne voulez pas me croire, mais vous savez que c'est la vérité, riposta Eden. Le sang d'Aigle de Fer coule dans les veines de mon fils. Si vous versez ce sang, vous verserez aussi celui d'Aigle de Fer, et il…

Mais Biche Alerte ne l'écoutait plus. Le regard anxieux, elle fixait un point derrière Eden.

Celle-ci se retourna vivement. Et se figea en découvrant Aigle de Fer.

S'apercevant à peine que Biche Alerte s'enfuyait, Aigle de Fer fixait Eden, toujours pétrifiée sur place.

— C'est vrai ?

À l'incrédulité succédait lentement une rage dévorante.

— Jimmy est mon fils ? insista-t-il.

— Je… je…

En deux enjambées, Aigle de Fer fut sur elle et l'agrippa brutalement par les bras.

— Jimmy est-il mon fils ?

— Je ne pouvais pas te le dire, souffla Eden. J'avais peur que tu ne tentes de me l'enlever.

Il la lâcha si brusquement qu'elle trébucha en arrière.

— Tu mens ! répliqua-t-il, venimeux. Si tu ne m'as rien dit – si tu n'as rien dit à personne –, c'est parce que tu ne voulais pas qu'on sache qu'il avait du sang kiowa dans les veines.

— C'est faux ! protesta-t-elle avec véhémence en risquant un pas vers lui. Je ne voulais pas que cela se sache, en effet, mais pas parce que j'avais honte. Je savais ce que Jimmy devrait affronter si quelqu'un découvrait qui il était. Tu as tué Witt ! Tu lui as tiré dans le dos, et tu es allé en prison ! Ours Solitaire, ton oncle, s'en est pris à mon père. Si je ne l'avais pas abattu, il l'aurait tué. J'étais entouré de gens qui haïssent les Indiens. Tu crois que j'avais envie que mon fils devienne à son tour l'objet de cette haine ?

— Je t'ai dit que je n'avais pas tiré dans le dos de Witt Bradley, mais tu as préféré croire les autres plutôt que moi. Tu savais que ton père était responsable de l'anéantissement d'un paisible campement kiowa, mais tu as refusé de l'admettre parce que c'était plus facile ainsi. Et quand Ours Solitaire a attaqué ton père dans un désir de vengeance justifiée, tu l'as abattu sans pitié.

— Je n'avais pas le choix ! C'était à mon *père* qu'il s'en prenait !

La fureur d'Aigle de Fer était presque palpable quand il reprit :

— Tu as donné mon fils à un autre homme !

— Il fallait que je le protège, par tous les moyens.

— Tu lui as appris à haïr son propre peuple.

— Non !

— Et quand je suis revenu, tu as continué à me tromper… même lorsque je te tenais dans mes bras.

— Je suis ta prisonnière ! Tu es recherché par l'armée, ta vie est menacée, et celle de Jimmy le serait aussi si on apprenait que c'est ton fils.

— Ainsi donc, tu n'aurais pas hésité à me tenir éloigné de mon fils à jamais.

— Sinon tu me l'aurais enlevé !

Aigle de Fer la contemplait. Ces beaux yeux qui charmaient… ces lèvres douces qui trichaient… ce corps tiède qui savait si bien mentir.

— Que… que comptes-tu faire, à présent ? risqua Eden d'une voix tremblante.

C'était du mépris, à présent, qui montait en lui.

— Aigle de Fer…

Écœuré, il pivota sur ses talons et s'éloigna sans un mot.

Rowe n'en revenait pas. Mullen se remettait remarquablement bien de ses blessures en dépit de leur gravité. Il était maintenant suffisamment solide pour répondre aux questions qu'il se devait de lui poser.

Mais les réponses étaient dures à entendre ! Refusant d'une certaine manière de les accepter, Rowe insista :

— Tu me dis que vous avez tous incendié ce campement kiowa sans laisser la moindre chance aux gens ?

— On a fait ce qu'ils auraient fait s'ils avaient été à notre place. Et il n'y avait pas que les gars du Diamond R. Les voisins étaient là aussi – Jesse Walters, Sam Hart, Larry Neece, Martin Lane. Même les adjoints du shérif Duncan étaient avec nous.

— C'est là qu'Aigle de Fer a été blessé.

— Non. Ce salaud n'était pas là quand on est arrivés, et Richards était sacrément contrarié. On a quand même mis le feu au campement, mais le patron ne voulait pas qu'Aigle de Fer s'en tire si facilement. Il était sûr qu'il se montrerait à un moment ou à un autre, alors il y est retourné, et je l'ai accompagné. Je n'aurais jamais dû l'empêcher d'achever l'*Injun*. Le problème aurait été réglé une bonne fois pour toutes.

Rowe n'en croyait pas ses oreilles.

— Tout ça… parce que Eden voyait Aigle de Fer ?

— Tour ça à cause de ces meurtriers de Kiowas ! Ces *Injuns* qui massacraient tout le monde dans la région ! Il n'y en avait pas un, dans notre équipe, qui n'ait une hache de guerre à déterrer. Le patron s'est contenté de nous fournir l'occasion qu'on attendait tous.

Rowe secoua la tête. Les pièces du puzzle commençaient à se mettre en place.

— C'est pour ça que le shérif Duncan n'a pas voulu prendre part à la chasse à l'homme, cette fois-ci. Il ne voulait pas que la même chose se reproduise.

Mullen pinça les lèvres.

— Le shérif a ses raisons… nous, on a les nôtres.

— Et maintenant, le patron n'a plus rien… Plus de fille, plus de petit-fils, plus de vie.

— C'est la faute de ce Kiowa !

— Je n'en suis pas si sûr.

— Je me fiche de savoir de quoi tu es sûr ou pas. Witt Bradley était un type bien. Il voulait seulement le bien d'Eden… et il est mort à cause de cet Indien !

— Aigle de Fer lui a tiré… dans le dos ?

Mullen hésita.

— Il est mort, non ? lâcha-t-il finalement.

— Tu veux dire que…

— Je dis que ce ranch était un chouette endroit pour nous tous jusqu'à ce que cet *Injun* revienne au Texas dans ses beaux habits de citadin de l'Est en pensant qu'il trouverait sa place entre nous autres et ces païens d'Indiens. À cause de lui, tout a changé, et il n'y a pas un type sur ce ranch qui n'ait envie de le lui faire payer.

— On dirait qu'Aigle de Fer a eu la même idée.

— Ouais ? Eh bien, ça ne marchera pas. Ça va dans son sens pour l'instant, mais on va ramener Eden et le gamin, et ensuite…

Mais Rowe n'écoutait plus. Il sortit sans un mot. Il avait obtenu les réponses à ses interrogations, et en avait suffisamment entendu.

Le soleil était couché depuis longtemps, et Jimmy dormait.

Assise sur le sol, Eden contemplait son fils, en proie à un flot d'émotions contradictoires. Jamais elle n'oublierait l'expression d'Aigle de Fer quand il avait appris la vérité. Jimmy… son fils. Comment avait-il pu ne pas s'en rendre compte au premier regard ? Certes, la ressemblance physique n'était pas frappante. Jimmy était blond, il avait la peau claire, mais ses yeux…

Eden avait vu Aigle de Fer dans les yeux de son fils dès la naissance. L'enfant avait le regard vif et acéré de son père. Des yeux si noirs qu'ils semblaient sans fond, tout en étant le clair miroir de ses émotions. Si le visage de Jimmy avait encore la rondeur de l'enfance, les pommettes hautes et la mâchoire volontaire d'Aigle de Fer étaient déjà visibles pour qui possédait un œil attentif.

Or Eden possédait un tel œil. Elle avait recherché ces traits, et avait été à la fois fière et un peu inquiète quand elle les avait vus apparaître progressivement.

Aigle de Fer, lui, ne s'en était pas soucié quand il l'avait plantée dans la clairière. Elle s'était élancée à sa suite, et avait juste eu le temps de le voir sauter en selle, puis galoper en direction du couchant. Il n'était toujours pas rentré.

Eden jeta un coup d'œil au ciel étoilé par le trou de la cheminée. Le campement dormait, et tout était calme. Bouleversée par la colère d'Aigle de Fer, elle n'avait pas quitté son fils d'une semelle depuis qu'elle avait regagné le tipi. Elle avait décidé de ne pas le perdre de vue tant qu'elle ne se serait pas expliquée avec son père.

Elle ferma brièvement les yeux. Comment allait-elle expliquer à Aigle de Fer des choses qu'elle n'était pas certaine de comprendre elle-même ?

Elle soupira et essuya une larme. Une chose était sûre cependant : elle devait apaiser la colère d'Aigle de Fer, et réussir à le convaincre qu'elle était parfaitement honnête en affirmant qu'elle n'avait jamais eu honte qu'il soit le père de son enfant.

Jimmy soupira et remua dans son sommeil. Eden lui caressa la joue. Non, elle ne bougerait pas d'un pouce tant qu'Aigle de Fer ne serait pas rentré.

Elle s'allongea près de son fils, et, bercée par sa respiration régulière, elle s'endormit.

Elle se réveilla en sursaut. Un peu perdue, elle cligna des yeux dans la brillante lumière du soleil qui filtrait par le trou de la cheminée, puis se tourna vers Jimmy.

Personne.

Le cœur battant follement, elle se redressa. La couchette d'Aigle de Fer était vide aussi. Le feu était éteint, le silence régnait.

— Jimmy ! cria-t-elle en bondissant sur ses pieds.

Elle écarta l'abattant de la tente et sortit, tremblant si violemment qu'elle tenait à peine debout.

— Jimmy ! Où es-tu ?

Elle s'aperçut soudain que le silence s'était fait autour d'elle. Elle regarda Femme Rapide qui se détourna en hâte. Les autres femmes réagirent de même.

Folle d'inquiétude, Eden ouvrait la bouche pour appeler de nouveau son fils quand Biche Alerte s'approcha, menant un cheval à la longe.

— Où est mon fils ? parvint-elle à articuler d'une voix enrouée. Qu'avez-vous fait de lui ?

— Je n'ai rien fait. Aigle de Fer a emmené *son* fils avec lui.

— Je ne vous crois pas!

— Regarde Femme Rapide, rétorqua Biche Alerte, irritée. Ses yeux te diront la même chose.

Eden jeta un coup d'œil à Femme Rapide, qui s'était risquée à la regarder de nouveau, et eut la confirmation des propos de Biche Alerte.

— Où l'a-t-il emmené?

Biche Alerte esquissa un sourire.

— Aigle de Fer a dit que tu étais libre de partir. Personne ne t'en empêchera.

Eden fit un pas vers elle.

— Je ne m'en irai pas! J'attendrai qu'il revienne!

— Aigle de Fer ne reviendra pas! lâcha Biche Alerte d'un ton triomphal. Il est parti définitivement. Il compte élever son fils comme un véritable Kiowa, et te fait savoir que tu ne le reverras plus jamais.

Pétrifiée, Eden fut incapable de répondre.

Biche Alerte lui fourra les rênes de force dans la main.

— Cette bête est à toi, reprit-elle. Aigle de Fer l'a laissée en échange de ton fils.

— En échange...

— Prends ce cheval et va-t'en. Personne ne veut de toi, ici.

Eden eut du mal à se retenir de frapper le visage balafré de la jeune squaw. Elle repéra la position du soleil. Quelques heures seulement s'étaient écoulées depuis l'aurore. Aigle de Fer et Jimmy ne devaient pas être très loin. Les sabots ferrés de la jument du petit seraient faciles à repérer sur le sol sec. Elle les retrouverait.

Sans un regard pour le groupe qui avait observé la scène en silence, elle se hissa en selle, et enfonça les talons dans les flancs de sa monture qui s'élança au galop.

Un cri s'éleva des remparts du fort.

— Un cavalier approche, major Peters ! Un messager.

Le major, qui traversait la cour, s'arrêta net et fit une grimace. Il était à peine plus de midi. Les messagers arrivaient avec une régularité d'horloge, maintenant ! Il en avait assez de ces courriers que lui envoyaient des politiciens qui n'avaient pas la moindre idée de ce qui se passait ici.

Agacé, il fit volte-face et se dirigea vers son bureau. Qu'il soit damné s'il prenait le message à la vue de tous ! Il était piètre comédien, et son dégoût de ces balivernes qui passaient pour des ordres officiels serait trop visible dans un contexte où le moral était déjà au plus bas.

— Envoyez le messager dans mon bureau dès son arrivée, caporal.

Rebroussant chemin, le major Peters se dirigea vers son bureau avec toute la dignité dont il était capable. Ce message était sans aucun doute la réponse au rapport qu'il avait envoyé un peu plus tôt. Il espérait que ses déclarations brutales avaient fait l'effet d'un coup de pied dans la fourmilière. Tout plutôt que rester inactif pendant que les tribus locales se moquaient de ses hommes et de lui-même !

Il s'immobilisa abruptement en apercevant le civil à la barbe hirsute appuyé au mur.

— Vous êtes encore là, monsieur Masters, s'étonna-t-il.

À son crédit, l'homme se détacha du mur avec un semblant de respect pour répondre :

— En effet, major.

— Vous n'avez pas trouvé la moindre trace de Mlle Richards, je présume.

— C'est vrai.

— Rien non plus sur le garçon ?

— Rien.

— Dans ce cas, puisque personne ne semble capable de repérer ces Indiens, j'en déduis que mes hommes ne sont pas aussi inefficaces qu'on le prétend.

Masters eut un sourire qui ressemblait davantage à un rictus.

— Oh mais si, ils le sont. Et pour le moment, je le suis autant qu'eux. Mais je vais faire en sorte que ça change. Et le meilleur endroit où je puisse être en attendant, c'est ici.

Quoique l'insulte ait été délibérée, le major Peters ne put s'empêcher de ressentir un élan de sympathie pour cet homme. À sa place, avec deux personnes qui lui étaient visiblement chères enlevées par un Kiowa pendant que toute une unité militaire restait impuissante, il n'aurait pas pris les choses aussi calmement.

Il observa plus attentivement Masters. Non, ce dernier n'était pas calme. Il était la proie d'une rage froide… et il patientait. C'était un individu à surveiller de près.

— Je suis navré, monsieur Masters, reprit le major. Soyez assuré que j'ai l'intention de tout faire pour que Mlle Richards et son fils rentrent chez eux sains et saufs.

— Pour sûr, major.

Comme il s'éloignait, le major sentit le regard de Masters lui fouailler la nuque. Celui-ci ne pensait pas un mot de ce qu'il lui avait dit, et il ne pouvait le lui reprocher.

Quelques minutes plus tard, le major était assis à son bureau lorsqu'on frappa à la porte. Le messager lui remit le communiqué. Il le lut lentement, le relut, puis le posa sur sa table, les mâchoires crispées.

— J'ai faim !

Aigle de Fer jeta un coup d'œil par-dessus son épaule à l'enfant qui chevauchait derrière lui sur sa petite jument. Jimmy… Son fils.

Une émotion jusqu'alors inconnue le submergea quand le petit croisa franchement son regard. Ses yeux étaient si semblables à ceux d'Ours Solitaire qu'il se demanda comment il avait pu se laisser berner à ce point. Mais l'avait-il vraiment été ? Il avait été immédiatement attiré par le petit garçon en dépit du ressentiment qu'il éprouvait à l'idée qu'Eden ait pu concevoir un enfant avec un autre. Ses efforts pour demeurer détaché avaient échoué dès le début. Et, curieusement, quand il avait entendu Eden avouer à Biche Alerte que Jimmy était son fils, ç'avait été presque comme une confirmation de ce qu'il savait déjà.

Presque.

La rage familière jaillit de nouveau en lui. Eden lui avait délibérément caché la vérité ! Elle l'avait regardé dans les yeux sans ciller quand elle avait déclaré que Jimmy était son fils, à elle, et qu'elle s'était dressée contre lui avec le petit. Chaque soir, quand ils rentraient, elle étreignait l'enfant d'un air soulagé comme si elle avait craint pour sa sécurité. Et toutes ces nuits durant lesquelles ils avaient partagé une intimité telle qu'il sentait leurs cœurs battre à l'unisson, elle avait gardé son secret.

— Quand est-ce qu'on rentre ?

Aigle de Fer n'avait nul besoin de regarder le soleil descendre rapidement à l'horizon pour savoir qu'ils n'avaient aucune chance de regagner le campement avant la nuit. Mais Jimmy l'ignorait. Il était temps de le lui dire.

— Nous ne retournons pas au campement.

Le petit front se plissa.

— Maman va pas être contente. Elle sera fâchée qu'on lui ait rien dit.

Aigle de Fer ne répondit pas. Il n'avouerait pas à Jimmy qu'ils ne rentreraient ni cette nuit ni une autre. Il était trop petit pour se rendre compte qu'ils avaient pris une direction nouvelle. Et pour qu'il lui avoue qu'ils allaient voyager de longs jours avant d'atteindre leur destination, et qu'il ne reverrait jamais sa mère.

— Elle va être toute seule, tu sais, reprit Jimmy. Il y a des squaws qui l'aiment pas. Elles seront peut-être méchantes avec elle.

Aigle de Fer observa l'expression du petit garçon. Il avait vu le changement se produire chez lui quand le crépuscule s'était annoncé et qu'ils n'avaient pas fait demi-tour. Sa mère lui manquait. Et il se faisait du souci pour elle.

— Maman a personne pour s'occuper d'elle, insista-t-il.

Aigle de Fer sauta sur l'occasion pour l'interroger.

— Ta maman t'a-t-elle parlé de ton père ?

— Mon papa est mort.

— Elle ne t'a rien dit à son sujet ?

— Il était gentil, mais il est tombé malade. Mon grand-père et le vieux Rowe s'occupaient de moi quand maman partait travailler avec les cow-boys. Mon grand-père aime pas les *Injuns*, précisa l'enfant en détournant les yeux. Il dit qu'ils sont mauvais, mais quand je rentrerai à la maison, je lui dirai que toi, t'es pas méchant.

— Et si tu ne rentres pas au ranch, Jimmy ?

Le regard de celui-ci revint sur lui.

— Mon grand-père est vieux. Il va bientôt mourir, alors je crois qu'il faut pas que j'attende trop longtemps avant de retourner le voir.

— Et si je voulais que tu restes avec moi ?

Aigle de Fer avait une boule dans la gorge quand il ajouta :

— Si je voulais t'apprendre à devenir un grand guerrier kiowa ?

— Comme toi ?

Aigle de Fer ne répondit pas.

Jimmy était pensif.

— Je sais pas ce que maman dirait.

Eden.

Aigle de Fer poussa sa monture. Oui, Jimmy était trop jeune pour comprendre ce qui se passait... pour se rendre compte qu'ils s'éloignaient du camp, et du ranch, en direction d'un territoire où peu d'hommes connaîtraient le nom d'Aigle de Fer, et où il exercerait sa terrible vengeance simplement en gardant son fils avec lui.

Ce que Jimmy ignorait aussi, c'était que sa mère ne risquait pas d'être maltraitée par les squaws qui ne l'aimaient pas... *parce qu'elle les avait suivis la plus grande partie de la journée*.

Aigle de Fer s'autorisa à penser à elle. Il avait quitté le campement dès qu'elle avait révélé que Jimmy était son fils. Il était tellement hors de lui qu'il n'avait pu rester. Il avait poussé sa monture à la limite de ses forces, ne s'arrêtant que lorsqu'elle n'avait pu faire un pas de plus. Il avait passé une nuit agitée, l'esprit empli d'images d'Eden et de Jimmy. Lorsqu'il s'était réveillé, bien avant l'aube, sa décision était prise. Il ne pouvait souiller la mémoire de son père et d'Ours Solitaire en laissant son fils ignorer son héritage et mépriser son peuple. Il ne pouvait pas davantage permettre à sa faiblesse pour une femme de le détourner de la voie qu'il s'était tracé.

Il était arrivé au campement au lever du soleil et, comme d'habitude, avait réveillé son fils. Celui-ci n'avait pas rechigné pour le suivre. Il avait ensuite donné l'ordre de laisser Eden libre de ses mouvements et demandé qu'on l'informe que Jimmy ne reviendrait pas. Il savait qu'Eden ne prendrait pas le risque de révéler l'emplacement du campement, par peur des représailles à l'encontre de l'enfant.

Ce qu'il n'avait pas prévu, en revanche, c'était qu'elle se lancerait à leurs trousses. Ni qu'elle y mettrait tant d'acharnement – et moins encore qu'elle parviendrait à les retrouver.

Son œil de lynx avait décelé sa présence vers midi. Prenant soin de dissimuler davantage leurs traces, il ne l'avait pas perdue de vue tandis que la distance entre eux augmentait. Jimmy, bien sûr, ne s'était aperçu de rien. Aigle de Fer se demandait combien de temps Eden tiendrait avant de reconnaître son impuissance.

Mais elle n'avait pas renoncé.

Il se tourna une fois de plus vers le petit garçon qui dodelinait de la tête. Il était de toute évidence à bout de forces, mais ils ne pouvaient s'arrêter avant la nuit, quand Eden serait, elle aussi, contrainte de faire halte. Il craignait cependant que Jimmy ne tienne plus bien longtemps.

Aigle de Fer se pencha sur sa selle et souleva l'enfant pour le déposer devant lui. Il l'installa confortablement contre sa robuste poitrine, et se saisit des rênes de la jument.

Jimmy se laissa aller contre lui, son petit corps chaud si confiant qu'il en fut bouleversé.

Sa chair. Son sang.

Les paupières de l'enfant se fermèrent, et Aigle de Fer fut heureux de constater que son fils avait cessé provisoirement de s'inquiéter pour sa mère.

Mais celle-ci n'abandonnerait pas. Et lui non plus.

Elle éprouvait une soif presque intolérable, et son estomac criait famine tandis qu'elle menait son cheval à une allure régulière. La nuit n'allait pas tarder à tomber. Elle était folle, elle le savait ! Elle avait vécu toute sa vie dans ce Texas sauvage, et pourtant, elle avait laissé ses sentiments prendre le pas sur la raison, si bien qu'elle se retrouvait à présent dans une situation qui devenait rapidement désespérée.

Tout sens commun l'avait désertée lorsqu'elle avait compris qu'Aigle de Fer avait emmené Jimmy pour toujours. Elle s'était étourdiment lancée à leur poursuite, tellement certaine de les rattraper qu'elle n'avait songé à rien d'autre. Ce n'était que maintenant, alors que la lumière déclinait, qu'elle se rendait compte dans quel pétrin elle s'était fourrée. Elle n'avait ni nourriture ni eau, et aucun moyen de s'en procurer. Or sans l'une et l'autre, elle ne pourrait continuer longtemps sa traque.

Cela lui apparut d'autant plus évident qu'Aigle de Fer se dirigeait vers le Nord, vers un territoire dont elle ignorait tout. Elle se trouvait donc devant un choix crucial : abandonner la piste provisoirement, le temps de trouver des vivres et de l'eau, et reprendre la route ensuite, ou continuer. Elle n'ignorait pas les dangers de l'une ou l'autre solution. Abandonner, c'était risquer de perdre leur trace définitivement. Poursuivre signifiait risquer sa vie.

Les ombres s'allongeaient rapidement, bientôt elle n'y verrait plus grand-chose. Il lui faudrait trouver un abri pour la nuit, puis prendre une décision pour la suite.

Relevant farouchement le menton, elle décida que, pour l'heure, elle pouvait continuer encore un peu.

Et talonna sa monture.

— C'est vrai ?

Les paumes à plat sur le bureau du major Peters, Masters se pencha agressivement en avant. Le soleil couchant teintait son visage de rouge tandis qu'il enchaînait sèchement :

— Répondez-moi, bon Dieu ! Est-il vrai que vous allez négocier un traité de paix avec les Comanches ?

Le major se leva brusquement.

— Je n'aime pas votre ton, monsieur Masters !

Ce dernier ne bougea pas d'un poil.

— Vous n'aimez pas mon ton, hein ? Eh bien, moi, je n'aime pas ce que j'entends.

Fusillant le militaire du regard, Masters attendit sa réponse. Il avait pénétré dans son bureau après une algarade avec la sentinelle à la porte, et était encore d'humeur combative. Et il le resterait, à moins que les rumeurs dont il avait eu vent quelques minutes plus tôt ne se révélassent fausses.

Le major le fixa froidement.

— C'est vrai, hein ? insista Masters.

Le major Peters hésita un instant encore.

— J'essaie de me rappeler que vous êtes bouleversé, en ce moment, monsieur Masters. Que c'est la raison pour laquelle vous avez forcé la porte de mon bureau, mais j'aimerais que vous vous rappeliez quelque chose, vous aussi. Je n'ai pas à supporter votre attitude. Ceci est un fort militaire, et c'est moi qui en assume le commandement.

— Vous êtes là pour protéger la population de cette partie du Texas, pas pour faire des sermons.

— Je n'ai nul besoin que vous me précisiez quelles sont mes responsabilités !

Masters ne céda pas.

— Écoutez, je n'ai aucune envie de me disputer avec vous. Je suis ici dans un seul but : ramener Eden Richards et son fils au ranch.

— Si c'est réellement ce que vous souhaitez, vous devriez être heureux que Washington ait autorisé la négociation d'un nouveau traité de paix.

— Eh bien, je ne le suis pas !

— Réfléchissez une seconde, monsieur Masters ! Un nouveau traité de paix nous permettrait d'exiger le retour de la jeune femme et de son fils comme gage de bonne foi.

— Et qui vous dit que vous pouvez faire confiance aux *Injuns* ? Ils ont déjà signé des traités de paix, mais ça n'a jamais rien signifié à leurs yeux.

— Cette fois, ce sera différent.

— Pourquoi ? Parce que c'est vous qui mènerez les négociations ?

— En effet.

— Bon Dieu, c'est un peu fort venant d'un homme qui n'est même pas sûr que sa proposition soit transmise !

— Je ne suis pas l'imbécile que vous croyez, monsieur Masters, répliqua le major qui avait toutes les peines du monde à garder son calme. Il est évident que nos éclaireurs nous emmènent là où ils *veulent* nous emmener, et pas plus loin, et que les messages que les Indiens *veulent* recevoir leur parviennent.

— Et comment savez-vous que les Indiens ont envie de parler de paix une fois de plus ?

— Vous les sous-estimez, monsieur Masters. Je suis nouveau dans ce territoire, mais j'en ai vu suffisamment depuis mon arrivée pour ne pas les considérer comme des sauvages ignares. Ce sont des gens qui défendent leurs foyers, comme vous défendez le vôtre.

— Ce sont des païens assoiffés de sang !

— Ils voient leur terre envahie par des étrangers !

— Ce n'est pas *leur* terre !

— De leur point de vue, si. Fort Worth est récent, mais d'autres forts seront construits, et les Indiens le savent parfaitement. Ils ne sont pas stupides.

— Vous leur accordez trop de crédit !

— N'oubliez pas qu'ils ont parmi eux à présent un homme qui a été élevé dans l'Est et qui connaît les capacités du gouvernement fédéral. Il sait quels sont ses projets pour cette partie du pays. Et d'après ce que j'ai entendu dire, il est fort écouté.

— Vous ne parlez pas d'Aigle de Fer ?

— Si.

— Mais bon sang, vous perdez la boule ou quoi ! C'est le plus sanguinaire de tous ! Il a été en prison pour avoir abattu un Blanc, et quand il s'est échappé, il n'a rien trouvé de mieux à faire que de prendre une femme et un enfant en otage.

— Je ne le défends pas, monsieur Masters. Je dis juste que c'est un homme capable de reconnaître le déséquilibre auquel les Indiens auront à faire face – un homme qui connaît les Indiens ne peut pas gagner sur le long terme.

— Il se fiche du « long terme ». Tout ce qui l'intéresse, c'est maintenant.

Il y eut un silence, puis le major Peters lâcha :

— Pour répondre à votre question, oui, Washington m'a autorisé à négocier un nouveau traité de paix avec les Indiens dans la partie du territoire qui se trouve sous mon commandement. Et au cas où vous vous interrogeriez, cette initiative est venue sur ma proposition.

— Alors cette stupide idée vient de vous !

Les joues rasées de près du major Peters s'enflammèrent.

— Le message partira demain matin, monsieur Masters. Et je pense qu'il ne mettra pas longtemps à atteindre sa destination.

— En attendant, vous ne tenterez rien pour ramener Eden et son fils chez eux.

— Les patrouilles continuent leurs recherches.

— Bon.

Masters se dirigea vers la porte.

— Une minute, monsieur Masters !

Le major attendit que le cow-boy se retourne pour s'approcher de lui. Il s'arrêta suffisamment près pour qu'il puisse voir dans son regard qu'il ne plaisantait pas, et reprit :

— Juste un avertissement. Si vous faites quoi que ce soit pour empêcher la signature de ce traité, vous irez en prison… C'est compris ?

Masters ricana.

— C'est compris, oui.

— Il n'y aura pas de second avertissement.

— Ce sera inutile.

Le major Peters demeura silencieux tandis que Masters sortait de son bureau en claquant la porte derrière lui. Il ne lui avait pas échappé que la dernière phrase du cow-boy était plus une menace qu'une promesse.

Jimmy dormait. Aigle de Fer était allongé près de lui, les sourcils froncés. La nuit était tombée, et le feu qui brûlait à proximité les enfermait dans un petit cercle de lumière. Tout était silencieux.

Jimmy avait ouvert les yeux quand Aigle de Fer avait arrêté sa monture. Il était resté éveillé juste le temps d'avaler un peu de nourriture, puis il avait de nouveau dodeliné de la tête. Aigle de Fer l'avait enroulé dans une couverture, et s'était installé près de lui avec sa propre couverture, mais le sommeil s'obstinait à le fuir.

Levant les yeux sur le ciel constellé d'étoiles, il se rappela ces innombrables fois où il l'avait contemplé depuis sa cellule en rêvant de liberté. Il ignorait alors que s'échapper ne signifierait pas pour autant être libre.

Le visage d'Eden lui apparut, ranimant sa colère. Depuis qu'il l'avait de nouveau tenue entre ses bras, il avait passé des heures à tenter de dénouer l'écheveau de sentiments contradictoires qu'il éprouvait à son endroit. À la haine succédait l'envie de se venger, puis un désir physique torturant. Il en avait donc conclu que la seule solution était de prendre chaque minute comme elle venait, en toute sincérité – Eden n'avait toutefois pas fait preuve de la même candeur. Son corps parlait d'amour, mais son cœur demeurait froid. Alors même qu'elle s'accrochait à lui, emportée par son désir, elle le trahissait. Elle l'enlaçait avec une impatience qui le bouleversait, et lui refusait cependant son fils.

Aigle de Fer se raidit, en proie à une nouvelle bouffée de fureur, puis songea qu'à présent les rôles étaient inversés. C'était *lui* dont le cœur était froid, et c'était *lui* qui lui refusait son enfant.

Vengeance ? Punition ?

Non. Justice.

— Il ne va pas si bien que ça, hein, Rowe ?

Debout non loin du lit de Tom Richards, McGill s'adressait au cuisinier dans un murmure qui parut résonner dans la chambre du malade avec la force d'un cri.

— Qu'est-ce que tu as ? gronda Rowe. Il n'est pas sourd, tu sais.

— Il n'est pas fou non plus. Il sait mieux que nous comment il va.

Rowe entraîna McGill dans le couloir, et referma la porte avant de déclarer :

— Si tu as quelque chose à demander, demande-le ici.

— Je n'ai rien d'autre à demander. Bon Dieu, j'ai eu ma réponse juste en regardant le patron. On dirait bien qu'il n'en a plus pour longtemps.

— Le toubib dit qu'il n'en sait rien, rétorqua Rowe qui plissa les yeux avant d'ajouter : Tu n'as peut-être pas de questions, mais moi, j'en ai.

— Je ne sais pas où sont Eden et le gamin. Masters et moi, on a essayé de traquer les *Injuns*, mais on n'est arrivés à rien. Pour dire vrai, ils effacent leurs traces, et ils sont bien trop malins pour nous. Masters a décidé de rester au fort, ct il…

— J'ai déjà entendu tout ça. Et ce n'est pas ce qui m'intéresse. Mullen m'a raconté ce qui s'était réellement passé le jour où le patron a ordonné qu'on incendie le campement *injun*.

— Ce n'est pas moi que tu devrais interroger, fit McGill, soudain méfiant. Je suis arrivé plus tard, avec Eden. Tout était déjà terminé.

— Ce n'est pas ce que je te demande. Mullen m'a raconté l'histoire en détail. Le campement tranquille et tout, et puis les gens qui sont arrivés et ont tout brûlé quand même… Et puis comment le patron et lui sont revenus en arrière pour coincer Aigle de Fer. Mais quand il m'a parlé de la mort de Witt…

— Je ne veux pas aborder ça. Witt est mort, un point c'est tout.

— Vraiment ? Mullen ne voulait pas en parler non plus. Qu'est-ce qui s'est passé avec Bradley ? Comment ça se fait que tout le monde au ranch se défile ou regarde ailleurs dès qu'on évoque la façon dont il est mort ?

— Witt Bradley était un sacré brave type ! Personne au ranch n'aurait dit le contraire.

— Ce n'est pas ce que je dis non plus. Je dis que…

— Écoute, tu as un truc sur le cœur au sujet de Witt, mais personne ici ne crachera le morceau hormis le patron.

— Tu viens de dire qu'il était en train de mourir.

— Alors je suppose que les réponses que tu cherches disparaîtront avec lui.

— McGill…

— Je n'ai rien d'autre à dire ! L'homme dans cette chambre n'est pas un ange, mais il a traité correctement tous ses employés. Il n'a rien exigé d'eux qu'il n'exigeait de lui-même. Qu'il ait raison ou tort, il a toujours agi en suivant ses certitudes, et on ne peut rien demander de plus à un homme.

— Si.

— Ah ouais ? Et quoi ?

— Si tu ne le sais pas, ça changera rien que je te le dise.

McGill recula abruptement.

— Tu sais quoi, Rowe ? Tu as raison. Ça ne ferait aucune différence.

McGill disparut, et Rowe rentra dans la chambre, et se dirigea droit vers le lit où gisait Tom Richards. Comme le vieil homme tournait péniblement la tête dans sa direction, la détermination de Rowe faiblit. Il demanda simplement :

— Je peux vous apporter quelque chose, patron ?

Un son étranglé s'échappa des lèvres parcheminées.

— Eden, répéta Rowe en s'efforçant de sourire. Vous savez bien qu'elle n'est pas là. Masters essaie toujours de la retrouver.

Les mots suivants étaient presque inintelligibles.

— Vous êtes en train de mourir ?

De nouveau un son inarticulé.

— Vous avez besoin de la voir ? fit Rowe en ravalant un sanglot. Nous vous l'amènerons dès que Masters l'aura retrouvée.

Richards ferma les yeux, et Rowe demeura au pied du lit, bouleversé.

La nuit était noire en dépit des étoiles, et les heures s'étiraient interminablement.

Eden remonta sa couverture sur ses épaules et s'obligea à fermer les yeux, luttant pour ignorer la soif et la faim qui la taraudaient au point de l'empêcher de dormir.

Rongée par le doute, elle avait chevauché aussi longtemps que possible dans la faible lumière du soir. Elle avait fini par faire halte et avait glissé bien vite dans un sommeil agité. Elle avait eu l'impression de se réveiller à peine quelques minutes plus tard et avait été aussitôt assaillie par la réalité : l'heure était venue de prendre des décisions.

Elle repassa dans sa tête les différentes possibilités qui s'offraient à elle. Elle était en terrain inconnu avec pour seul guide la piste qu'elle avait de plus en plus de mal à suivre. Faire demi-tour signifiait risquer de perdre son enfant. Continuer signifiait risquer de perdre la vie.

La réponse allait de soi.

Eden s'efforça de se rendormir, sachant qu'elle devrait être debout dès l'aube afin de reprendre la route, mais sons et images envahissaient son esprit. Jimmy avec son beau sourire franc. Aigle de Fer chevauchant près d'elle dans le soleil. Elle entendait le rire cristallin de Jimmy, les tendres paroles qu'Aigle de Fer lui murmurait à l'oreille.

Mais elle entendait d'autres paroles aussi.

Tu es du feu dans mes veines, Eden.

Laisse-moi te montrer ce qui aurait pu être.

Elle sentait les mains d'Aigle de Fer sur sa peau, son souffle sur sa joue, son corps ferme contre le sien. Et quand elle entrouvrit ses paupières lourdes de sommeil, il se tenait debout devant elle.

Incapable de supporter davantage ce déluge d'images douloureuses, elle rabattit la couverture sur sa tête. Elle allait dormir. Il le fallait !

Mais la voix à son oreille se fit plus insistante :

— Réveille-toi, Eden.

Elle retint sa respiration.

— Eden.

Elle se tourna vers le fantôme accroupi près d'elle, tendit une main hésitante vers son visage, et poussa un petit cri lorsqu'il la lui saisit.

— Ça va, Eden ?

Elle fut incapable de répondre.

— Lève-toi.

Il l'aida à se mettre debout et la porta à demi jusqu'à sa monture.

— Où est Jimmy ? demanda-t-elle d'une voix rauque.

Aigle de Fer lui tendit sa gourde et elle y but goulûment avant de répéter :

— Où est Jimmy ?

Pour toute réponse, il la hissa sur sa selle, grimpa sur son propre cheval, et le talonna.

Le cœur d'Eden se mit à battre follement quand elle aperçut, quelques minutes plus tard, la petite silhouette endormie près du feu de camp. Aigle de Fer, qui la précédait, lui fit signe de s'arrêter. Elle obtempéra, mit pied à terre en hâte et lui confia les rênes de sa jument.

Les genoux tremblants, elle alla s'agenouiller près de son fils. La gorge si serrée qu'elle parvenait à peine à respirer, elle le regarda dormir paisiblement, le visage détendu.

Elle se releva, aidée par Aigle de Fer, et le suivit, un peu hésitante, tandis qu'il ramassait sa couverture et l'entraînait de l'autre côté du feu de camp.

— Allonge-toi, ordonna-t-il après avoir étalé sa couverture sur le sol. Tu es épuisée, il faut que tu dormes.

Docile, Eden s'exécuta. Son cœur s'affola de nouveau quand Aigle de Fer s'étendit près d'elle, et rabattit la couverture sur eux.

— Tu savais depuis le début que je te suivais, n'est-ce pas ?

— Je t'ai repéré vers midi.

— Et tu as poursuivi ton chemin en dissimulant mieux tes traces.

— Oui.

— Jimmy ignorait ma présence, je suppose ?

— En effet.

— Alors, pourquoi es-tu revenu me chercher ?

La regardant droit dans les yeux, il répondit simplement :

— Parce que je le devais

— Pourquoi est-ce que tu le devais ?

Il la contempla, tandis que la question se répercutait dans son esprit. Les yeux si clairs, la chevelure presque argentée à la lueur de la lune, la peau fine et les lèvres pleines, d'une douceur inimaginable.

Il revint à ses yeux.

— Je me suis dit que tu m'avais trompé – ce qui est vrai. Je me suis dit que mes sentiments pour toi étaient une faiblesse – ce qui est le cas. Je n'ai cessé de me rappeler que tu avais préféré d'autres que moi, et que quand ils m'avaient envoyé au loin, tu avais poursuivi le cours de ta vie sans un regard en arrière. Tout cela est vrai. Réel.

Il lui caressa sa joue du bout des doigts, et sa voix se voila lorsqu'il reprit :

— Puis je me suis souvenu de ton regard quand je te touche, de la façon dont tu prends vie dans mes bras. Je me suis souvenu que la haine et la colère fondaient quand ton corps était pressé contre le mien, et que les mots vengeance ou punition n'avaient plus aucun sens.

« J'ai aussi pensé à Ours Solitaire et à mon père, poursuivit-il. Des hommes courageux qui sont morts pour leurs croyances et pour leur peuple. Et je me suis rendu compte que mes intentions n'étaient pas aussi nobles. Je savais que si j'avais réellement pensé aux miens, je leur aurais dit la vérité, qu'ils soient prêts à l'entendre ou pas. Je les aurais prévenus que les soldats allaient continuer à arriver jusqu'à ce que notre peuple soit surpassé en nombre, et que ce jour-là, ni la bravoure ni le courage ne pourront les tenir à distance. Que rien n'ira bien pour notre peuple si nous ne sommes pas capables de renoncer au plaisir fugitif de la vengeance pour regarder résolument vers l'avenir.

Aigle de Fer s'interrompit un instant, le visage tendu.

— Allongé près du feu de camp, j'ai brusquement compris que ce qui nous arrivait de mauvais avait commencé bien avant notre rencontre, que j'avais permis que nous soyons entraînés dans ce maelström… et que maintenant qu'une seconde chance nous était offerte, j'étais en train de recommencer. Je laissais la haine et la vengeance prendre le contrôle de ma vie, et je m'interdisais de prononcer les mots qui m'emplissaient le cœur.

« J'étais à cheval avant même d'avoir pleinement compris ce que j'avais l'intention de faire, avoua-t-il, et quand je t'ai vue toute seule dans le noir, j'ai su que jamais plus je ne pourrais t'abandonner.

Sa voix se fit murmure lorsqu'il ajouta :

— Tu m'as demandé pourquoi j'étais revenu te chercher. Je te répondrai que c'est parce que je t'aime, Eden. Même lorsque je te haïssais le plus, je t'aimais. Quand je te maudissais pour l'humiliation et la douleur que j'endurais, je te désirais. Et quand j'ai cru que je ne pourrais pas supporter mes chaînes un instant de plus, l'espoir de regagner ce que j'avais perdu en te perdant m'aidait à tenir. Je sais maintenant que, malgré tous mes efforts, je n'ai jamais cessé de t'aimer.

Un nœud douloureux lui obstruait la gorge quand Eden, qui se tenait raide, éloignée de lui, répondit :

— Qu'attends-tu de moi ? Que je te dise que je t'aime aussi ?

La déclaration d'amour d'Aigle de Fer résonnait dans la tête d'Eden. Elle continua d'une voix hachée :

— Tu veux que je t'avoue que moi non plus je n'ai pas cessé de t'aimer ? Parce que c'était le cas, même durant ces jours terribles où tout s'est mis à aller de travers. Mais t'aimer ne suffisait pas !

Les larmes lui montèrent aux yeux.

— Comment cela aurait-il pu suffire quand j'ai vu Witt baignant dans son sang par ta faute ? Je l'ai entendu rendre le dernier soupir à cause de moi. J'ai vu mon père, qui n'a jamais reculé devant personne, infirme et réduit à l'impuissance à cause de moi. J'ai vu la haine entre les *Injuns* et les ranchers flamber, des gens mourir des deux côtés, à cause de moi… et j'avais honte ! Quand on t'a conduit en prison, je n'ai pas supporté l'idée d'être la cause de cela aussi !

« Les soldats t'ont emmené et tu n'as pas vu le chaos que tu laissais derrière toi. Papa était paralysé, le ranch courait à la faillite. Tout le monde m'en blâmait, y compris moi. Doc Bitters pensait que papa allait mourir, et que son unique chance de s'en sortir, c'était de se faire opérer dans un hôpital situé dans l'Est. Alors j'ai fait la seule chose possible. J'ai laissé le ranch entre les mains de Mullen, j'ai rassemblé tout l'argent que je pouvais, et nous sommes partis pour cet hôpital.

Eden luttait pour ne pas trembler.

— Les médecins ont procédé à l'opération, mais papa n'allait pas mieux. Comme je commençais à être à court d'argent, j'ai essayé de trouver du travail. Mais je suis tombée malade à mon tour. J'ai rencontré James Broker dans la salle d'attente de l'hôpital un jour où je me sentais vraiment mal. James était gentil, compréhensif. Il connaissait bien le système hospitalier, et quand j'ai fini par lui confier mes problèmes, il m'a proposé de s'occuper de la paperasserie et des factures. Papa ne se remettait pas, et mon état empirait. Lorsque j'ai commencé à saigner, James m'a emmenée chez le médecin.

Eden regarda Aigle de Fer dans les yeux.

— J'ignorais que je portais ton enfant jusqu'à ce que celui-ci me l'annonce. Si James a été choqué, il n'en a rien montré. Il est resté à mes côtés tandis que l'état de mon père se détériorait, et quand mon propre état a empiré, c'est lui qui m'a conduite à l'hôpital. À temps. Il m'a sauvé la vie.

Elle ferma un instant les yeux.

— James était près de moi chaque jour. Plus personne ne m'importunait avec les factures, mais je ne savais pas que c'était lui qui les payait. Quand j'ai été enfin de nouveau sur pied, il m'a emmenée chez lui en convalescence. Puis les médecins ont décidé d'opérer de nouveau papa, et c'est encore James qui s'est chargé de tout.

« Durant tout ce temps, je n'ai jamais su qu'il consultait à l'hôpital, qu'il était malade, qu'il allait mourir. Je l'ai ignoré jusqu'à ce qu'il me demande de l'épouser.

Eden sentit Aigle de Fer se crisper, et elle releva le menton.

— Je ne m'excuserai pas pour ce que j'ai fait. J'étais enceinte de six mois, mon père luttait contre la mort, et je n'avais plus assez d'argent pour le ramener au ranch, à supposer qu'il supporte le voyage. James m'a avoué qu'il m'aimait, mais il m'a expliqué qu'il était trop malade pour me faire l'amour. Il m'a dit qu'il ne voulait pas savoir qui était le père du bébé, il m'a seulement demandé de faire croire à sa mère que l'enfant était de lui. C'était une femme seule, et il voulait qu'elle ait une raison de vivre quand il ne serait plus là.

Eden continua résolument :

— J'ai épousé James. Jimmy était déjà né quand papa a été suffisamment remis pour pouvoir voyager. Jimmy était un enfant frêle, aussi lorsque nous sommes revenus au Diamond R, personne ne s'est douté qu'il avait trois mois de plus que ce que nous disions.

Elle poursuivit d'une voix mal assurée :

— J'étais déterminée à me racheter, et j'ai travaillé dur, aux côtés des cow-boys, afin de regagner leur confiance. La maladie de James empirait, mais cela ne l'empêchait pas de régler les factures qui s'étaient accumulées en mon absence. Il aimait le ranch, et tout le monde l'appréciait. Il était fier d'appeler Jimmy son fils. Je l'ai fait enterrer dans l'Est, là où vivait sa mère, comme il le souhaitait. Et je n'ai jamais regretté de l'avoir épousé.

Elle avala sa salive avec difficulté.

— James était bon, généreux. Il nous aimait, Jimmy et moi… et je l'aimais aussi.

Elle fit une pause, et reprit d'une voix sourde :

— Mais jamais, *jamais* je n'ai aimé James comme je t'aime.

Un éclair de joie s'alluma dans les yeux sombres d'Aigle de Fer, et Eden en fut remuée jusqu'au tréfonds. Résistant à son désir de se rapprocher de lui, elle poursuivit avec passion :

— Mais t'aimer ne suffisait pas, Aigle de Fer, et cela ne suffit toujours pas. Si tu nous aimes vraiment, Jimmy et moi, laisse-nous partir !

Aigle de Fer se raidit, puis il enroula la main autour de la nuque d'Eden. Elle ne savait à quelle réaction s'attendre après sa déclaration pressante, aussi fut-elle prise de court par l'émotion qui la submergea lorsqu'il captura ses lèvres, et par le désir qui jaillit en elle quand il l'attira contre lui avec fougue.

Aigle de Fer l'aimait. Elle l'aimait.

Il la désirait. Elle le désirait.

Il avait *besoin* d'elle.

Le sanglot de plaisir qui lui échappa, Aigle de Fer le but à ses lèvres. Oui… Elle aussi avait besoin de lui. Ils n'étaient complets qu'ensemble.

Baisers ardents. Émerveillement de l'amour. Brûlante extase.

Mots d'amour chuchotés.

Dans le voluptueux silence qui suivit, alors qu'Eden reposait, alanguie, entre ses bras, Aigle de Fer déclara solennellement :

— Non, Eden. Je ne te laisserai pas partir.

14

À peine conscient de la présence de l'homme qui gisait dans le lit, Rowe fixait Curry du regard. Le cow-boy se tenait devant lui, les mâchoires serrées. Il venait de rentrer d'une visite au fort pour annoncer une nouvelle qui flottait encore dans la chambre silencieuse.

— Le major Peters a envoyé des éclaireurs il y a deux jours afin de voir si les Comanches seraient d'accord pour entamer des pourparlers de paix ? répéta Rowe, incrédule

— C'est ça, oui. Il a envoyé des éclaireurs porter le message aux *Injuns* dès qu'il a reçu l'ordre de Washington. Et il était ravi. Le fort tout entier parle de la façon dont Masters a fait irruption dans le bureau du major. Il paraît qu'il était à deux doigts de se faire jeter dehors pour avoir dit au major ce qu'il pensait d'un traité de paix avec des *Injuns* faux jetons qui ne le respecteraient pas plus qu'ils n'avaient respecté les autres. Mais, finalement, le major l'a laissé partir avec un simple avertissement.

— Que compte faire Masters ?

— Apparemment, il reste au fort. Il veut être présent quand l'armée sera prête à bouger.

Rowe fronça les sourcils.

— Qu'est-ce que ça veut dire ?

— Je vais te l'expliquer ! intervint sèchement McGill qui se tenait près de Rowe. Masters veut Aigle de Fer, et il se fiche complètement des conséquences.

— S'il met la main sur Aigle de Fer, il n'écoutera personne du ranch.

McGill décocha un regard dur à Curry.

— Tu es aussi nul que Masters. Tu ne te sers pas de ta tête, toi non plus. S'il arrive quelque chose à Aigle de Fer avant qu'on ait récupéré Eden et Jimmy, qui sait ce qu'ils deviendront ?

Un hoquet dans le lit, derrière eux, amena Rowe au chevet de son patron. Il se pencha vers lui.

— Dis McGill… amener Eden.

McGill, qui avait suivi Rowe, répondit doucement :

— J'ai essayé de la trouver, patron, mais cet Indien la cache quelque part.

Les yeux hors de la tête, Richards articula d'une voix rauque :

— Amener Eden… J'ai besoin…

Il s'étrangla, son visage vira au gris tandis qu'il essayait de reprendre son souffle, et Rowe se tourna vers McGill.

— T'as entendu ce qu'a dit le patron ! lança-t-il vertement. Ne discute pas. Il veut que tu ramènes Eden ici… tout de suite !

— Mais…

Rowe poursuivit entre ses dents :

— Je me fiche de savoir où tu vas, McGill, mais sors d'ici avant qu'il ait une nouvelle attaque. Et toi aussi, Curry ! Le patron n'a pas besoin qu'on le contrarie en ce moment.

Se penchant de nouveau sur le malade tandis que la porte se refermait, Rowe déclara d'un ton rassurant :

— Détendez-vous, patron. McGill retourne au fort pour s'assurer que tout va bien.

Richards lui agrippa la main et l'étreignit avec une force surprenante.

— … voir Eden…

L'angoisse dans le regard du malade poussa Rowe à lui demander :

— Si je peux lui dire quelque chose de votre part… Lui passer un message…

Richards émit un son inarticulé.

— Vous voulez me dire quelque chose ? insista Rowe.

Étonné, le cuisinier approcha une chaise du lit. La main tremblante de Richards s'accrocha à la sienne tandis qu'il ouvrait la bouche pour parler.

Eden regarda Aigle de Fer s'accroupir près d'elle. Ils avaient laissé leurs montures sur le talus derrière eux et étaient descendus se rafraîchir au ruisseau après avoir chevauché toute la matinée. Un peu à l'écart, Jimmy essayait d'attraper des petits poissons, leur offrant quelques instants d'intimité dont Eden comptait profiter pour poser la question qui lui trottait dans la tête depuis trop longtemps.

Sentant son regard sur lui, il se tourna vers elle, et elle fut frappée par la force qui se dégageait de l'homme qu'il était devenu. Elle se rappelait Kyle Webster tel qu'il était la première fois qu'elle l'avait vu – élégant, le sourire prompt, la démarche assurée en dépit du mauvais accueil que lui avaient réservé la plupart des citoyens. Cet homme-là n'existait plus. Celui qui l'avait remplacé ne lui ressemblait guère. Il était plus puissant, plus musclé, il portait des vêtements de peau qui mettaient en valeur ses larges épaules, il était chaussé de mocassins et se déplaçait en silence. Ses cheveux bruns flottaient désormais dans son dos, son teint pâle de citadin était hâlé, son regard méfiant et acéré.

Mais le changement le plus important ne résidait pas dans son apparence physique. Kyle Webster était revenu au Texas, frais émoulu d'un monde où il n'était pas né. Il était revenu chercher une partie de lui-même qui avait été perdue en route. Aigle de Fer était le résultat de cette quête semée d'embûches, et la métamorphose était maintenant achevée.

Eden prit une inspiration tremblante. Elle s'était réveillée au matin dans les bras d'Aigle de Fer, soudain consciente que l'amour qu'elle avait éprouvé pour Kyle Webster ne pouvait se comparer avec l'émotion qu'éveillait en elle ce guerrier kiowa. Nourri de souvenirs, son amour pour Kyle avait survécu aux tourments, à la séparation, mais c'était dans les bras d'Aigle de Fer, tandis qu'ils luttaient tous deux contre des sentiments qui refusaient de mourir malgré les circonstances, c'était dans ses bras qu'elle avait eu la claire vision de la force de leur amour.

Jimmy, à sa manière, l'avait reconnue tout de suite. Lorsqu'il s'était réveillé, il était venu à eux en courant et s'était allongé entre eux, s'incluant spontanément dans leur cercle d'amour. Il n'avait pas posé de question sur la présence inattendue d'Eden. Il ne s'était pas non plus étonné de la direction qu'ils prenaient quand ils s'étaient remis en route, ni de leur allure plus raisonnable. Il semblait simplement content que la tension entre Eden et Aigle de Fer ait disparu.

Mais Eden n'était pas une enfant, elle savait que ce répit prendrait rapidement fin.

Incapable d'attendre davantage, elle demanda doucement :

— J'ai besoin de savoir ce que tu feras quand nous serons de retour au campement.

Aigle de Fer se redressa, l'aida à se lever, puis l'entraîna un peu à l'écart avant de répondre :

— Tu sais ce que je vais faire, Eden. J'aurais aimé que nous puissions oublier le passé et trouver un autre endroit pour tout recommencer de zéro. Je me suis leurré en pensant que ce serait possible. Je me disais qu'en vous arrachant Jimmy à toi et à ton père, je remporterais une victoire impossible à gagner autrement, mais je me trompais moi-même. Trop de choses demeuraient en suspens – des choses que je ne pouvais ignorer.

Il fouilla du regard les yeux d'Eden avant de poursuivre :

— Tu as dit que tu n'avais pas cessé de m'aimer, mais que l'amour n'avait pas suffi quand tu t'es retrouvée confrontée au chaos après que l'on m'eut envoyé en prison. Tu as évoqué ces images qui te hantaient, et ton besoin de te racheter. Je comprends, car je suis moi-même torturé par certaines visions. L'espoir que j'ai lu dans les yeux d'Ours Solitaire quand je suis revenu au Texas, la certitude qu'il avait de me voir un jour mener mon peuple vers une victoire honorable... Quelle douloureuse ironie ! Les souvenirs qui suivaient étaient toujours les mêmes : un camp brûlé, jonché de cadavres, le regard d'Ours Solitaire qui s'éteignait, toi, une arme fumante à la main.

Eden frissonna tandis qu'Aigle de Fer continuait :

— J'ai essayé de te haïr, Eden, mais je n'y arrivais pas. Alors j'ai tenté de croire que je pourrais enlever Jimmy et laisser le passé derrière moi, mais je n'ai pas pu m'y résoudre non plus. Et, de même que je sais maintenant que je n'ai aucun moyen d'échapper à l'amour que tu m'inspires, je sais aussi que je ne peux me dérober à la responsabilité dont Ours Solitaire m'a chargé. Je ne peux abandonner mon peuple au moment où il a le plus besoin de moi.

— Je sais.

— Et tu sais que je...

Il se raidit brusquement en entendant son cheval hennir au-dessus d'eux. Aussitôt en alerte, il fit signe à Eden de ne pas bouger et escalada la butte avant de disparaître à sa vue. Jimmy jouait toujours dans l'eau, inconscient du danger. Aigle de Fer revint bien vite avec les chevaux qu'il attacha à un arbre sur la berge. Eden vit l'expression stupéfaite de Jimmy quand il le souleva dans ses bras en lui posant le doigt sur sa bouche avant de le déposer près d'elle.

Il disparut de nouveau, et Jimmy murmura :

— Qu'est-ce qui se passe, maman ?

Elle le fit taire d'un regard. Et poussa un soupir de soulagement quand Aigle de Fer réapparut, quelques minutes plus tard.

— Qu'y a-t-il ? souffla-t-elle. Qu'as-tu vu ?

— Des soldats.

Eden se pétrifia.

— Ils te feront du mal s'ils nous trouvent, Aigle de Fer ? s'enquit Jimmy.

— Ils essaieront de me ramener en prison, répondit Aigle de Fer après un court silence.

Jimmy lui prit la main.

— Je les laisserai pas faire ! Je leur dirai qu'ils ont fait une bêtise quand ils t'ont enfermé. Tu leur diras aussi, hein, maman ?

Eden eut un faible sourire.

— Ils ne nous écouteront pas, Jimmy. Ce sont des soldats, ils ont des ordres, et ils doivent y obéir.

— Alors, j'aime pas les soldats ! Et je veux pas qu'ils nous trouvent !

— Ils ne nous trouveront pas si nous sommes prudents, intervint Aigle de Fer. Allons-y.

— Mais les soldats vont nous voir !

— Ils progressent dans la direction opposée. Si nous nous dépêchons, nous arriverons au campement avant la nuit.

Jimmy refusait de lâcher la main d'Aigle de Fer.

— Les soldats pourront pas te prendre, dans le campement, hein ?

Comme il ne répondait pas, l'enfant insista :

— Hein, c'est vrai ?

— Oui. Nous serons en sécurité, là-bas. Allons-y, maintenant.

Jimmy courut vers son cheval, et Eden se tourna vers Aigle de Fer qui murmura :

— Je suis désolé, Eden. Il faut que j'y retourne.

Elle le savait. Elle le savait, de même qu'elle savait qu'elle l'avait toujours aimé.

Ses deux éclaireurs avaient fait leur rapport. Dans le silence qui suivit, le major Peters retint un ricanement.

— Donc, vous avez porté le message aux Comanches sans problème.

— Oui, major.

Le militaire fixa les deux métis du regard. Les Comanches leur échappaient toujours, mais lorsqu'un traité de paix était en jeu, le message était délivré sans délai – comme il s'y était attendu.

— Alors ? Qu'ont-ils dit ? insista-t-il.

— Le chef Arbre Penché n'a pas confiance en nous.

Le major se renfrogna.

— Leur avez-vous expliqué que le traité ne vient pas de ce fort mais du Grand Père Blanc à Washington ?

— Le chef Arbre Penché dit que le Grand Père Blanc parle bien, mais que ses enfants ne lui obéissent pas toujours. Il dit que les traités ont souvent été rompus…

— Par les Comanches !

— Par ceux qui viennent prendre la terre et tuer les buffles pour que les Comanches meurent de faim !

— Avez-vous expliqué au chef Arbre Penché que nous avons été envoyés ici afin que ce genre de transgressions cesse et que la parole du Grand Père Blanc soit respectée par tous ?

— Oui.

— Et ?

— Le chef Arbre Penché va parler à son peuple.

— Combien de temps devrai-je patienter avant d'avoir sa réponse ?

— Le chef enverra un messager d'ici deux jours.

Le major Peters eut du mal à dissimuler son irritation. Il n'aimait pas que l'on mette en cause l'intégrité du gouvernement fédéral. Il n'aimait pas non plus que l'on juge ses ordres peu dignes de confiance, ni de devoir attendre l'approbation de quiconque, et moins encore d'un peuple qui ne semblait pas apprécier le risque qu'il prenait dans leur intérêt.

Des ingrats et des mendiants !

— D'accord, dit-il après une pause. Deux jours.

— Le Grand Père Blanc ne considère pas les Comanches comme ses enfants ! Il verse leur sang aussi facilement que celui des buffles.

— Les soldats se moquent de lui dès qu'il a le dos tourné !

— Le Grand Père Blanc veut chasser les Comanches de leurs terres !

Silencieux, Aigle de Fer étudiait l'expression stoïque du chef Arbre Penché tandis que les récriminations continuaient. Il savait que tous auraient le droit de s'exprimer avant qu'une réponse soit donnée à l'offre de traité de paix.

Aigle de Fer jeta un coup d'œil aux Kiowas qui se tenaient près de lui. Nuage Noir, Élan Tacheté, Ours Assis, Renard Gris, Homme Debout, Chien Jaune… tous avaient accueilli son retour avec joie. Et ils s'efforçaient de considérer Jimmy comme son fils, même si l'enfant ne comprenait pas ce qu'ils disaient. Aigle de Fer avait été particulièrement heureux que quelques femmes fassent aussi bon accueil à Eden, Femme Rapide en tête. De toute évidence, Eden en avait été la première étonnée, mais les réflexions d'Aigle de Fer à ce sujet furent mises de côté dès qu'il entendit parler du conseil qui devait avoir lieu dans la soirée.

Dans le couchant qui jetait une lumière dorée sur les guerriers rassemblés devant le tipi du chef, les protestations continuaient.

— Les éclaireurs essaient de nous piéger !

— Ils tueront ceux qui entreront au fort sans arme !

— Il n'y a rien d'honorable à discuter de paix avec nos ennemis !

Aigle de Fer fit un pas en avant pour répondre à ce dernier commentaire :

— Mes frères comanches réagissent avec colère à l'offre qui vient de Fort Worth, mais ils n'envisagent pas les conséquences de leurs paroles. L'honneur ne se gagne pas uniquement en combattant.

— Ainsi parle Aigle de Fer, qui a juré de se venger de nos ennemis !

— Ainsi je parle, moi, Aigle de Fer, qui vois la valeur de ce que l'homme blanc propose alors que d'autres l'ignorent.

Le chef Arbre Penché brisa le silence qui suivit en répliquant froidement :

— Aigle de Fer prétend voir ce que les siens ne voient pas dans l'offre de l'homme blanc – pourtant, c'est lui qui a le plus souffert par la faute de nos ennemis. C'est lui qui a choisi son nom en utilisant le symbole de l'asservissement par l'homme blanc que sont les menottes.

Aigle de Fer leva les bras pour que tout le monde voie les cercles de fer à ses poignets.

— Je porte ceci afin de ne jamais oublier que j'avais tort en croyant que *seul* le bon droit peut apporter la victoire à ceux qui l'exercent. Je les porte pour ne jamais oublier le pouvoir des hommes blancs sur notre terre, un pouvoir dont je ne pensais pas qu'ils l'utiliseraient injustement contre leurs frères indiens. Je les porte pour me souvenir que mon erreur a coûté bien des vies, et que je n'ai pas encore remboursé ma dette vis-à-vis des miens.

— Et cependant, tu prétends que l'offre de paix de l'homme blanc a de la valeur !

— Je parle de sa valeur parce que je sais quel sera le prix à payer si nous refusons.

— Ce sont là les paroles d'un lâche !

— Qui me traite de lâche ? tonna Aigle de Fer en balayant la foule du regard. Je provoquerais volontiers cet homme afin de prouver mon courage, mais je ne veux pas verser le sang de mon frère. Je préfère répondre par des vérités dont d'autres ici n'ont pas idée.

Il parcourut les guerriers des yeux.

— Le sang des fiers et courageux Kiowas coule dans mes veines. Je suis né pour vivre sur cette terre et suivre l'exemple de mon père et de ses vaillants frères kiowas. Mais, contrairement à eux, mon enfance sur cette terre a été interrompue. J'ai passé des années dans la demeure d'un Blanc, sur les terres de Blancs, loin d'ici. J'ai été traité avec bonté, j'ai appris leur manière de vivre, et j'ai découvert beaucoup de choses en voyageant. Je suis revenu sur la terre de mon peuple pour m'apercevoir que si j'avais été traité équitablement quand je vivais dans le monde des Blancs, je ne l'étais pas ici, où le Blanc vit sur notre terre. J'ai appris que là-bas, le Blanc était parfois déconcerté par nos différences – mais que ces mêmes différences le rendent fou, ici. Et j'ai vu notre peuple répondre avec fureur.

Il glissa un coup d'œil à Eden qui se tenait à ses côtés, silencieuse, puis enchaîna :

— J'ai cherché à prouver que les deux mondes pouvaient s'unir et vivre ensemble, mais j'ai échoué.

Il y eut des grognements approbateurs, tandis qu'Aigle de Fer continuait avec détermination :

— J'ai payé pour cette erreur, et mon peuple aussi. Ma rage m'a permis de m'échapper de ce pénitencier où on m'avait envoyé pour que j'y meure dans le déshonneur. Lorsque je suis revenu ici, j'ai cherché vengeance pour mon peuple, et j'ai travaillé à ce but de tout mon cœur.

Aigle de Fer posa le poing sur sa poitrine.

— Mais mon cœur devenait lourd. Car tout en vengeant ma tribu, je savais que je ne servais pas mon peuple comme je l'aurais dû parce que je ne lui avais pas dit ce que je vais vous dire maintenant.

Sachant quel tumulte ses paroles allaient déclencher, Aigle de Fer haussa le ton afin d'être entendu de tous.

— En vivant parmi les Blancs, j'ai compris quelle était leur supériorité : un flot d'hommes venus de pays lointains que notre peuple ne peut espérer conquérir. J'ai compris que pour chaque homme blanc abattu par notre peuple, cinq autres venaient le remplacer.

Il y eut quelques protestations coléreuses, pourtant Aigle de Fer poursuivit :

— J'ai vu les armes que possède l'homme blanc. Certaines peuvent tuer beaucoup d'hommes d'un seul coup. Ils ont des véhicules qui transportent des quantités de soldats, des balles qui donnent la mort à des distances que nos flèches et nos lances ne peuvent franchir. Et de vastes réserves de matériel et de nourriture qui les rendent invulnérables alors que nous ne le sommes pas. J'ai appris que l'homme blanc croit que pour s'attribuer la terre de nos pères, il suffit d'y mettre son nom. J'ai appris également que pour chaque homme blanc qui réclame nos terres, des quantités d'autres affluent à leur suite, et même si quelques-uns meurent, ce n'est pas près de s'arrêter.

Le silence s'était fait autour d'Aigle de Fer.

— Si je n'ai pas révélé cela plus tôt à mon peuple, c'est parce que j'avais le cœur plein de vengeance. Je voulais uniquement verser du sang là où celui des miens avait été versé, voir leurs larmes couler là où les nôtres avaient coulé. Lorsque le premier fort a été construit, j'ai préféré ne pas penser à tous ceux qui suivraient. Je savais que notre peuple gagnerait encore maintes victoires avant que la présence de l'homme blanc sur cette terre ait atteint sa pleine force, et je m'en contentais.

La voix vibrante d'émotion, Aigle de Fer avoua :

— Mais le poids qui pèse sur mon cœur devient insupportable, et je ne peux me taire plus longtemps. Le Grand Père Blanc offre la paix parce qu'il espère sauver ainsi de nombreuses vies auxquelles la quête des siens risque de mettre un terme. Il a demandé à parler à nos chefs afin d'en définir les termes. Il exigera un prix, et il en paiera un en retour, mais ce prix ne sera jamais plus important que celui que paieront nos guerriers s'ils refusent d'accepter les vérités que je viens de vous révéler.

« On m'a traité de lâche quand j'ai décidé de vous parler franchement, mais je vous assure qu'il a fallu beaucoup de courage pour clamer haut et fort ces vérités. Et je vous le dis maintenant, seuls les plus braves d'entre nous auront le courage d'oublier leur colère et de réfléchir à mes paroles. Seuls les plus vaillants auront le courage de regarder devant eux.

Baissant la voix, Aigle de Fer conclut :

— Je vous parle maintenant afin que notre peuple ait un avenir honorable, je parle pour nos enfants, afin qu'ils vivent leur vie fièrement et sans crainte. Je parle pour que les rires dans nos tipis ne soient pas noyés dans les larmes. Je parle pour la *paix*.

Dans le silence qui suivit, il regagna le groupe des Kiowas.

Le conseil se poursuivit, mais Eden avait entendu Aigle de Fer s'exprimer. Elle avait vu les visages des guerriers, et remarqué le silence qui avait suivi. Elle savait qu'Aigle de Fer avait défendu la paix, et que tous avaient écouté. Cela lui suffisait.

Emplie de fierté, elle regagna le tipi d'Aigle de Fer où elle avait laissé Jimmy endormi. L'espoir lui allégeait le cœur. Le conseil allait envoyer une délégation à Fort Worth, un traité de paix serait signé, et les soldats seraient contraints de le respecter. Alors elle irait voir le commandant, elle lui expliquerait le rôle qu'avait joué Aigle de Fer dans les négociations, et lui demanderait de l'aider à lever sa condamnation. Il ne pourrait pas le lui refuser.

Un bruit la fit tressaillir, et elle eut un mouvement de recul comme Biche Alerte se mettait en travers de son chemin.

— Tu crois que tu as gagné, n'est-ce pas ? cracha cette dernière.

Prise de court, Eden ne répondit pas tout de suite.

— Tu es revenue avec Aigle de Fer et son fils. Il te veut pour femme et oblige son peuple à t'accepter, mais ta victoire est incomplète ! Aigle de Fer a déjà accompli sa vengeance.

— De quoi parlez-vous ?

— Ton père est mourant.

— Qu... quoi ?

— En même temps que l'offre de traité, une autre nouvelle est arrivée au fort. Elle concernait l'homme qui a brûlé notre camp kiowa : ton père !

— Mon père ?

— Ton père a été brisé quand Aigle de Fer t'a enlevée à lui, et son corps a souffert quand il lui a pris aussi son petit-fils. Il est actuellement entre la vie et la mort, et il ne fait que répéter ton nom.

— Vous mentez ! cria Eden, tremblante de fureur. Le messager n'avait aucun moyen de savoir cela !

— C'est cet homme, Masters, qui lui a dit.

— Masters !

— Masters attend au fort et il raconte à qui veut l'entendre que c'est la faute d'Aigle de Fer si ton père est à l'agonie !

— Non…

— Il est clair pour tout le monde que Masters te veut.

— Vous mentez ! répéta Eden. Laissez-moi passer !

Biche Alerte ne bougea pas d'un pouce.

— Tu voudrais bien ne pas me croire, mais tu ne peux pas. La joie s'est éteinte dans tes yeux. La femme d'Aigle de Fer est au bord des larmes

— Je vous ai dit de me laisser passer.

Eden poussa rudement Biche Alerte et pénétra dans le tipi dont elle laissa retomber l'abattant d'une main tremblante.

Le conseil avait duré tard dans la nuit, et venait de se terminer sur la décision d'envoyer des représentants au fort afin de discuter des modalités du traité. Aigle de Fer avait aussitôt rejoint son tipi, pour trouver Eden qui l'attendait.

Très pâle, les yeux rivés aux siens, elle lâcha :

— Mon père est en train de mourir. Il m'appelle, il faut que j'y aille.

— Qui t'a dit cela ? s'enquit Aigle de Fer après un silence.

— Biche Alerte. Elle le tenait du messager qui est venu du fort.

— Biche Alerte est en colère. Elle veut la vengeance, pas la paix. Elle veut nous dresser l'un contre l'autre.

— Elle disait la vérité, j'en suis sûre.

Aigle de Fer demeura silencieux. Biche Alerte n'aurait pas osé mentir, il le savait.

Eden chercha son regard.

— Il y a beaucoup d'ombres entre nous, Aigle de Fer, tant de cauchemars qu'il nous faut oublier si nous voulons continuer ensemble. Mais celui-ci sera trop lourd pour moi. C'est mon père ! Qu'il ait eu tort ou raison, tout ce qu'il a fait, c'était pour mon bien, du moins le croyait-il. Il a perdu l'usage de ses jambes, sa santé. Maintenant, il nous a perdus, Jimmy et moi… et il est en train de mourir. Je ne peux te reprocher de chercher à te venger de lui, parce que s'il était à ta place, il en ferait autant. Mais il m'aime ! Il veut me voir, et je ne peux pas le laisser mourir seul !

Aigle de Fer réfléchit. Comment expliquer à Eden ce que ses paroles suscitaient en lui ? Elle lui demandait d'éprouver de la pitié pour un homme coupable de meurtre envers son peuple. Elle le suppliait de faire preuve d'humanité à l'égard d'un homme qui n'en avait montré aucune à son endroit. Elle voulait qu'il annule une vengeance dont il avait rêvé cinq longues années durant. Ne se rendait-elle pas compte que vouloir qu'il renonce à la seule justice à laquelle son peuple aurait jamais droit pour les atrocités commises par son père était trop lui demander ?

Il repoussa une mèche du visage d'Eden. Sa main hâlée contrastait avec sa joue pâle, symbolisant les différences intangibles qui existaient entre eux. Un abîme large et profond.

Il répondit enfin :

— Emmène Jimmy avec toi.

Elle demeura immobile.

— Et reviens-moi, Eden.

Avec un sanglot, elle se jeta dans ses bras.

— Ils arrivent ! Je n'y crois pas, mais c'est bien eux !

Penché à la fenêtre, Rowe regarda de nouveau les cavaliers avant de rentrer dans la chambre. Richards le fixait d'un air anxieux.

Rowe vint se pencher sur lui et tenta de sourire.

— Ne vous excitez pas, patron, mais c'est Eden et Jimmy. Et ils viennent droit ici !

La respiration de Richards se fit laborieuse, et Rowe se pencha davantage sur lui pour murmurer :

— Essayez de vous contrôler, patron, sinon tout ira de travers.

Une éternité s'écoula avant qu'ils entendent les sabots des chevaux dans la cour.

Une éternité encore, puis des bruits de pas dans le couloir.

Et le temps s'arrêta quand la porte de la chambre s'ouvrit soudain.

Le sourire d'Eden se figea sur ses lèvres lorsqu'elle aperçut la silhouette émaciée dans le lit. Elle demeura un instant immobile sur le seuil.

Elle avait dit au revoir à Aigle de Fer et quitté le campement avec Jimmy tôt ce matin. Ils avaient chevauché régulièrement, chaque heure paraissant plus longue que la précédente. Le soleil amorçait sa descente dans le ciel sans nuages quand ils avaient franchi la limite des terres du Diamond R. Le cœur d'Eden battait la chamade lorsqu'ils avaient enfin atteint le ranch proprement dit. Elle avait beau appréhender les retrouvailles avec son père, le sachant au plus mal, elle ne s'attendait pas à cela.

Jimmy se crispa près d'elle, et elle posa une main qui se voulait rassurante sur son épaule.

— Nous sommes rentrés, papa.

Elle s'avança lentement vers le lit, tandis que Jimmy entrelaçait ses petits doigts aux siens. La gorge serrée, elle s'obligea à sourire en s'arrêtant près du malade.

— Jimmy est là. Il a grandi, n'est-ce pas, papa ?

Richards tendit une main osseuse vers le petit, et Eden fut fière de son fils qui la prit courageusement dans sa menotte en déclarant :

— Tu es trop maigre, grand-père. Rowe ne te donne rien à manger ?

Le petit reniflement de Rowe qui se tenait dans un coin de la chambre passa inaperçu quand Eden, cédant à l'émotion, se laissa tomber brusquement sur la chaise au chevet de son père. Elle ne s'attendait pas à le voir dans un si piètre état… pas son père ! Même infirme, il avait conservé toute son autorité et on lui obéissait au doigt et à l'œil. Mais cet homme-là…

Richards lâcha la main de son petit-fils pour prendre celle d'Eden.

— Comment te sens-tu, papa ? murmura-t-elle. Tu n'as pas l'air bien.

Richards jeta un coup d'œil à Rowe.

— Dis McGill… prendre Jimmy.

Rowe rejoignit aussitôt Jimmy à qui il sourit, rassurant.

— McGill est à la cuisine en train de s'occuper de mes biscuits. Je parie que tu n'en as pas mangé d'aussi bons depuis un sacré bout de temps ! ajouta-t-il avec un clin d'œil.

— Tu as des biscuits ? s'écria Jimmy en glissant sa main dans la sienne. J'en veux bien !

La porte se referma derrière eux, et Eden dit doucement :

— Nous allons bien, Jimmy et moi, papa. Ne t'inquiète pas pour nous.

— Je suis mourant.

— Non, papa ! s'écria-t-elle instinctivement.

— Si.

— Tu es seulement…

Richards étreignit la main de sa fille avec force.

— … choses à te dire…

Il s'étrangla, son teint vira au gris, et Eden bondit sur ses pieds, affolée.

— Papa, je t'en prie, rien ne t'oblige à me parler maintenant ! Ça va s'arranger. Jimmy et moi sommes de retour, tout va redevenir normal.

Apparaissant soudain à ses côtés, Rowe la fit taire d'un regard, puis se pencha sur le lit pour demander d'une voix douce :

— Vous voulez que je lui dise, patron ?

Richards acquiesça, et reprit la main de sa fille. Eden percevait son désespoir, et elle ne le quitta pas des yeux tandis que Rowe commençait :

— Votre père m'a parlé de ça parce qu'il avait peur de mourir avant de vous avoir revue, èt qu'il y en avait trop à dire pour qu'on se taise. Il a ajouté qu'il fallait commencer par le commencement... pour que vous compreniez mieux comment tout est arrivé. Il a dit aussi que vous auriez peut-être du mal à comprendre parce que vous n'avez pas connu votre maman. Il voulait que vous compreniez bien que votre mère était ce qu'il avait de plus cher au monde, et que quand elle a été tuée au cours de ce raid indien, une partie de lui-même est morte avec elle. Après, il n'avait plus de raison de vivre... à part vous. Il avait l'impression d'avoir trahi votre mère en ne la protégeant pas de ces Indiens, mais il s'est promis qu'il ferait pour vous tout ce qu'il souhaitait faire pour elle, et qu'il ne laisserait jamais un de ces Indiens vous faire du mal à vous aussi.

Les yeux de Richards s'embuèrent, mais Rowe poursuivit résolument :

— Il a dit que quand vous vous êtes entichée de cet Indien, il ne pensait à rien d'autre qu'à votre mère morte chaque fois qu'il le voyait. Il haïssait cet *Injun*, et pendant un temps, il vous a haïe aussi.

— Papa...

— Il disait qu'il pouvait pas croire à ce qui arrivait. Il vous avait toujours imaginée avec Witt Bradley.

Les paroles de Rowe furent confirmées par le regard de Richards, et Eden demeura silencieuse tandis que le cuisinier poursuivait :

— Tout le monde savait ce que Bradley éprouvait pour vous, mais quand votre père lui a proposé de faire quelque chose au sujet de cet Indien, il a refusé de participer à son plan. Votre père a pensé que c'était pour ça que Bradley s'était lancé tout seul sur vos traces quand vous vous êtes enfuie avec l'Indien, plutôt que de le traquer avec les autres.

Eden frissonna à l'évocation du jour où Witt était mort.

— Votre père a dit qu'il était prêt à tuer quand il a découvert que vous vous étiez enfuie avec le Kiowa. Il vous a pourchassés, et si ça avait dépendu de lui, l'Indien n'en serait jamais sorti vivant.

Eden en eut des sueurs froides.

— Il a dit que Bradley se tenait sur le seuil quand il est arrivé. Bradley visait l'Indien, mais votre père n'allait pas attendre qu'il agisse. Il a tiré à bout portant au moment où c'était l'affolement dans la cabane. Le Kiowa a fait un bond de côté, et votre père a atteint Bradley dans le dos.

— Non !

Rowe se tut un instant.

— Votre père n'a plus pensé à rien quand Bradley s'est effondré, et après, il était trop tard pour en finir avec l'Indien parce que vous auriez su que c'était délibéré et vous ne lui auriez jamais pardonné. L'*Injun* a raté sa cible, mais votre père vous a laissé croire qu'il avait volontairement tiré dans le dos de Bradley. Il n'a jamais demandé aux autres cow-boys de mentir. Ils savaient tous que c'était lui qui avait tué Bradley, mais c'était quand même l'Indien qu'ils jugeaient responsable de sa mort. Quand il s'est évadé de prison grâce à son oncle, tous les hommes du comté criaient vengeance. Le Kiowa n'était pas là quand ils ont découvert le campement *injun*, mais ils l'ont tout de même incendié. Et si vous n'étiez pas arrivée, votre père aurait achevé le Kiowa sur qui il venait de tirer.

Eden vit la douleur dans le regard de son père, qui murmura son nom d'une voix rauque.

— Votre père ne se rappelle plus très bien ce qui s'est passé après le coup de poignard, quand vous l'avez emmené dans l'Est et que les toubibs ont commencé à l'opérer, mais il a dit qu'au début, il n'aimait pas James Broker. Il sentait que quelque chose ne collait pas dans cette histoire. Et il a su quoi quand Jimmy est né.

Eden eut un coup au cœur lorsqu'elle vit son père cligner des yeux.

— Tu savais qui était le véritable père de Jimmy ! s'écria-t-elle.

Richards hocha faiblement la tête.

— Mais tu n'as jamais dit…

— Votre papa savait que Jimmy était le fils d'Aigle de Fer, reprit Rowe. Il a essayé de se tenir à l'écart de lui le plus longtemps possible en prenant prétexte de sa maladie, mais, finalement, il n'a pas pu résister au petit.

— Oh, papa…

— Il a abandonné la lutte. Il a aimé Jimmy plus qu'il ne l'aurait cru possible, et il a commencé à se dire que, bien que votre mère ne soit plus là pour le voir, elle aurait été heureuse que tout se passe comme ils l'avaient toujours souhaité.

Rowe reprit son souffle avant de poursuivre d'une voix plus grave :

— D'après votre père, c'est seulement depuis qu'il est dans ce lit, sachant qu'il va mourir, qu'il s'est rendu compte de la façon étrange dont les choses se sont mises en place. Les Kiowas avaient pris la personne qu'il aimait le plus au monde – votre mère –, mais c'était un de leur sang qui lui avait donné Jimmy, celui qui prendrait sa suite quand il disparaîtrait. À force de réfléchir, il s'est dit que c'était peut-être la façon que le Créateur avait trouvée de lui faire affronter la vérité avant qu'il meure.

Eden tenta de parler, mais Richards lui intima le silence d'une pression de main.

Rowe poursuivit, la voix enrouée :

— Votre papa voulait que je vous dise qu'il ne savait plus où étaient le bien et le mal dans toutes ces catastrophes, mais qu'il était sûr d'une seule chose : il fallait que vous appreniez la vérité afin d'être en mesure de prendre vos propres décisions. Et que, quoi que vous fassiez, ce serait bien.

Rowe fit un pas en arrière.

— Votre papa m'a demandé de dire aux hommes ce que je vous ai dit pour qu'ils se sentent libres de faire ce qu'ils devaient sans se sentir coupables.

Sur ces mots, Rowe quitta la pièce. Encore sous le choc, Eden s'en aperçut à peine. Tout ce qu'Aigle de Fer – Kyle – avait dit était vrai ! Des années de souffrance et de séparation… des années perdues à jamais…

Que restait-il à dire ?

La voix rauque de son père brisa le silence.

— Eden… je regrette.

La réponse à la question informulée d'Eden jaillit spontanément. D'une voix étranglée, elle murmura :

— Oh, papa, moi aussi !

l'idée d'être de quatre, mais Richard lui intima le silence d'une pression de main.

Rose poursuivit, la voix enrouée :

— Votre papa voulait que je vous dise qu'il ne savait plus où étaient les gosses [illegible] dans toutes ces histoires, mais qu'il n'y a qu'une seule chose : il fallait que vous [illegible] de prendre vos [illegible]. [illegible], quoi que vous fassiez, ce serait bien.

Rose fut un [illegible]

[illegible] le fort, brandissant le drapeau blanc de la paix. Il jeta un [illegible]

[illegible]

Ce [illegible]

[illegible] de son père [illegible]

— Bien... [illegible]

La [illegible]

[illegible]

— Oh, [illegible]

15

Le major Peters attendait, dans une posture toute militaire, tandis que le Comanche se dirigeait lentement vers le fort, brandissant le drapeau blanc de la paix. Il jeta un coup d'œil au soleil qui déclinait rapidement à l'horizon. Les deux jours qu'il avait passés à attendre une réponse à la proposition de trêve avaient été plus éprouvants que prévu. La première journée avait traîné en longueur, et alors que la seconde était sur le point de se terminer, il s'était presque convaincu que les Indiens avaient décidé de refuser son offre. Et voilà que le Comanche approchait ! Le major avait immédiatement convoqué ses éclaireurs afin qu'ils lui servent de traducteur, puis il s'était posté dans la cour pour accueillir l'émissaire indien.

Il regarda les éclaireurs qui se tenaient à quelques mètres de lui, l'expression indéchiffrable.

— Ouvrez les grilles ! ordonna-t-il.

Les lourdes portes s'ouvrirent devant l'Indien dont le visage n'était pas plus expressif que celui des éclaireurs quand il lui tendit une feuille de papier pliée. Le major Peters la lut en fronçant les sourcils pour dissimuler sa surprise devant la réponse fort bien écrite qu'elle contenait.

Il se tourna vers ses éclaireurs.

— Dites à cet homme que nous acceptons les conditions d'Arbre Penché, et que nous attendrons son arrivée dès demain.

Le dos raide, le major Peters attendit que le message soit traduit. Le Comanche jeta un bref coup d'œil dans sa direction, puis il quitta le fort sans avoir prononcé un mot.

Un jour nouveau se levait sur le Diamond R. Dans la chambre silencieuse, Eden viellait sur son père. Elle avait recommandé à Jimmy de ne pas s'attarder lorsqu'il rendait visite à son grand-père, car elle savait que ses forces déclinaient rapidement, mais la veille, elle s'était précipitée à son chevet dès son réveil afin de passer le plus de temps possible avec lui. Il avait dormi la majeure partie de la journée, se réveillant parfois brièvement, l'air affolé, jusqu'à ce qu'il la voie près de lui. Ce matin cependant, en constatant qu'il était encore plus faible que la veille, Eden avait dû se résoudre à accepter la réalité : son père était mourant.

Curieusement, après le récit solennel de Rowe, Richards et Eden n'avaient guère parlé. Elle n'avait pas évoqué Aigle de Fer, hormis pour lui dire que Jimmy et elle avaient quitté le campement avec son autorisation. Richards avait choisi de ne pas l'interroger, et elle n'avait pas insisté, car elle s'était rendu compte qu'il était en paix avec le présent et laissait l'avenir entre ses mains.

Mais ce fardeau pesait lourdement sur la jeune femme, qui comprenait avec une appréhension grandissante que la direction que prendrait son avenir n'allait pas tarder à se décider. Elle avait quitté le campement indien en sachant que le chef Arbre Penché répondrait favorablement à l'offre de paix du major Peters et qu'il proposerait une rencontre le lendemain. Sans doute était-il déjà en route pour le fort. Elle aurait aimé être auprès d'Aigle de Fer quand il apprendrait le résultat des négociations. Elle voulait qu'il soit certain que, quoi qu'il arrive désormais, elle ne laisserait plus personne les séparer. Elle devait lui dire…

Elle fut interrompue dans ses pensées par le bruit de chevaux qui s'arrêtaient dans la cour, mais n'y prêta guère attention jusqu'à ce qu'elle entende claquer la porte d'entrée, puis des voix véhémentes dans la cuisine. S'approchant de la fenêtre, elle vit le cheval écumant de Curry attaché au rail. Son cœur fit un bond dans sa poitrine ; Curry avait été envoyé au fort pour parler à Masters juste avant qu'elle arrive.

Après un regard à son père qui dormait, elle sortit sans bruit de la chambre. Elle atteignait la cuisine lorsque Curry s'écria :

— Vous auriez dû voir la tête du major Peters quand il a lu le message ! Qui aurait cru que ce salaud aurait le culot de…

Il se tut abruptement en voyant Eden, puis cligna des yeux lorsqu'elle demanda :

— Que s'est-il passé au fort ?

— Co… comment vous êtes venue ici ? balbutia-t-il.

— Dites-moi ce qui s'est passé au fort, bon sang !

Curry risqua un regard vers McGill, qui se tenait près de la porte, puis vers Rowe, qui était anormalement silencieux, et enfin vers Quinn et Hawkins, qui pénétraient dans la pièce.

— Curry…

— Le chef comanche, Arbre Penché, va aller au fort pour discuter d'un traité de paix avec le major Peters.

— Je sais, s'impatienta Eden. Quoi d'autre ? De quel message parliez-vous ?

— Le chef a envoyé une lettre disant tout net qu'Aigle de Fer venait avec lui négocier les conditions de la paix.

— C'est impossible ! s'exclama Eden. Ils vont l'arrêter !

— Non. C'est une des conditions que le chef a mise à cette rencontre : qu'Aigle de Fer ne soit pas arrêté. Et le major a accepté.

McGill fit un pas en avant.

— Qu'a dit Masters ?

Curry secoua la tête.

— Qu'est-ce qu'il n'a *pas* dit, plutôt ? Il est devenu fou quand il a appris qu'Aigle de Fer viendrait au fort et qu'il en repartirait libre comme l'air !

McGill insista.

— Quand est-ce que les *Injuns* sont censés arriver au fort ?

— À midi aujourd'hui.

Le cow-boy jura entre ses dents, et Eden demanda :

— Quel est le problème, McGill ?

Ce dernier rougit.

— Masters et moi, on a essayé de vous retrouver quand Aigle de Fer vous a enlevée, mais on n'y est pas arrivés. Je suis retourné au ranch, mais lui est resté au fort dans l'espoir qu'il y ait du nouveau. Vous savez ce qu'il éprouve pour vous, et vous savez aussi qu'il hait Aigle de Fer. Il m'a dit que peu importait le temps que ça prendrait, mais qu'il finirait par avoir ce Kiowa, même si c'était la dernière chose qu'il faisait de sa vie.

Le sang d'Eden se figea dans ses veines.

— Qu'est-ce que vous racontez ? Il n'essaierait tout de même pas de tuer Aigle de Fer devant tout le fort !

L'expression de McGill répondit à sa place.

Eden se rua vers la porte.

Aigle de Fer chevauchait en silence à la droite du chef Arbre Penché. Chien Jaune et Renard Gris derrière lui, Corne Blanche, Cerf Agile et Loup Vif derrière le chef. À eux tous, ils représentaient les guerriers du camp qui marchaient pour la paix, aussi bien que ceux qui avaient des doutes.

L'importance de cette rencontre pesait lourd sur les épaules d'Aigle de Fer. L'image d'Ours Solitaire lui vint à l'esprit. Autrefois, il avait cru qu'il pourrait gagner la confiance de son oncle en versant le sang, puis il s'était rendu compte qu'il se trompait. Avec le temps, il avait acquis une nouvelle sagesse qui défiait l'ancienne. Il était sûr, désormais, que si Ours Solitaire avait été en vie, il aurait été à leurs côtés.

Le visage d'Eden remplaça soudain celui d'Ours Solitaire, et Aigle de Fer ressentit cette bouffée d'émotion qu'elle seule était capable de provoquer en lui. Eden, qu'il n'avait jamais pu chasser de son esprit. Eden, sans qui sa vie n'était pas complète. Elle lui reviendrait. Elle l'avait promis. Elle dormirait dans ses bras, sienne pour toujours, et ils avanceraient ensemble dans la vie.

Comme le fort se découpait à l'horizon, l'image d'Eden s'effaça. Les bracelets de fer lui sciaient les poignets tandis qu'il talonnait son cheval.

Il était là !

Dissimulé derrière une pile de caisses, Masters observait les environs par une brèche dans le mur du fort. Ce salaud était là, aussi solide et hardi que la vie même, à la droite du chef *injun* !

La rage le dévorait. Que ce salopard aille au diable pour son culot ! Il se croyait en sécurité parce que ce major sans caractère était prêt à tout pour éviter un conflit avec les Indiens.

Eh bien, il se trompait lourdement !

Après un coup d'œil alentour afin de s'assurer qu'on ne l'avait pas repéré, Masters s'empara de son fusil dont il caressa le canon d'une main tremblante. Il avait tout tenté pour découvrir où ce salaud cachait Eden, et il avait fini par se rendre compte qu'il ne la trouverait que si Aigle de Fer le lui permettait. Il préférait ne pas imaginer ce qu'il avait pu faire à Eden et au petit. Il avait entendu raconter que des *Injuns* vendaient leurs prisonniers à d'autres tribus afin qu'on ne les retrouve jamais. Certains avaient fini par rentrer chez eux, mais ils n'avaient plus jamais été les mêmes.

Aigle de Fer lui avait volé Eden, et il comptait bien le lui faire payer!

Masters respira un grand coup pour se calmer, puis il inséra le canon de son arme dans la fente du mur. Et il visa.

Encore quelques minutes, et c'en serait fait d'Aigle de Fer.

Eden éperonnait follement sa monture. Elle leva les yeux vers le ciel pour constater que le soleil approchait du zénith. À peine consciente de la présence des hommes qui l'accompagnaient – McGill, qui n'avait pas prononcé un mot quand il avait grimpé en selle près d'elle, et Quinn, qui les avait suivis en silence –, elle sentit la panique l'envahir.

Le temps était compté. Le chef Arbre Penché mettrait un point d'honneur à ne pas arriver au fort en retard. Ils seraient en vue du fort dans quelques minutes, et elle…

La silhouette massive apparut soudain à l'horizon, ainsi qu'un groupe de cavaliers venant de la direction opposée. À leur tête chevauchaient Aigle de Fer et Arbre Penché. Eden se retint de crier son nom, car elle savait qu'il ne pouvait l'entendre.

Elle poussa sa monture ventre à terre, tandis que son cœur hurlait à Aigle de Fer de ne pas aller plus loin!

Mais son cri silencieux ne lui parvint pas, et Aigle de Fer poursuivit son avancée régulière.

Il approchait. Encore quelques mètres…

Masters ajusta son tir.

Il prit une profonde inspiration.

Et appuya sur la détente.

Eden entendit une détonation ! Puis une autre !

Elles se répercutèrent dans le silence tandis que la haute silhouette d'Aigle de Fer était secouée par les impacts des balles.

Il vacilla...

La première balle atteignit Aigle de Fer à la poitrine, déclenchant une violente douleur. La seconde le déséquilibra. Le monde se mit à tourner en un kaléidoscope de couleurs qui dessinaient le visage d'Eden, et il chuta lourdement à terre.

La déflagration éclata derrière les murs du fort. Incrédule, le major Peters vit Aigle de Fer osciller, puis s'effondrer sur le sol. Il regarda dans la direction d'où provenaient les coups de feu et vit deux hommes traîner Masters qui tenait encore son fusil à la main.

Peters se retourna pour constater le chaos que les tirs avaient déclenché au sein de la délégation indienne. Ils étaient prêts à tourner bride !

Sans réfléchir davantage, il franchit au pas de charge les portes du fort. Indifférent à sa sécurité, il s'arrêta à l'extérieur des portes, bien en vue. Le chef se tourna vers lui, la rage au fond des yeux, mais le major garda son sang-froid et leva la main en signe de paix.

La monture écumante d'Eden dérapa lorsqu'elle tira brutalement sur les rênes. Sans un regard pour les guerriers indiens qui, déconcertés, restaient là à fixer les portes du fort, elle sauta à bas de son cheval et se précipita vers Aigle de Fer.

Il était inerte. Ses yeux étaient clos, et du sang coulait de sa poitrine.

Eden ordonna à McGill qui l'avait rejointe.

— Allez chercher un médecin ! Vite !

Elle se pencha sur le visage livide d'Aigle de Fer, sentit sa respiration hachée contre ses lèvres tandis qu'elle murmurait :

— Aigle de Fer, c'est Eden ! Ouvre les yeux. Regarde-moi !

Comme il ne réagissait pas, elle posa sa joue contre la sienne et lui chuchota à l'oreille :

— Aigle de Fer... je t'en supplie ! Tu as dit que nous ne serions plus jamais séparés. Tu me l'as *promis* !

Les paupières d'Aigle de Fer palpitèrent, et elle aperçut le regard si sombre. Elle vit qu'il la reconnaissait. Elle vit aussi de l'amour.

Et, fugitivement, de la douleur et du regret, puis il perdit connaissance.

16

Les pourparlers de paix arrivaient à leur terme.

Assis à une table soigneusement préparée dans le mess du fort, le chef Arbre Penché, le visage grave, faisait face au major Peters. Celui-ci, tout aussi solennel, avait la main posée sur une feuille de papier dont l'encre n'était pas encore sèche.

Eden, qui les observait depuis son siège dans un coin de la pièce, savait que le major Peters avait évité une situation potentiellement catastrophique grâce à sa bravoure, deux semaines auparavant. En s'avançant seul et sans arme au-devant des Indiens afin de s'élever contre ce qui venait de se passer et de promettre que Masters ne resterait pas impuni, il avait réussi à amener le chef au fort afin d'entamer de vraies négociations.

Eden étudia avec attention les militaires en uniforme assis du côté du major tandis que le chef Arbre Penché s'apprêtait à parler. Il y avait du respect dans leurs regards. Ces hommes avaient senti que le chef indien était sincèrement dévoué à son peuple – et l'interprète qu'il avait choisi avait su l'exprimer avec éloquence –, ils avaient découvert en lui une noblesse dont ils ne soupçonnaient pas l'existence chez leurs anciens adversaires. Leur attention ne faiblit pas lorsque Arbre Penché se leva pour faire ses adieux.

— Moi, chef Arbre Penché du peuple comanche, j'ai signé de mon nom ce traité de paix. Je ferai respecter par les miens et ceux de la tribu kiowa qui vivent parmi nous tout ce qui est écrit ici. J'ai confiance en l'avenir, quand nos peuples ne feront plus qu'un.

Le major Peters regarda l'interprète qui se tenait à côté du chef Arbre Penché. Eden s'empourpra de fierté quand Aigle de Fer traduisit les paroles comanches de sa voix grave. Elle écouta la réponse chaleureuse du major.

Aigle de Fer se tenait de nouveau droit et digne après avoir frôlé la mort. Eden se rappela les heures interminables qu'elle avait passées à son chevet, lui insufflant de la vie par la seule force de son amour. Elle s'attarda un moment sur son visage rayonnant de santé bien que ses blessures soient à peine cicatrisées. Aigle de Fer avait une allure indéniablement aristocratique – qui s'était épanouie dans des circonstances qui en auraient brisé bien d'autres. Elle se rendait compte qu'ils avaient fait un premier pas vers ce rêve qu'ils partageaient tous deux, qu'ils avaient entamé un voyage qui demanderait patience et amour.

Eden se rappela l'instant où Aigle de Fer avait signé le traité au nom de ses frères kiowas. Elle en tremblait encore de joie, sachant qu'avec le pardon qu'il obtiendrait bientôt, il serait libre d'aller là où il voudrait, sans craindre d'être de nouveau enchaîné.

Les hommes sortirent dans la cour, et elle leur emboîta le pas. Arbre Penché grimpa en selle, imité par Aigle de Fer. Compte tenu de ses récentes blessures, elle ne s'attendait pas qu'il se penche et la soulève du sol pour la caler devant lui. Elle cessa de protester quand elle vit qu'il avait fait attacher sa propre monture derrière la sienne.

Appuyée contre sa robuste poitrine, elle leva les yeux vers lui tandis qu'ils franchissaient les portes du fort, puis se séparaient du chef et de ses guerriers pour prendre une direction familière. Elle lut dans son regard la réponse à sa question informulée.

Et frémit de tout son être quand il effleura ses lèvres en murmurant :

— J'ai tellement attendu cet instant où je pourrais enfin te proclamer ouvertement mienne. C'est ce qui m'a ramené à la vie quand mes forces m'abandonnaient – le son de ta voix, et la certitude qu'en perdant la vie, je te perdrais aussi. Je ne pouvais pas, je ne *voulais* pas que cela se produise. Pas une fois de plus.

Sa joue contre celle d'Eden, il poursuivit :

— Mais je sais que ce n'est pas terminé. Il y a encore ton père.

Eden réprima un frisson. Elle n'était pas retournée au ranch depuis qu'Aigle de Fer avait été blessé. Elle savait, par McGill, que Tom Richards ne vivrait plus bien longtemps, mais elle se consolait en songeant qu'il était enfin en paix avec lui-même.

— Mon père a renoncé à la haine, déclara-t-elle simplement.

Elle sentit la brève hésitation d'Aigle de Fer avant qu'il reprenne :

— Il faut que je dise la vérité à Jimmy.

Dire la vérité à Jimmy ? Comment expliquer à Aigle de Fer que Jimmy était très mûr pour son âge, et qu'elle avait le sentiment qu'il avait toujours plus ou moins su la vérité ?

Aigle de Fer resserra son étreinte. Sa force l'enveloppait, sa chaleur emplissait son cœur, et Eden comprit avec une soudaine clarté que si le chemin qui les avait conduits dans les bras l'un de l'autre avait été douloureux, chaque pas en valait la peine.

Cette évidence se reflétait dans les yeux d'Aigle de Fer, ainsi que dans sa voix lorsqu'il souffla :

— Je t'aime, Eden.

Son regard sombre l'embrasa.

Ses tendres paroles lui allèrent droit au cœur.

Oui… Ils s'appartenaient pour toujours.

Romance d'aujourd'hui

Le 5 décembre :
Photo de famille ↝ Sandra Kitt (n° 5696)
Gayla et Graham ont eu une relation d'un soir, et la femme est tombée enceinte. Treize ans plus tard, elle est directrice d'une galerie d'art à Harlem et élève seule sa fille. Mais son passé ressurgit subitement avec deux hommes qu'elle aurait préféré oublier : Dak, un ancien délinquant qu'elle a bien connu et Graham, le père de sa fille.

Nouveau ! 1 rendez-vous mensuel aux alentours du 15.

SUSPENSE

Le 5 décembre :
Implacable vengeance ↝ Karen Rose (n° 8507)
Propriétaire d'une maison-refuge pour femmes battues, Dana Dupinsky recueille ces victimes sans exiger d'explications. Il s'agit d'une action généreuse et bienveillante mais qui tourne rapidement au drame lorsqu'une tueuse se cache parmi ces femmes désespérées.

Nouveau ! 1 rendez-vous mensuel aux alentours du 1er de chaque mois.

MONDES MYSTÉRIEUX

Le 5 décembre :
Crimson city –4, La ville sombre ↝
Carolyn Jewel (n° 8511)
Claudia Donovan n'a qu'un but : réussir professionnellement tout en s'occupant de sa petite fille, Holly. Officier de police, elle est poursuivie par un démon qui l'enlève. Claudia découvre avec stupeur que sa fille a également été kidnappée.
C'est dans le monde des démons que Claudia apprend la véritable identité du père de Holly…

Nouveau ! 1 rendez-vous mensuel aux alentours du 1er de chaque mois.

Et toujours la reine du roman sentimental :

Barbara Cartland

Le 5 décembre :
La fontaine aux vœux (n° 1507)
Le plus séduisant des officiers (n° 8506)

Nouveau ! 2 rendez-vous mensuels aux alentours du 1er et du 15 de chaque mois.

8499

Composition Chesteroc Ltd.

Achevé d'imprimer en France (Malesherbes)
par Maury-Imprimeur le 19 octobre 2007.
Dépôt légal octobre 2007. EAN 9782290000762

Éditions J'ai lu
87, quai Panhard-et-Levassor, 75013 Paris
Diffusion France et étranger : Flammarion